高橋源一郎

今夜はひとりぼっちかい？

日本文学盛衰史

戦後文学篇

Are You Lonesome Tonight?

講談社

今夜はひとりぼっちかい？《アー・ユー・ロンサム・トゥナイト》　日本文学盛衰史　戦後文学篇／目次

装丁　坂川栄治

今夜はひとりぼっちかい《アー・ユー・ロンサム・トゥナイト》？

日本文学盛衰史　戦後文学篇

プロローグ　全身小説家

ひとりの男性が、入念にお化粧をしている（正確にいうと、メイクさんが、この男性にお化粧をほどこしている）。

白く、粉を塗りたくり、どぎつい赤の口紅で唇を彩色する。歌舞伎の女形のように見えないこともない。玉三郎とか。それにしては、ちょっと、小汚いけれど。

その男性は、鏡を覗きこんで、そこに映った自分の姿を、うっとり見つめている。

ナルシシズム、ということばが思い浮かぶ。どういう人か知らないが、根本的に批評精神が欠如しているのではあるまいか。

鏡に映っているその姿は、誰が見ても、「美」とはほど遠い。年齢は、かなり高い。ぶあつく塗られた化粧越しにも、肌の衰えは明白である。化粧することのできない喉のあたりを見れば、皮膚は弛みきり、その近辺においては「ぴちぴち」ということばが、すでに死語と化していることから見ても、「後期高齢者」の入口あたりに達しているのは間違いない。

この人、なにをしたいんだろう。

というか、この人、なにもの？

まあいい、そのうち、わかるだろう。


さて、準備は完了したようである。

その男性は、やる気を漲らせて、「舞台」へ向かう。畳敷きの部屋では、十数人の観客が、いまかいまかと、主役の到来を待っている。わくわく。もしかしたら、アルコールが入っているのかもしれない。妙にハイな人もいるし。観客の平均年齢は、やや高め（客観性を欠く表現だけれど）である。いったい、これは、どういう「集団」であり、どういう目的の「集会」なのであろう。


こういう感じって、ひなびた温泉地で、農協かなんかの男性団体客（厳密にいうと、差別的言辞かもしれないが、ものごとは、あまり厳密に考えると、なにも書けなくなるから、許してもらいたいです）が、ストリップと称する裸体の女性のパフォーマンスを観賞する風景に似ている。でも、観客の中には、女性も混じっているから、そういうことではないみたい。

おっと。

件の男性が、観客の前に登場しました。拍手喝采である。さて。男性は、観客に向かって正対する。緊張が張り、裂帛の気合がこもる。

なにが始まろうとしているのか。

世界が注目する中で、男性が踊り始める。花柳流とか、そういう、日本舞踊っていうやつ？

違うみたい。タンゴでもルンバでもマンボでもない。当然のことながら、昨今の若者が踊るようなジャズダンスやヒップホップ系のダンスでもない。
かかっている曲が、石川さゆりの『津軽海峡冬景色』なんだから。

「上野発の夜行列車　おりた時から
青森駅は　雪の中
北へ帰る人の群れは　誰も無口で
海鳴りだけを　きいている
私もひとり　連絡船に乗り
こごえそうな鷗見つめ
泣いていました
ああ　津軽海峡冬景色」

演歌だ。演歌です。イツキヒロユキなら「怨歌」というかもしれない。いや、「艶歌」だったっけ。

石川さゆりの絶唱に合わせて、男性は、くねくねと腰をふる。時には左右に、時には前後にカクカクと。この前後の腰の動きは、かなりヤバい。いま気づいたのだが、男性が着用しているのは、和服といっても、襦袢である。

(襦袢って、なんですか?)

洋服におけるスリップに対応する、和服の下着です。

（じゃあ、このおじさん、下着で踊ってるんすか？）

そうです。下着でダンス。おっと、腰ひもをとりました。下着だから、当然、その下にはなにも着用していない。説明しますと、洋服の場合には、スリップの下に、ショーツとかパンティというものも存在するけれど、基本的に、和服では、襦袢の下にはなにも着用しないんですね。

（なんで？）

「和」の心だから……ウソ。おお、画面を見てご覧。場内の盛り上がりは、いまや最高潮に達しようとしている。そして、曲も変わる。ストリップでは、ワンステージでだいたい5曲か6曲ぐらいかかるんですね。

「こゝは御国を何百里　はなれて遠き満洲の
赤い夕日に照らされて　友は野末の石のした
思えば悲し昨日まで　まっさき駈けて突進し
敵をさんざん懲したる　勇士はこゝに眠れるか

あゝ戦いの最中に　となりに居ったこの友の
にわかにはたと倒れしを　われは思わず駈け寄って
軍律きびしい中なれど　これが見捨てて置かりょうか
『しっかりせよ』と抱き起し　仮ほう帯も弾丸のなか
折からおこる突貫に　友はようよう顔あげて
『お国のためだかまわずに　遅れてくれな』と目に涙
あとに心は残れども　残しちゃならぬこの身体
『それじゃ行くよ』と別れたが　永の別れとなったのか」

みんなが感動している。もしかしたら、絶句しているだけなのか。とにかく、ことばを失っているようである。『津軽海峡冬景色』から軍歌へという絶妙な曲のチェンジによって、エモーションを烈しくかきたてられているからなのか。その男性の、想像を絶するダンスにことばを失っているからなのか。はたまた、このようなエロチックなダンスのバックに、「軍歌」などというアナクロなものがかかっているせいなのか。そこのところは、よくわからない。

おひねりが飛ぶ。嬌声も飛び交う。「キャー！　ミツハルさ〜ん！」と叫びながら、かぶりつきにいた中年女性が、男性の下半身に抱きつく。酒池肉林、ということばが思い浮かぶ。あるいは、乱倫ということばが。

宗教的恍惚の表情を浮かべた男性の口もとには、微笑みさえ浮かんでいる。男性は、両手を広げる。なにかをしゃべりたいのではあるまいか。その男性の胸中には、おそらく、熱いなにかが充満しているに違いない。

けれど、その、胸中に隠されたなにかを安易に、ことばにしたり、メッセージにしたりはしない——そんな覚悟が、そのダンスからかいま見えるような気がするのだが、たぶん、こちらの考えすぎであろう。

やがて、クライマックスが来る。宴の終焉である。出会いがあれば、別れが来ることは必然なのだ。

いけない。石川さゆりの声が耳について、少々、演歌的な感性になりかけているようだ。気をつけなくちゃ。

男性は、両手で襦袢を、ゆるゆると広げてゆく。ああ、見えちゃう……見たくないのに……。結局、見なくちゃいけないのか。そういう決まりだからね。

これを、人は「ご開帳」と呼ぶ。ストリップでは、最後に、このようにして、「性器」を見せるのだが、なぜか、あまりイヤらしくはない。その点について、いろいろ語りたいことはあるのだが、それはまた別の機会に譲ることにしよう。

太股の付け根が見えてくる。そこには、うっすらと陰のようなものが見える。映倫の許可はとっているのだろうか？　と思った瞬間、男性は、両手を烈しく交差させた。なにかが見えたような気がした。気がしただけかもしれなかった。なにかがあるように見せる、というのは、あらゆる芸術において共通する手法の一つではあるのだが。

（はい、ここで、ストップ）

「停止」ボタンが押され、画面は暗くなった。ゼミ生の誰かがついたため息が聞こえる。

（ここまでの感想は？）

（ひとことでいうと「昭和」っすね）

そういったのは、Yちゃんだ。ちなみに、Yちゃんは、イサカコウタロウとオンダリクのファンで、身長175センチ、合気道部に所属している。

（「昭和」って、どこが？）

（芸者の格好っていうか、あとエンカとか、なに、ストリップ？　とかも。それから、グンカも。「昭和」てんこ盛りっすよ。ていうか、かなりヤバい？）

（Fちゃんは？）

（先生……）

（なに？）

（すごく……おもしろいです……）

（なにが？）

（この……イノウエさん！　けっこう、好きかも）

なるほど、と「先生」は納得する。

Fちゃんは、「江頭2：50」の熱狂的なファンなのである。だとするなら、「イノウエさん」の狂態も、彼女にとっては「あり」なのかもしれない。ちなみに、愛読書は『涼宮ハルヒ』シリーズ、『新世紀エヴァンゲリオン』で好きなのは、綾波レイではなく惣流・アスカ・ラングレー、恋愛アドベンチャーゲーム（というか美少女ゲーム）に通暁し、『AIR』について、映画版をもとに（まるで知識がない「先生」に代わって）ゼミで講義を行なった。ちなみに、偶然だけれど、この女の子も、身長175センチである。

（先生）

（なに？）

（ぼくに感想は訊かないんですか？）

（訊かれたいの？）

（はい）

別に、Tくんに感想を求めなかったのは、女の子を贔屓にしているからではない。Tくんが、本質的な質問を、というか、シンプル故に難しい質問を、というか、返答に困るような質問をするからである。たとえば、学生食堂でハンバーグ定食を食べている「先生」の前に、どっかと座り、

「先生」

「なに？」

「『文学』ってなんですか？」

などと突然いいだすのである。

それはまあいいとしよう。でも、「現代文学論」の授業中に、話している内容となんの関係もない質問を、いきなり、大声でするのである。

「先生」

「なに？」

「オオエケンザブロウという人の小説は面白いんですか？」

そんな難しい質問に、すぐに答えられるわけがない。「ぼくには面白いけど、きみにはねえ」とか？　いや、もしかしたら、Tくんが読んで、むちゃくちゃ面白いと思うかもしれないし。とかなんとか考えてしまい、返答に困るのである。

だから、「先生」は、Tくんとはなるべく目を合わせないようにしている。でも、それは「逃げ」であることも、「先生」は重々承知しているのである。

（じゃあ、感想は？）

（「文学」だなあ……と思いました）

（あっ、そう）

ああ、よかった。ふつうの感想で。

このTくんは、身長184センチ。年中、本を読んでいる。この世代の人間としては、たいへん珍しい。読むのはいいが、脈絡がまったくない。それから、読んだ本の影響をすぐに受ける。それも、どうかと思う。でも、いい青年である。そして、なんの陰りもない。心配するほどに。

以上、Yちゃん、Fちゃん、Tくんの三名が、ゼミ内に設置された、特別研究プロジェクト「戦後文学を読む」の構成メンバーである。

資格はただ二つ。すなわち、
（1）日本語が読める
（2）平成生まれである

他に資格はいらない。「文学」や「小説」に興味を持つ必要もない。強いていうなら、「健康」で、好奇心旺盛であれば、いうことはない。これから登ろうとする山に持ってゆく道具は、それだけでいいのである。


あれは、いつの頃だったろうか。

東大のフランス文学科の大学院の先生から、講義中に、院生のひとりが、「先生、さっきからおっしゃっている、ドストエフスキーって誰ですか？」と質問して、その場が凍りついた、という話を聞いた時かもしれない。

もしかしたら、ある、「文学」を盛り上げようという、きわめて珍しい趣旨のテレビ番組に出演した時、「無作為に集められた二十代前半の男女五十名」に、「知っている作家や小説」について質問することになり、たまたまその回のテーマであったスタンダールの『赤と黒』のことを訊いてみようと「『赤と黒』という小説を読んだことのある人は？」といったら、会場が静まり返り、慌てて、「では、『赤と黒』という小説を知っている人は？」と質問を変えても、やはり、会場は静まり返ったままで、なにを訊ねていいのかわからなくなったあげく、「では、スタンダールという名前を聞いたことがある人は？」と質問をしたけれど、全員が首を横に振ったのを見た時かもしれない。

あるいは、また、「小説や文学に興味を抱いていると推定される」大学院生ばかりを集めて、コバヤシヒデオの『モオツァルト』を読ませたら、全員から、「この人、気持ち悪い！」といわれた時かもしれない。

あるいは……いや、例をあげればキリがない。

時々、「先生」は、もしかしたら、ここはわたしの生きていた世界ではないのかもしれない、と考えるようになったのである。

寝ている間に、別の世界に連れていかれたのかもしれない。思い当たる節はある。

健康のために、意地をはって、エレベーターに乗らず、一階から研究室のある五階まで必ず階段を昇るようにしているのだが、その間に、「２００９年」から「２００Ｑ年」の世界に入りこんでしまったのかも。

この間、こんなことがあった。

目の前には、大学院の生徒が六人集まっていた。しかも、みんな「文学」に興味があり、しょっちゅう、本を読む人たちなのである。そればかりではない。事前に調査したところでは、全員がナツメソウセキとダザイオサムとドストエフスキーとムラカミハルキを読んだ経験があり、六人中四人は、オオエ・ケンザブロウの名前を知っていたのである（エンドウシュウサクの名前は全員知っていたが）。２００９年のニッポンで、これほど、「文学」の密度が濃く感じられる場所を探すのは、なかなか難しいのではあるまいか。

用心しながら、しかし、僅かの期待をこめて、このように質問してみた。

（タケダタイジュンって知ってる？）

（……無言で首を横にふる……）

（ノマヒロシって知ってる？）

（……以下同）

（シマオトシオって知ってる？）

（……以下同）

（ハニヤユタカって知ってる？）

（……以下同）

意地になって続けてみた。

ヤスオカショウタロウ・ナカガワヨイチ・ウノコウジ・オザキカズオ・コバヤシヒデオ・ハラタミキ・カツモトセイイチロウ・ミヨシタツジ・カラキジュンゾウ・マルヤママサオ・クラタヒャクゾウ・ホンダシュウゴ・クワバラタケオ・サタイネコ・ヒラノケン・シイナリンゾウ・トクダシュウセイ・シライコウジ・タキグチシュウゾウ・イシカワタツゾウ・タケウチヨシミ・ウメザキハルオ・タムラタイジロウ・ナカジマアツシ・ヤスダヨジュウロウ・ナカノシゲハル・アベアキラ・ナカムラミツオ・ヤマモトユウゾウ・カメイカツイチロウ・ハスダゼンメイ・スギウラミンペイ・タカミジュン・ハナダキヨテル・ハニゴロウ・カムライソタ・アベコウボウ・ハヤシフサオ・フクダツネアリ・イシザカヨウジロウ・フジエダシズオ・イシカワジュン・ホリグチダイガク・マキノシンイチ・オダサクノスケ・イトウセイ・ムシャノコウジサネアツ・ムロウサイセイ・ダンカズオ・オダギリヒデオ・カンバヤシアカツキ・モリアリマサ・ヨシダケンイチ・タケヤマミチオ・タナカヒデミツ・ヨネカワマサオ・ワタナベカズオ・ナカムラシンイチロウ・フクナガタケヒコ・タミヤトラヒコ・ヤギヨシノリ・オオオカショウヘイ・イソダコウイチ・カ

ワカミテツタロウ・ホッタヨシエ・ハセガワシロウ……

なんだか、お経を読んでいるみたいだ、と思った。口をついて出てくる名前に、だんだん脈絡がなくなってくるような気がしたけれど、止められなかった。どういう基準で選んでいるのか自分でもわからなくなった。一つ一つのことばに、意味があるのだろうか、と思った。誰も、なにも反応してくれないので、もしかしたら、こうやって読み上げている固有名詞は、ほんとうは一つも存在していないのかもしれない、と思った。いや、これは、なんというか、文学的な「戒名」みたいなもので、もしかしたら、「この世界」では、この「戒名」の下に存在していた「文学」は、きれいに「成仏」して、誰もなにも知らないのかもしれない、と思った。正確にいうなら、途中で、一度だけ反応があった。

(シイナリンゾウって知ってる?)の時である。

(シイナリンゴと関係ありますか?)

(ないよ)

いや、さらに一度、反応があった。「先生」の側に、である。

（アベコウボウって知ってる？）

（…………）

（ほんとに聞いたことないの？）

（……無言で首を縦にふる……）

「文学なんてもうありませんよ」

誰かにいきなりそう宣告される夢を見て、うなされ、夜中に飛び起きる。

でも、ほんとにそうなのかも。

誰かが、「文学は終わった」といって、そういう言い方もあるのかも、と思ったのは、少し前のことで、ほんとうはそんなことを信じてはいなかった。

けれど、目の前にいる善男善女たち、この世の中に生きとし生けるほとんどの人たちにとって、「文学」なんかもう存在しないのかもしれない。

理由は簡単。

その人たちは、「文学」なんか、きれいさっぱり必要としていないのである。必要としていないから、見えないのである。見えないから、存在していないのと同じなのである。

いまでも「文学」を必要としているのは、(おそらく)六十代以上の人たちだけだ。そして、彼らは、ほどなく、いなくなるのだ。

若い、若いと思っていたら、もう還暦も近い。「文学史」を読んでいると(読んでなくてもだけど)、それほど遠くはない「死」の準備を開始する時期なのかもしれない。

心のこりはない?

ある。

どんな?

内緒。

そういうことを訊いてるわけじゃないんだけど。

「文学」が……。

なに?

「文学」がかわいそうだ。

そんな悩みは初耳だな。

きみ、そうは思わないの?

別に。

「文学」はどこにある?

もう、ないんじゃない。

あっさりしてるね。

「文学」がどうなろうと知ったことか。ぼくは自分のことで精一杯。もし、「文学」が滅んだとしたら、自業自得さ。

きみだって、お世話になったろう?

まあね。でも、ある意味では、こちらからお世話したようなものだ。「文学」さんのところへ行って、読んであげて、尊敬してあげて、さんざんぱら持ち上げてやったんだ。もうやるべきことはすべてやった。それで滅んでしまったとしたら、それは全部、**「文学」の自己責任**です!

寂しくないの?

ぜんぜん。ナツメソウセキもモリオウガイも、それから、アクタガワリュウノスケにシガナオヤが少々、そこから一気に飛んで、現代の作家たち。「文学」なんかなくても、「小説」はある。そして、いまも読まれつつあるじゃないか。きみの生徒たちだって、みんな、読んでるしね。それの、どこが不都合なんだい? 明治の流行作家で、昭和になっても読まれたやつが、いったい何人いる。生まれてたちまち消え去る泡のような群小作家は、どの時代にもいる。残るのは数人、あとは雑魚。それが「文学」だろうと、「文学」でなかろうと、歴史の篩の機能はいつも同じさ。

そうじゃない。ぼくが問題にしているのは……なにより大切だと思えるのは……。

実は、イノウエミツハルの小説を、というか、「文学」を読んだことがない。『地の群れ』や『虚構のクレーン』の文庫本を買った覚えはある。『ガダルカナル戦詩集』は、タケノブ君に借りたし、『心優しき叛逆者たち』も『胸の木槌にしたがえ』も『ファシストたちの雪』も単行本で買った。他にも、何冊も、イノウエミツハルの本が書棚にあったのも覚えている。でも、一度も読んだことがない。

じゃあ、なぜ、買ったり、借りたりしたのだろう。それは、イノウエミツハルが「代表的戦後文学者」だったからだ。だから、読まなきゃいけないのだろうと思ったからだ。でも、まるで、読む気にならなかったのだ。

いったい、なぜだろう。

特別研究プロジェクトの開始を決め、一回目には、誰をやろうと思った時、最初に浮かんだのが「イノウエミツハル」という名前だった。

読まれなくなった「文学」の代表として、ついに読もうとしなかった作家ほどふさわしい存在はないような気がしたのである。

＊

さて。

その男性は、懐手をして、周りを睨みつけている。怒っているようにも、哀しそうにも、疲れているようにも、でも元気をふりしぼろうとしているようにも見える。

その男性がしゃべる声が聞こえてくる。なにについて、しゃべっているのだろう。

「文学」について、である。

「いま日本民族は、人間として内部から崩壊しようとしています。水と空気を蚕食しつくしてとどまるところを知らぬ列島の汚染に見合うかのように、そこに生きる人々の思想と信条が、荒廃の淵に立たされていることを認めないわけにはいきません。

戦後三十年、戦争の傷跡を回復し、繁栄の道を求めてひたすら歩いた足どりそのもののなかに、それは胚胎していたといってもよいでしょう。

子供の教育ひとつ考えてみても、一切が反人間的な時間を組込まれており、いわば他人を蹴落とす方法を研修する受験教育のシステムを軸に構成されています。

恐らく今のような状態が続けば、他人の痛みを痛みとする人間など絶え果ててしまうかもしれない。受験体制のみに限らず、われわれを取巻くすべての状況が、それを強いているからです。

他者の自由をよろこび、不幸を感じるこころ。それこそ文学の根底における優しさでしょう。しかし文学もまた商業主義の頽廃と風化から免れてはおらず、如何に生くべきかという言葉よりも恥部のみをくすぐる読物におし流されているような現状です。文学とは何か。それは人生における真実とは何か、という問いにかさなり、また、人間のよりゆたかな自由の道を切りひらく方法ともいえます。

文学とは何か。その問いを手放さず、問うて問うて問いつくす場所。文学伝習所を創立する意味はまさにそこにおかれています。

悪霊の時代ともいうべき状況のなかで、文学は深底から洗い直さなければならず、考え、読み、そして書くという連関する行為に、これまでとは質の違った新しい息吹を与えねばなりません。

文学伝習所は何をなし得るか。われわれはやがてその具体的な内容と計画を明らかにしますが、むろんそれは安易な技術主義や職業コースに堕したものではなく、人間の根拠地としての、熾烈な過程を持つはずです。

教師と生徒の共同作業、人間的な連環の場としての文学。伝習所は何よりもそれを望み、おざなりや日和見、みえすいたスローガンに徹底的に抵抗します。

日本列島の西域に、文字通り自分の村を作ろうではありませんか。文学伝習所の足どりはそれこそ試行錯誤の未来に通じていますが、決して失敗を恐れず、われわれは一歩を踏み固めたいと心を決めています。

どうかみなさん、文学伝習所の創立に力をかして下さい。西域の拠点は誰のものでもなく、そこに集い、人間の自由な運命を選ぼうとする人々、みんなの激しい叫びによって生まれる学校なのです」


聞いていると、なんだか恥ずかしい。でも、それは、しゃべっている、その男性のせいではない。自分のせいである。

だいたい、どうして、恥ずかしいなどと感じるのであろう。

「文学の根底における優しさ」とか「人間のよりゆたかな自由の道」とか「問うて問うて問いつくす場所」とか「悪霊の時代ともいうべき状況」とか「人間の根拠地」とか「徹底的に抵抗」とか「みんなの激しい叫び」というようなことばにたじろいでしまうような気がするのは、なぜなのだろう。

最初は、柔らかい物腰でしゃべっていた、その男性の様子が少しずつ変わってゆく。どんどん興奮してゆくのだ。

「コリン・ウィルソンという作家が、アメリカ、ニュージャージー州のラトス大学というところで、小説を教えたことがあります。コリン・ウィルソンは、そこの学生たちに、小説を書かせました。だが、まともな小説は、ほとんどありませんでした。コリン・ウィルソンは、学生たちの前で、こういいました。

『君たちは、上手に書く。けれど、君たちには、なにもいうことがない』

あなたたちも、そこの学生と同じなんだよ。うまく書くんだよ。お上手に書くんだよ。でも、お話を作ってるんだよ。それだけだよ。なにやってんだよ！　そんなの必要ないんだよ！　ほんとうのことを書け、っていってんだよ！　ほんとうのこと！　わかる？　あなたなら、あなたにしか書けない小説が、少なくとも一つあるんだよ。ぼくが、どんなに技術的に達者でも、あなたが知っていることを書けば、ぼくは勝てない。だから、生涯に一篇か二篇は、誰だって書けるんだよ。名作の私小説なら。そんなもの書いても意味がない。わかりますか？　われわれは、誰でも、現実に取り巻かれているんだよ。その現実をじっと見つめなきゃならない。それは、風景でも、生活でも、自分の故郷でも、海でも、なんだってかまわない。そして、それを、ずっと見つづける。考えつづける。すると、自分の中に、なにか『流れ』みたいなものができる。だが、いいか、まだ書いちゃダメなんだよ！　なにかちょっとした経験があると、それを書こうとする。

違うんだよ。この『流れ』は、酒とか、醬油、味噌をつくる酵母みたいなものなんだ。発酵させなきゃならない。そのためには、見るしかないんだ。見つづけるんだよ。それしかないんだよ！　あなたたちに書いてもらった小説をさっき返しました。○、△、×の講評が書いてあるでしょう。○はいい、です。残念ながら、○はありません。△と×ばかりです。わかりますか？　あなたたちが書いているのは説明であって、小説ではないんです。だいたい、四百字詰め一枚か二枚でなにが書けるというんですか！　それなのに、あなたたちは、すべてを書こうとしている。そんなこと、無理なんだよ！　じゃあ、どうすればいいんだって？　そういいたいって、顔に書いてある。いうよ。いってあげます。あなたたちが書いた、いちばんいいものは、申込書と一緒に書いてもらった、『私について』だよ。ぼくは、ずっと、持って歩いてるよ」

そう、いいながら、男性は、ひとりずつ、みんなの前に立って、紙を読む。

「『身の丈、一五〇に一センチ足らず、重さ、四〇キロに達することのない肉体を持つ。左肺、鎖骨の下に鶏卵大の空洞化あり。四箇月に一度の割りで痛む膀胱とつき合うようになってここ数年、血尿時の激痛にきまって思うこと。〝すべての欲とひきかえにこの痛みからのがれたい〟と、あとは涙……。

痛みが遠のくと、うごめく四十女の欲情はカラスでつつかれる』

こう書いたじゃないかあ！　ここにあるんだよ、あなたが見なきゃならないものが。他にはないんだよ。もっと見ろよ、目を見開いて、あなたの『うごめく欲情』を見つめろよ。カラスにつつかれるところを、見るんだよ！　見なきゃダメじゃないか！」

両膝をついたまま、その男性はじりじり移動する。なにかにとりつかれたかのように、甲高い声で、朗読をする。

「『この間まで私の前の方には光りが少しも射して来なくて、今までもずうっとそうだったし、このままだろうなと思い込んで居た。

それがこの頃になって影絵のような草だらけの道に、月の雫か、夜明けなのか、ほんのり明るみが見えた。あれは何だろうと今立ち止まっている。

それはお前、希望だよ。四十歳近くなった、ぺいぺいの労働者が』

希望はどこにあるんだよ！　あなたの中にあるじゃないか！　どうして、それを取り出さないんだ。あなた以外の誰が、あなたの中にある希望を取り出せるんだよ！　そんなこと不可能だよ！『ぺいぺいの労働者』って、自分を卑下して、どうするんだよ！　しっかりしろよ！」

泣いている女がいる。喚いている男がいる。呆然と上を向いている男がいる。でも、そこにいるほとんどの人びとは、その男性を凝視したままだ。

「『俺あ、頭が悪いもんでよ。皆にバカにされるだよ。ほんでも、この世に出て来た以上はバカなりにやらにゃなあ。物を観てもあんまり感動せんし、考えごとしているとすぐ、眠くなっちまいやがる。俺あ、もう三十七歳だ。嫌になっちまうよ。主体的時間の軌跡って奴をなあ、とどめにゃならん。焦っとるわけよ。どうも俺の話は内から内へと向っていけねえなあ。あと三年で四十か。内でも外でもかまわん、俺の焦りを告発する』遠慮しなくっていいよ！　やれよ、告発しろよ！　あなたが、皆にバカにされるのは、頭が悪いからじゃないんだよ。焦ってるのに、告発しないからだよ。すぐ、眠くなっちゃうからだよ。あと三年で四十とか、諦めてる場合じゃないだろ！　放っておいたら、五十になって、六十になって、死んじゃうんだよ。反抗しろよ！　そのまま、死んじゃうつもりかよ！」

その男性は明らかに怒っている。なにに怒っているのか判然とはしないのだが。目の前の、従順に座っている人びとに怒っているのであろうか。そうかもしれない。だが、それにしては、怒りが激烈すぎるように思えるのだが。

「『私は幾度も職業を変えた男です。当然私は幾度もボスたちを前にして〝私について〟語らされた男でもあるのです。幾許かの金銭を、面接試験、首実検に感じた屈辱の記憶をともにして給料日に私は得る。

私が〝私について〟利害の感情なく語り得る日は私の解放の日でもあることでしょう。風化した私の感情。〝私について〟語らねばならないというのに、永い間語りたいと欲していたはずなのに、何故か今朝は気がのらないのです。

もしかしたら、久しぶりにオールドの水割りを昨夜飲んだからかもしれない。サントリーオールド色の霧の中で今、私は煙草をくわえて歩み始める』

あなたには、ずっといいたかったんだ。気取ってんじゃないよ！　『何故か今朝は気がのらないのです』だって？　文学というものは、気がのるとか、のらないとかでやるもんじゃないんだよ！」

「その時は、そうだったんです」

「なんだとお！　くだらないことといってんじゃないぞ！　出ていけよ！　なんだ、その態度は！」

「ほんとのことです」

「ぼくの前で『ほんと』とか、わかったようなことをいうな！　でたらめいってるんじゃないよ！　文学者は精神の勉強をしろ！」

「してます」

「してない！　してたら、こんなふやけた文章を書けるものか！　出ていけえ！」

怒る、その男性の周りを、善男善女たちが取り囲み、なにかを囁き、あるいは、なにかを呟く。そうだ。その男性は、個人的に怒っているのではない。**「文学」として怒っている**のだ。

というか、人間が怒っているのではない、**「文学」が怒っている**のだ。

（すごい……ですね）

（そう？）

（この人が先生で、みんなに、「文学」を教えてるんですよね）

（その通り）

（すごい授業だ。なんか……宗教みたい。昔って、みんな、こんな感じだったんですか？）

昔って……どんな感じだったんだっけ。怒り、叫ぶ、あちらの先生を眺めながら、こちらの「先生」は、もの思いにふける。

この人たちの周りにある「文学」とか「小説」は、ただ読むためのものでも、ただ書くためのものでもない（もちろん、どんな「文学」や「小説」も、そうなのだが）。ここでの「文学」や「小説」は、それがなければ、人間が生きてゆくことができない、空気や水のようなものだ。いや、空気や水なら、気がつかない人は摂取しても気づかない。ということは、やはり、宗教に近いものなのかもしれない。そして、その国では、すべての国民が信仰を持つことを期待されていたのである。

では、いまは？

画面が切り替わる。

小さな部屋で、さっきの男性が話をしている。「解放文学賞の選考会」というテロップが入る。
「なかなかよく書けてますよ、これは」
男性がそういうと、向かい合って座っている、老い衰えた男が、小さな声で返事をする。
「うん」
老い衰えた男が発することばは、後にも先にも、これだけだ。

（……ノマヒロシだ）

（先生、ノマヒロシって、誰ですか？）

（ノマヒロシは……いや、説明してもわからないかも）

いや、違う。その時、「先生」は、自分が「ノマヒロシ」を説明することばを持ってはいないことに気づいたのだ。

ラップで歌え、サルトル！

「宿題
戦後文学（小説でもなんでも）をなんか読んでくること。
戦後文学と縁の深い、サルトルという人の書いたものを、なんか読んでくること。
以上　　　　　　　　　　　　　　　　　　　　　　　　　　先生」

おれは自慢じゃないけど本はほとんど読まないし、文章を書くのも苦手だけど、じゃあ、なんであの先生のゼミに入ったかというと、先生が入学式の時の挨拶でいきなり初めてキスした時のことを話しはじめて、恥ずかしいからラップっぽくいうねっていって、

「でもってぼくはただキスがしたいだけで、
大学に入ればキスができるにちがいないと思っていたわけで、
そしたら運良く彼女ができてそれがハシモトさんで、

手をつないでハシモトさん頭をぼくの肩に載せて、
そこまでかかったのが一月でけっこう順調、
でもそこからどうしていいのかわからない童貞、
いつになったらチャンス到来いらいらしてたある日、
デートの帰りハシモトさんぼくんちお出で、
いいわよタカハシくん即答で焦ってでもやるしかない、
ぼくんちというのは実は学校住んでたのは学長室ごめんね学長、
暗い部屋窓を開ければ街の明かりはブルーライトヨコハマ、
眺めるハシモトさん可愛すぎる隣のぼく心臓バクバク、
目を閉じぼくを待ってるハシモトさんでも情けないチキンハート、
なにやってんじゃいおらッ！　とはいわないで、
つかれちゃったあたしそこで寝るってハシモトさん、
学長のソファ横たわるハシモトさんミニスカヨコスカなま脚ソー・ビューティフル、
GOTOHEAVEN世界は日の出を待っている、
ぼくは行った行ったぼくの唇ハシモトさんの唇超接近、
1969年7月20日人類史上初月面着陸、
1969年8月8日ぼくの唇はじめて女の子に到着、
時間よ止まれ世界よおまえは美しいっていうじゃん、
そんな感じだった、きっと、うっとり、すっきり、

そしたら、いきなり、ハシモトさん、ぼくの頭摑んで、
舌をぼくの口の中へ挿入、
えっえっえっえっえっ、
なにこれ？　ヤバクね？
っていうか、ハシモトさん、スゴスギ！」

って歌って、一部大受け、みんなぽか〜ん、先生たちヒンシュク、でも、おれはこの先生に習おうって思ったわけ、だって、楽そうじゃん、

それで、先生のゼミ入ったんだけど、ブンガクをやるっていうんで、マジィッ！　おれ小説とかダメだったんだ、っていったら、先生は、なにシラバス読んでなかったのっていって、はい読んでませんっていって、まあいいや小説とかダメでもなんとかなるよキムラくんって、だいたい、小説とかブンガクって読み方わかんないしっていって、ああそんなの適当に読めばいいじゃんって、適当でいいのかよ！　先生っていって、そうだよコツはねわかるところだけ読めばいいんだよわかんないところ飛ばして読むんだよって先生はいって、でもそれじゃあ中身わかんなくね？　っていったら、中身とか全体とかそんなこと気にしてたら読めないじゃん先生はねいつも飛ばし読みしてますよって、じゃあおれもわかるところだけ飛ばし読みでいきますって、この前なんか飛ばしすぎて三百頁の本三十分で読んじゃったけど、

で、サルトルなんだけど、誰それってもんだけど、まあ先生が読めっていう人はみんな誰それだけど、家に帰って父ちゃんに、サルトルって知ってる？　って訊いたら、知ってる実存主義の

人っていって、それで？　って訊いたら、父ちゃんの学生時代にはもう終わってたね噂ではだから読んでません以上終わりって、ああでもじいちゃん読んでんじゃない、あの人読書家だからって、いうんで、じいちゃん最近ボケ気味だけど大丈夫かねってとりあえず二階に上がってじいちゃん入っていいいって、じいちゃんの部屋に入ったら、じいちゃん「水戸黄門」見てて、じいちゃんいつも「水戸黄門」見てて、いつ入ってもいつも「水戸黄門」見てて「水戸黄門」をヴィデオで見てるわけだけどヴィデオテープすり減ってもうほとんど見えないんだけど、たぶん心の目で見てんじゃないよくわかんないけど、あっじいちゃんサルトル知ってる？　って訊いたら、タケシなんじゃまたサルトル流行ってんのかタケシっていって、そうじゃないよガッコの宿題っていって、サルトルサルトルおおそりゃじいちゃんけっこう読んだもんだっていって、へえでどんなって、そうじゃなまずアンガジュマンって、なに「あんがじゅまん」なんかカッコいいっていって、で意味は？　って忘れたってじいちゃんいって、そうだよねもう八十八なんだからっていって、それからそれからじいちゃん？　っていって、そりゃもう「実存への投企」じゃよタケシっていって、「ジツゾンへのトーキ」ってなにっていって、じいちゃんもうおれの話聞いてなくて、「ソンザイとム」とか「飢えた子どもの前でなんとかかんとか」っていってるので、じいちゃんちゃっちゃっと説明できない？　っていって、ちゃっちゃっはムリだよタケシじいちゃんの本棚に確かサルトルあるから持っていきなさいっていって、サンキューっていってじいちゃんの本棚見てどれじいちゃん、タケシそのイッキ先生の『人間の運命』の隣ってじいちゃんいって、サルトルって書いてある本何冊か持ってサンキューじいちゃんっていったけど、じいちゃん由美かおるの裸心の目で見るのが忙しくておれの話なんか聞いてなかった、で、部屋に戻って、この『実存主義とは何か』っていう本を開いて、もちろんｉＰｏｄでＳＨＩＮＧ０２のラップ聴きながら読むことにして、そういえばこの前父ちゃんがお前本読みながら音楽聴いてんのかなに聴いてんのってイヤフォン耳につけて、ウワッ！　なんだこれタケシ？　んん？　ＥＣＤだけどそれがなにか？　んじゃなくて、音楽じゃないじゃないか、しゃべってんじゃないかって、ラップだもん当たり前じゃんっていって、こんなの聴きながら本読めるのかタケシ、うんノープロブレムっていったら父ちゃん呆れて、ことばが耳から入ってきたら気になって文字を追えないんじゃないかって父ちゃんいうけど、別にィ、それはそれでこれはこれでしょふつうっていって、前、先生におれほんとに読むの苦手っていって、そうなのキムラくんキムラくんってことばが苦手ってことっていわれて、っていうかラップなら平気なんですけどねっていったら、じゃあぜんぶラップだと思えばいいじゃんって先生がいって、そんなのありっすかあ！　っていったら、ありありおおありだって先生この前フロイトという人の『精神分析入門』とマルクスという人の『資本論』っていうのラップにして歌ったら面白かったたっていって、面白けりゃいいのかよっ！　って先生にいったら、面白けりゃいいんだよって先生がいって、面白くないと読む気になれないだろキムラくん読まなきゃ始まんないからねって、そうっすかねえ、そう好きに読んでねっていって、だから先生のお許しが出てるんでおれは好きに読んでるわけ、

で、おれはいつものように、真ん中あたりのページをめくって、それも先生がオッケーっていって、おれがなんか先生本を最初から読むのってタルいって思いませんっていったら、タルいタルい先生も途中からとか途中だけとか終わりからとか後ろから前へとかいろいろ読んでるっていって、そんなのありなんですかあ！　っていったら、ありあり先生ほんとは逆さにして読んだ

りしたいぐらい、先生文庫本はビリッて二つに裂いて裂いたやつを二つのポケットに入れて歩いたりしてるって、先生けっこうパンクっすねって、違うよこれがブンガクなんだよって、へえじゃあおれもブンガクしますよって、じゃあ、どこの頁かなワクワクッ、

(実存主義の考える人間が定義不可能であるのは、
人間は最初は何ものでもないからである、
人間はあとになってはじめて人間になるのであり、
人間はみずからがつくったところのものになるのである、
このように、人間の本性は存在しない、
その本性を考える神が存在しないからである、
人間は、みずからそう考えるところのものであるのみならず、
みずから望むところのものであり、
実存してのちにみずから考えるところのもの、
実存への飛躍ののちにみずから望むところのもの、
みずから望むところのもの、
みずから望むところのもの、であるにすぎない、
これがまたいわゆる主体性であり、
まさしくそのような名で世人がわれわれに非難しているものなのである、)

〔蠟人形の館と呼ばれる空間の中は限りなく広く、
天井も壁も視界に入らないほどで、
外に世界が存在するのかも誰も知る由もなかった、
この館で日夜、交代で働いている労働者達は、
数百人がかりで一つの巨大な轆轤の形をした機械と格闘をしている、
延々と続く畑の作物の様に五目状に横たわっている、
連結された轆轤の怪物の群は、
不気味な程、音を立てずにゆっくりと一斉に回りながら、
館を賄うであろうエネルギーを絶えず捻出している、
一日の過程はその前日、一昨日と何ら変わらず、
明くる日も回し回り続けるだけであった、
それでもみんななぜ自分がそこにいるのか、
自分の身体がなんでできているかも知らずに、訊かずに、
ただ黙々と生活の為だけに働いていた〕

（しかしわれわれがそれによって意味するのは、
人間は石ころや机よりも尊厳であるということ以外にはない、
というのは、われわれは人間がまず先に実存するものだということ、
すなわち人間はまず、未来にむかってみずからを投げるものであり、

未来にむかってみずからを投げるものであり、
未来にむかってみずからを投げるものであり、
未来のなかにみずからを投企することを意識するものであることをいおうとするのだからである、

人間は苔や腐蝕物やカリフラワーではなく、
人間は苔や腐蝕物やカリフラワーではなく、
まず第一に、主体的にみずからを生きる投企なのである、
まず第一に、主体的にみずからを生きる投企なのである、
この投企に先立っては何ものも存在しない、
何ものも、明瞭な神意のなかに存在してはいない、
人間は何よりも先に、みずからかくあろうと投企したところのものになるのである、
みずからかくあろうと投企したところのもの、
みずからかくあろうと投企したところのものになるのである、
みずからかくあろうと意志したもの、ではない、
みずからかくあろうと意志したもの、ではない、
というのは、われわれがふつう意志といっているのは、
意識的な決定であり、これはわれわれの大部分にとっては、
みずからつくったところのもののあとにくるからである、
私はある党派に加入し、書物を書き、結婚することを意志しうる、

しかしそれらはすべて、
いわゆる意志よりもいっそう根源的ないっそう自発的な、
いわゆる意志よりもいっそう根源的ないっそう自発的なある選択のあらわれにほかならないのである、）

（しかしある日とうとう一人の青年が立ち上がった、
名はイカルスといった、
彼の若さは探求する心に取り憑かれて、
彼はこの巨大な化け物が何の為にあるのか暴いてやる、と言い残し、就寝時間の隙に持ち場を離れて、轆轤に素手素足で登っていった、
もう人が蟻の様に見えるほど登り詰めて、ようやくてっぺんに辿り着くとそこでは、
更に巨大な釜がぎゃあぎゃあと音を立てて狂った様に湯気を噴いていた、
汗だくになって肌に樹脂の様にべとつく、湿気と薄い酸味がかった味が残る、臭いは呼吸までをも神経に過酷な重労働に変える、
「なんて熱いんだ！　ここはまるで地獄だ！」
更に釜の内側をのぞくとそこには凄まじい光景があって、
動けなくなった労働者が人形の様に釜の中に突き落とされては、煮えたぎる蠟で溶かされ機械の燃料に変えられていった、
それと同時に別の琥珀色の服を着た作業員達が、溶けた蠟で新しい労働者を次々と生産して

は、下の轆轤の階へと送り返していった、
「おお、なんて事だ！　この世界は全くこの繰り返しだったのか」イカルスは嘆いた、
「この館の正体は蠟で固めた操り人形の製造工場に過ぎなかったのだ…」
気が付くとイカルスは琥珀色の服に囲まれていた、
仕事場を離れた上に工場を見てしまった罪は重かった、
彼は煮えたぎる釜を背にしてもうすでに後がなかった、
「いっそ突き落とされるくらいなら自ら…」
そう決心した瞬間、イカルスはつむじが渦巻く位置に、
天に向かって引っぱる力をはっきりと感じた、
手をかざしておもむろに上を向くと、
彼の頭から一本の白い細い糸が天井に消えてまっすぐに伸びているではないか、
彼は思わず糸を手繰って登り始めた、
間一髪、追っ手の指先の爪から逃れる様にして力強く勇敢に登った、そこに迷いはなかった、」

目の前のサルトルと、耳から飛び込んでくるSHING02、頭の中でミックス、いい感じ、っていうか、これって同じことといってない？　なんかそんな気がする、いいこといってんじゃんサルトル、いい仕事してんじゃん、いいリリック書いてんじゃんサルトル、SHING02に負けてないじゃん、
人間はまず、未来にむかってみずからを投げるものであり、未来にむかってみずからを投げる

ものであり、
人間は苔や腐蝕物やカリフラワーではなく、
人間は苔や腐蝕物やカリフラワーではなく、
みずからかくあろうと投企したところのもの、
みずからかくあろうと投企したところのもの、
になるんだって、
みずからかくあろうと意志したもの、ではない、
みずからかくあろうと意志したもの、ではない、
だから、イカルスは、ロクロを登ってったってわけ、
違うかな、まあいっか、また他のところを適当にめくるね、パラッ、

(人間は自由である、人間は自由である、
人間は自由そのものである、人間は自由そのものである、
もし一方において神が存在しないとすれば、
われわれは自分の行いを正当化する価値や命令を眼前に見出すことはできない、
こうしてわれわれは、われわれの背後にもまた前方にも、
明白な価値の領域に、正当化のための理由も逃げ口上ももってはいないのである、
われわれは逃げ口上もなく孤独である、
われわれは逃げ口上もなく孤独である、

そのことを私は、
人間は自由の刑に処せられていると表現したい、
人間は自由の刑に処せられていると、
人間は自由の刑に処せられていると、
人間は自由の刑に処せられていると、表現したい、
刑に処せられているというのは、人間は自分自身をつくったのではないからであり、
しかも一面において自由であるのは、ひとたび世界のなかに投げだされたからには、
人間は自分のなすこと一切について責任があるからである、）

カッコいいじゃんサルトル、わかってんじゃんサルトル、って、なんかこれも似たようなの最近読んだ気がするみたいな、って、あっ、これかっ、岩淵弘樹の『遭難フリーター』、ほんと涙なしじゃ読めない本なんだ、これっ、みんなこれ読んでダウナーな気分になっちゃう、これおれじゃん、明日は来年はたぶんきっとこうなってんじゃん、って思うわけ、

「仕事はそこそこ慣れてきた、
だがやはり彩りがない、女だ、女が欲しい、
ブランキー・ジェット・シティの名曲『自由』の歌詞に、『ブロンドリーゼント』という言葉がある、
ブロンドリーゼントとはつまり自由を表現する不良のシンボルであり、

俺にとってのブロンドリーゼントは、
チンコでありオナニーである、
そして、今日の俺のチンコはなぜか勃たない、
そして、今日の俺のチンコはなぜか勃たない、
同居人ツヨシくんの部屋と俺の部屋を区切るのはふすま一枚であり、微細な音でさえ丸聞こえである、
よって、ツヨシくんが在室している際には、
オナニーなんてできるわけがない、
オナニーなんてできるわけがない、
ツヨシくんの仕事のシフトは、昼勤務×四日→二連休→夜勤務×四日→二連休→昼勤務×四日
……というサイクルだ、
つまり、ツヨシくんが夜勤の間しか俺は部屋に一人きりになれず、夜勤務の四日間だけがオナニー可能となる、
今日はツヨシくんの夜勤四日目、
俺にとってはラストオナニーの日である、
ここを逃すと八日間射精お預けになってしまう、
なので、今日はなんとか一発カマしておきたい、
が、勃たない、
オナニーしなきゃ！

という焦りはあるものの、なぜかヤル気が起きない、
正直もう眠い、しなくてもスッキリ眠れる、
だが、今しないと当分できない、だが、だが、チンコは相変わらず勃起し出す気配すら見せない、
したい、オナニーしたい、これは切実な気持ちだ、
俺はオナニーが好きだ、でも眠い、
寝たい、オナニーもしたい、
どうすればいいか、オナニーするか、寝るか、
もういい、しない、今日はオナニーしない、
決めた、オナニーしない、今から布団から起き上がって電気をつけるのも面倒だ、
あーでもやっぱりしたい、
すぐ終わる、五分ありゃ済む、あーどうしよう、
オナニーしたい、あー悩むのも面倒だ、」

これって、人間は自由の刑に処せられている、ってことでしょ、まったくもってサルトルのいう通りじゃん、ほんとに、人間は主体的にみずからを生きる投企だって、しみじみ思うわけ、つまり人間は自由しかないってことじゃない？　この人、自由がぜんぜん嬉しそうじゃないじゃん、っていうのは、自由が刑で、自由は処せられるものだからってことじゃないの、つーか、ふつうそうでしょ、オナニーしたいけどできない、オナニーしたいけどしたくない、ってまさに根源的な自由の問題、ってサルトルはぜってーオナニー好きだったと思う、ってマジ暗いも

ん、って暗いツナガリでいうと、誰だっけ、ゼミでやった暗い人、そうノマヒロシ、あの人も暗いよね、だってタイトルが『暗い絵』なんだから、ベタすぎだよノマヒロシ、それからなんだっけサルトル好きだったんですよねノマヒロシ、って先生『暗い絵』なんですけど、おれエロいとしか思えない、っていうかやりたい盛りの童貞の悩みを書いてるとしか思えないんですけどおれ間違ってますかっていったら、いやいいんじゃないそれでって先生はいって、まあ先生の口癖はいやいいんじゃないそれでだから、いいのか悪いのかほんとはわかんないけど、おれはそう思うわけそうでしょだって、

「深見進介と由起とは、彼女の住む二階の六畳の部屋で睨み合っていた、
そんな対立の時でさえ、彼女の二重瞼の堆《うずたか》い眼はいささか媚を含んで彼を魅了し、
頑固に頸筋に引いた小さい円味の顎は蒼味《あおみ》を帯び、
小柄の彼女の弾力のある身体を包んだ薄緑のワンピースの上の紅い細いバンドの上の胸のふくらみ、
横に崩した絹靴下を蔽う服にはっきり線をつけている膝頭の滑かな動き、」

って、はっきりいって、別れ話とかしながら、ただやりたいやりたいやりたいやりたいとしか思ってないでしょこの人、ってオナニーしたいっていってる岩淵くんとアバウト同じでしょ、でも、人間はみずから望むところのものだし、未来にむかってみずからを投げるものであり、みずからかくあろうと投企したところのもの、なんだから、ここはやるべきだったよね深見くん、

由起ちゃん、
なに深見くん、
やらせて、
なにいきなり京大生のくせに人類の解放のためにサヨクになりたいかなったかそんな感じのくせにいきなりやらせてとかありえない！
そんなことどうでもいいじゃんおれもうマルクス読んでもレーニン読んでもブリューゲルの絵見ても由起ちゃんの見たことのないおっぱい見たことのないあそこのことしか考えられないんですこれが二十世紀のふつうの若者でしょやっぱ、
って深見くんことばがへん、
うるせーやらせろっていってんだよ、
そんなの全然家父長的っていうかマッチョっていうかやだそんなの深見くん幻滅、
それがどーした、「われわれはけっして悪を選びえないからである、われわれが選ぶものはつねに善であり、何ものも、われわれにとって善でありながら万人にとって善でない、ということはありえないのである」ってサルトルもいってるし、
じゃあいわせてもらうけど深見くんの希望に添いかねますっていうわたしの選択も善じゃないかしら、
なんて展開だったら、面白いと思うけど、そうはならなくて、実際は、
「星々の、

じっと見つめているといよいよ暗く深い層の中で重なり合うようにして輝いている流れの下で、
未だ自分の北住由起に対する執着が自分の全身に拡がっていて、それが自分の身を、黒く焦し焼いているのを認めるのである、」

ってカッコつけてる場合じゃないだろ深見、
実存主義的にいってマズいだろ深見、
でも口でいうほど簡単じゃなかったりするんだよね深見、
どうする深見、
って深見最後にどうしたかっていうと、

「彼は、いま彼の中に帰ってきた若者の若々しい大きな呼吸をもった荒々しい力に、頭の真上から鷲掴《わしづか》みにされながら、歩いて行った、
背骨がのび、筋肉の隅々にその若者の心が満ち拡がっているような、のびのびした感情が彼を把え、
彼の頬は明るい夜の空気の中に内から輝き出して来る、
そうだ、
と彼は思う、
やはり、仕方のない正しさではない、

仕方のない正しさをもう一度真直ぐに、
しゃんと直さなければならない、それが俺の役割だ、
そしてこれは誰かがやらなければならないのだ、」

って、やる時はやるぜ深見、って、ああこれさっきのSHING02の「イカルス」の最後の
ところ、おれの耳の中でまだ鳴ってるやつとそっくり、

「イカルスは目が覚めた、でも目は全く開かなかった、
指一本動かせず、喋ることも無理だった、
鼻から吸い上げる空気はひんやりと冷たく、クチナシの花の匂いが身体に沁みる、
頬には風が当たり、身体は宙に浮き、滑らかな布で包まれていることが感じ取れた、
「確かに何かの誰かの中にいる」
彼は頭の中で思いつく疑問を全て素直に吐いた、
すると自分の叫ぶ声同様に、頭の中でおちついた声が静かに返ってきた、
「ギャーテー、ギャーテー、イカルス、おまえがここに来ることは知っていました、しかしあなたは下界に戻ることによって自分の使命を果たすのです」
「自分の使命、なんのことです」
イカルスがそう聞き返すと辺りはすでに暗くなり、
目が開くと下の世界に通じる穴だけが光っていた、

彼の体は落ちる様に吸い込まれて消えていったのだった、」

って、ノマヒロシみたい、っていうか、サルトルみたい、っていうか、そんな感じがするんだけど、おれの読み方って、正しいんでしょうか、先生、

でもってマジ信じられないことに、おれ、サルトルにはまっちゃって、おれがMCやってるユニットでサルトルのことばをリリックにして、歌ってるわけで、それがどういうものかウケちゃって、

（行動のなか以外に現実はない、
行動のなか以外に現実はない、
人間は彼自身の投企以外の何ものでもない、
人間は彼自身の投企以外の何ものでもない、
彼は彼の行為の全体以外の、彼の生活以外の何ものでもない、
彼は彼の行為の全体以外の、彼の生活以外の何ものでもない、
人間が卑劣漢に生まれついているなら何も心配いらない、
それはどうしようもないことで、何をしようと一生涯卑劣漢だから、
人間が英雄に生まれついているなら何も心配いらない、
それはどうしようもないことで、何をしようと一生涯英雄だから、
実存主義者はいう、

ＮＯ！　ＮＯ！　ＮＯ！
卑劣漢は自分を卑劣漢にするのであり、
英雄は自分を英雄にするのだ、
卑劣漢にとっては卑劣漢でなくなる可能性があり、
英雄にとっては英雄であることをやめる可能性がある、
大切なのは全面的アンガジュマン、
大切なのは全面的アンガジュマン、
単に一個人をアンガジェするんじゃない、
万人のためにアンガジェしよう、
人類全体をアンガジェしよう、
大切なのは全面的アンガジュマン、
大切なのは全面的アンガジュマン、）

って、みんな首を振り、腕を突き上げて、アンガジュマン！　アンガジュマン！　って連呼するわけだけど、中には涙こぼしてるやつもいて、そんなところ死んだサルトルに見られたらどうしよう、むかついたらごめんサルトル、でもサルトルってエミネムと違ってけっこうふつうにいい人っぽいし、なんかじいちゃんに聞いたら、昔のパリの渋谷っぽいところのクラブに集まって一晩中騒いでたみたいだから、おれたちとたいして変わんないかもしれないし、全部誤解だとしてもいいじゃん、われわれが選ぶものはつねに善ってことで、

今夜《アー・ユー・ロンサム・トゥナイト》はひとりぼっちかい？

今年の流行語大賞は何になるんだろうか。「裁判員制度」？「エコポイント」？「チェンジ」？「政権交代」？「小沢ガールズ」？「のり塩事件」？でも、もう少し、登場が早かったら、「事業仕分け」になったのではないかと思うが。なにしろ、すげえ盛り上がってるみたいだから。よく知らないけど。

ところで。

連日、テレビで報道される「事業仕分け」の現場に、突然、白髪の内田裕也が現れたのである。そして、内田裕也は、周りを取り囲んだ報道陣に向かって、こういった。

「ロックンローラーが政治に無関心なのはおかしい。（事業仕分けは）画期的であり、ミュージシャンも見にくるべき」だと。

「やられた！」とおれは思った。

「文学者が政治に無関心なのはおかしい。（事業仕分けは）画期的であり、文学者も見にくるべきだ」といって、事業仕分けの現場に行った文学者は、たぶんいないだろう（おれもだけど）。

なになに？　文学者は、そんなつまらないことはしないって？　その代わりに、もっと高尚なことをするって？　たとえば、小説を書くこととか？

そんな「常識的」なことをいってるからダメなんだ。そんな「健全」なことをいってるからダメなんだ。なぜなら、おれの考えでは、文学というものは、なにより、

真面目な人間（読者）を困らせるもの、

そんなものと付き合ってることが知られると恥ずかしいもの、

消費も消化も理解もできないもの、

見て見ぬふりをしておきたいもの、

であるべきなんだ。いままでもそうだったし、いまも、これからも、そのことに変わりはない。それが、文学というものの、いちばんわかりやすい「あり方」なんだ。そして、それは、要するに、

内田裕也みたいなもの、

ってことなのだ。わかりやすい説明でしょ。

おれが、内田裕也を「発見」したのは、1991年のことだった。この年、内田裕也は東京都知事選に立候補した。バカなことをやってるな、とおれは思った。売名行為だな、と思った。音楽バカは困る、と思った。というか、おれは、内田裕也のことなんかなにひとつ知らないのに、なんとなく、そう判断したのだ。バカだ、と思ったのだ。でも、はっきりいって、バカはおれの方でした。自分で、直接そのものを見たり聞いたりしないのに、ただパブリックイメージで判断して、なんとなく、そんなものはつまらない、と思われてしまう。って、これ、文学が世間で扱われているときと同じじゃありませんか。なのに、おれは、「世間」みたいなことをいったり、やったり、していたのだ！　バカモノめ！

でもって、おれは、なにげなく、NHKの政見放送を見た。そして、とんでもないものを見たのだ（いまは、ユーチューブで見られるね）。

「東京都知事候補　無所属　内田裕也」のフリップが出た。

それから、「東京都知事候補者　無所属　内田裕也　五十一歳　神戸市生まれ。ロックンロールライフを高校生から続けている。ロックイット、ラブ&ピース運動。では、内田裕也さんの政見放送です」というアナウンサーの紹介の声が流れ、それから、黒いバンダナを巻いた内田裕也が登場した。

でも、内田裕也は黙っている。いつスタートしていいのか、わからないのか。なんだか、はにかんでいるようにも見えた。そして、内田裕也は、いきなり、ジョン・レノンの「Power to the People」の冒頭の部分を歌い出す。もちろん英語である。

「Power to the people……」だ。日本語に翻訳すると、

「人民に力を、人民に力を、人民に力を」である。

わけがわからん。テレビの画面に、巨大な、

違和、

が生まれた瞬間を、おれは見ていた。

そして、内田裕也はいった（英語で）。

「I'd like to tell you something（伝えたいことがあるんだ）」

そして、また内田裕也は英語で歌いはじめた（アカペラで）。エルビス・プレスリーの「Are You Lonesome Tonight?（今夜はひとりかい?）」だ。

いったい、いままで、政見放送の画面の向こうから、聴衆に向かって、

今夜はひとりぼっちかい？
ぼくがいなくて寂しいかい？

と話しかけられたことがあったろうか。というか、日本の政治家が、日本人の有権者に向かって、日本語じゃなくてわざわざ英語で、話しかけたことがあったろうか。ほんと、あまりに理解を絶している！　そして、おれは感動のあまり硬直していた。

エルビスの美しいバラードを（英語で）歌い終わると、内田裕也の「演説」が始まった（もちろん英語で）。

「Ladies and gentlemen……my name is Yuya Uchida」

では、この「演説」を、きちんと聞いてみることにしよう（英語を日本語に翻訳してみる）。

「みなさん……わたしの名前はウチダユウヤです……わたしは神戸に生まれました……1999年のことです（これは1939年の間違い……だが、そんなことどうでもいいような気がする）

……それは……

『二番目の戦争』が終わった後のことです……

そして……

そのころ、ニッポンはひどく混乱していました、……わたしもまたひどく混乱していました……

そして、わたしは突然……わたしのロックンロールギターを抱えて……偉大なトウキョウシティにやって来たのです……

わたしは、わたしのバンドと共に『ニチゲキ・ウェスタン・カーニヴァル』に出演しました……それから……少しずつ……

時代は変わってゆきました……

わたしは出かけることにしました……パリ、ウィーン、マドリッド……ニュルンベルク、ミュンヘン……それから、再び、パリ……でも、わたしがパリにいたのは僅か六ヵ月の間にすぎません……けれど、わたしは、じょうずにフランス語をしゃべることができます……パルドン……ケスクセ……ジュテーム……

そして、わたしが、トウキョウシティに戻ってきたとき、時代はまた変わっていたのです……もちろん、ロックンロールという物語も変わっていました……そうです、ロックンロールの時代になっていたのです……ローリング・ストーンズ、ビートルズ、キング・クリムゾン、ピンク・フロイド、ジェファーソン・スターシップ……それから、フランク・ザッパ……

わたしはフラワーズというバンドを作りました……そして、ジョー山中という人と演奏をしました……クリエイションというバンドとも……我々はカナダに行き、トロントに何年か住んで、ニューヨークに戻ったのです……

そして、もう一度、トウキョウシティへ帰ったとき、わたしは気づかされたのです……そのころ、世界中に溢れていたのは、フォークと呼ばれる種類の音楽でした……たとえば、『風に吹かれて』とか……ニッポンにも……どんな曲だったか忘れてしまいましたが……とにかく、そんな曲がたくさん流れていました……みんな、そんな音楽をやっていたのです……そうです、

ロックンロールという物語は終わっていたのです……

いや、時代はもう一度変わります……変わるべきなのです……わたしは、新しいバンドを作ります……『パリ・テキサス』という名前のバンドです……そして、いまや、わたしは、懲りずに、

ロックンロールだけを演奏しようとしています……

そして、突然、東京都知事選が目の前に出現したのです……ほんとうは、ひとりの、ある有名なプロレスラーが……わたしは、彼を尊敬していますが……出馬するはずだったのです……ところが、ある理由で、彼は出られなくなり……そして、わたしが、ここにいるというわけなのです……

みなさん……

わたしは単なるロックンローラーに過ぎません……しかし、わたしには情熱とこころがあります……わたしには……わたしの正義があります……いや、わたしはなにも考えてはいません……わたし

が持っているのは、ロックンロールという物語だけなのです……聴いてください……」

ここで、演説はいったん止まり、今度は、初めて日本語の歌が、「コミック雑誌なんかいらない」が、その歌詞が、何度も繰り返し、歌われる。

「おれにはコミック雑誌なんかいらねえ
おれにはコミック雑誌なんかいらねえ
おれにはコミック雑誌なんかいらねえ
おれのまわりはマンガだから」

そして、最後に、
「おれのまわりはテレビのスクリーンおれのまわりはテレビのスクリーン」と、リフレインして、歌い終わると、再び、英語に戻って、内田裕也はこういうのである。

「Love and peace Tokyo, rock'n'roll, thank you」

演説が終わると、テレビが発明されて以来、もっとも美しい場面になる。話したいことを話し終わった内田裕也は、画面を（我々を）見つめて、完全な沈黙に入る。おれたちが見つめているのではない。おれたちが内田裕也に見つめられている十数秒が過ぎ、もう一度、内田裕也が、短

くはっきりと、

「よろしく」

といい、それにかぶさるように、アナウンサーの「東京都知事候補者　無所属　内田裕也さんの放送でした」という声が流れ、五分五十七秒の異様な放送は終了する。

おれは、まったく動けなくなっていた。その、目の前で、上映（？）されていたものの正体がなになのか、考えようとしていた。ひとことでいうと、
わ　か　ら　な　い　！

でも、
素　晴　ら　し　過　ぎ　る　！

生まれて初めてドストエフスキーを（それは、『悪霊』で、おれは中学3年生だった）読んだ時にも、おれは、同じことを感じた。そんな小説は初めてだった。

なにひとつわからない!

この人たちはイカれてる!

しかししかし、ここにはおれが知るべきなにかがある!

それは要するに、ここには、

文学がある!

ということだったのだが。

内田裕也の「五分五十七秒」を見て（そもそも、見る人間自体が少なかったのだが）、大半の反応は、「狂っている」とか「こいつはコメディアンか?」とか「文法がおかしい」とか「歌詞が間違ってる」とか「意味がわからん」とか「ふざけんな!」とか「病気だよ」というものだった。

だが、彼らは、ほんとうは、そんなことも考えていなかったし、感じていなかったはずだ。初めてのものを見る時、人は、どのように反応していいのかわからなくなる。

というか、自分がなにを感じているのかさえ、わからなくなる。

つまり、だ。おれたちが、「なにかを感じている」という時、おれたちは、ほんとうは「ただなにかを感じている」のではなく、「いままでこういうものを見て、確か、こういうことを感じていたから、いまもたぶん、こう感じているはずだ」と感じている、だけなのだ。だから、それは「感じている」わけではない、のである。

そのことがわかるのは、

内田裕也のようなもの、

が目の前に現れる時である。

断言しよう。「内田裕也の五分五十七秒」を見たものは、その五分五十七秒の間、いたたまれないほど恥ずかしかったはずだ（おれもだ）。見ている横に誰かがいるわけでもないのに（いたかもしれないが）、こんなものを目撃してどうしようと思ったはずだ。というか、

どういう感想を持てばいいいんだ！

と困り果てたはずだ。だから、とりあえず、彼らは、その「内田裕也の五分五十七秒」に、「狂ってる」とか「こいつはコメディアンか？」というような、誰でも理解できるようなことばを添えて、安心することにしたのである。

おれも、そうだった。ただ、おれは、「内田裕也の五分五十七秒」に、どんな感想を持てばいいのか、というか、どんなことばを、この現象に差し向ければいいのか、わからなかった。だから、むごんで、座っているだけだった。

いまなら、なんとか説明できるかもしれない。あそこに映っていたものの正体を、である。

まず、あの「英語」だ。

なぜ、ニッポン人である内田裕也が、ニッポン人に向かって、ニッポンの公的役職である都知事選挙への立候補演説を、「英語」でしなければならなかったのか。

あの「英語」演説に含まれているメッセージは、明白であるように思える。それは、

ことばというものはすべて外国語であると考えるべきだ、

ということだ。

おれたちは、「外国語」に接するとき、それが「ことば」であるというよりも、さながら「もの」であるように接する。だから、「辞書」というものを引いて、時には、その単語の横に添えられた挿絵を参考にしながら、ひとつひとつの「ことば」の意味を、なんとか見つけ、そして、それらの、さまざまなことばの意味をいくつも加えていって、最後に、全体として、そこでは、なにがいわれているかを、探ろうとするのである。

たいへんだ……。たいへんな作業だ……。

ない。

「外国語」が得意な人間は違うかもしれない。だが、幸いなことに、おれは、ぜんぜん得意じゃ

だから、すごくたいへんなんだ。でも、おれは、そのことに感謝してる。

パッ、とそこに英語の文章が書いてあるとする。

パッ、とそこで誰か（外国人）が英語でしゃべっていたとする。

わからない。なにが書いてあるのか。わからない。なにをいっているのか。まるで、暗号だ。

そこに書いてあるのは、意味があることばの繋がりだというけれど、ほんとなの？

それから、そこでしゃべっている金髪の人は、ほんとに、意味のあることをいってるの？ も

しかして、適当に音を出しているだけじゃないの？ タモリのハナモゲラ語とか、うちの子ども

たち（レンちゃん、シンちゃん）が、正式にニッポン語をしゃべれるようになる前に、おそら

く、おとなたちがしゃべることばを真似して、気分だけはしゃべっているつもりで、口から出任

せをいってた、ウチュウ語とか、そういうやつじゃないの？

そう思うじゃないか、ふつう？ えっ、おれが、ふつうじゃないのかも。

ところが、自国語は違う。ニッポン語だと違う。困ったことに。

そこに、ニッポン語がある。ニッポン語で書かれたものがある。あるいは、ニッポン語をしゃべってる人がいる。口から、ポンポン、ことばが出てくる。ニッポン語が、飛び交っている。

でも、困ったことに、みんな、わかるのである。意味がわからないことばもあるけど（そんなの関係ない）、考えるより先に、ことばが頭の中にめりこんでくる。だから、考えなくても、

ニッポン語なら、わかるのである。

でも、おかしいと思います。

ことばがそんなに簡単にわかるわけがない！

わかるような気にさせられているだけなんだぞ！

おれは、そういいたい。おれは、ニッポン語しか話せないニッポン人なので、ガンガン、ニッポン語で行く（それしかない）。時には、自分でもわからないまま、ニッポン語をしゃべる。時には、自分でも思ってもみない、ニッポン語をしゃべる。時には、思っていることと正反対のニッポン語をしゃべる。なのに、相手に通じているのだ！　しゃべっている当人がわからないのに、相手にはわかるのだ！　どうしよう！　そこには、なにか策謀があるのでは？

そんなところ（ことばが光速で流通する場所）から、コミュニケーションが生まれるわけがない。最近、レンちゃん（5歳）とおれは、ふつうにしゃべっている。

「レンちゃん、クラスの女の子で誰が好き？」

「ユキノちゃん」

「あれ、リリコちゃんじゃなかったの？」

「リリコちゃんは、タイガくんとけっこんするから、かんけいないよ！」

「じゃあ、なんで、ユキノちゃんなんだよ！」

「だって、ユキノちゃんにキスされたから」

そんな5歳児は許さん！　許さん！　絶対！　確かに、ユキノちゃんは可愛いけどなあ……。


「シンちゃん、パパとママとレンちゃんの中で誰がいちばん好き？」

「パパとママとレンちゃん」

「だから、パパとママとレンちゃんの中で誰がいちばん好き？」

「パパ」

「じゃあ、あっち行って、レンちゃんと遊んでおいで」

「うん」

「シンちゃん、パパとママとレンちゃんのなかでだれがいちばんすき？」（とレンちゃんが質問している）

「パパとママとレンちゃん」

「だから、パパとママとレンちゃんのなかでだれがいちばんすき？」

「レンちゃん」

そんな気配りのできる3歳児はダメだ！　ダメだ！　ダメだ！　いまから、そんな場の状況が読めて、どうする！　どうなってるんだ！　ことばに（ニッポン語に）、そこまで浸食されているなんて！　もう充分じゃないか。もうそれ以上、ことばの使い方を覚える必要なんかないぞ！

ほら、ご覧の通りだ。油断も隙もありゃしない。こんなに小さいのに、もう、ことばに（ニッポン語）に支配されているのだ。おれが、ぼんやりしている間に、愛する子どもたちは、ことばに（ニッポン語）に占領されていたのだ！　レンちゃん、シンちゃん！　ウチュウ語をしゃべりなさい！　パパのいうことが、ぜんぜんわからない、っていいなさい！　そうじゃなきゃ、ダメになっちゃうよ！

だから、内田裕也は、「英語」でしゃべったのである。なによりも、読者の（聴衆の）注意をひくためである。確かに、読者の（聴衆の）注意はひくことができた。でも、みんな、わかんなかったと思う。

それでいいのか、ウチダ！

それでいいのだ。

なぜなら、

コミュニケーションはいったん、断ち切らなければならないからだ！

そして、その後で、命がけで再構築しなければならないからだ！

内田裕也が、「英語」でしゃべったのは、ニッポン語では、「敵」に、その内容が知られてしまうからだ。なにしろ、その内容は、あまりに深刻だからだ。なんて用心深いんだろう。まあ、そのせいで、「味方」のはずの連中にも、その内容がわからなかったわけだけど。惜しすぎるぞ！

では、内田裕也は「英語」でなにをしゃべっていたのか。

まずは、「私」についてである。

それから、「私」は「戦争」が起こした混乱の中からやって来たということである。

それから、

「戦争」の混乱の中から「ロックンロールという物語」が生まれた、ということである。

それから、

「時代」が変わり、「ロックンロールという物語」はやがて滅びた、ということである。

それから、
でも「私」は、いつまでも「ロックンロールという物語」を手放さないであろう、ということである。

だから、「ロックンロールという物語」を信じる「私」は「公」のことばに手を伸ばそう、ということである。

「ロックンロールという物語」を伝えるためには、このように、あなたたち聴衆を、挑発しつづけなければならない、ということである。

おれは、内田裕也の「英語」の演説を聞きながら（これは、民主党大会におけるバラク・オバマの演説なんかより、ずっとすごいんだぜ！）、この「ロックンロール」とは「戦後文学」でもよかったのだ、と思った。それは、同じ成分で、できているのだ、と思った。このような同一性は、「ロックンロール」と「戦後文学」の他にも、あるのだ。そして、そのことは、おれたちが、ニッポン語でべらべらしゃべっている間には、わからないのである。そして、ここには、見習うべきなにかが、あると思ったのだ。

おれが、内田裕也の「演説」を思い出したのは、別に、「事業仕分け」の映像を見たからじゃない。『JOHNNY TOO BAD 内田裕也』を読んだからだ。この、モブ・ノリオの『ゲットー・ミュージック』という小説（モブ・ノリオ、グッジョブ！）と、内田裕也が1986年（！）に雑誌「平凡パンチ」で行なった一連のインタビューという二冊の異なった本を強引に一冊にノリでくっつけた（！）合本を読んだからだ。内田裕也は、そのインタビュー集で、駅を焼打ちしたりケーブル線を切断して世間を騒がせた国鉄千葉動力車労働組合の委員長や、武装闘争に突き進む中核派の最高幹部や日本人のアフガンゲリラやカール・ルイスや赤尾敏や岡本太郎や中上健次や野坂昭如や自殺した国会議員の新井将敬や生徒が何人も死んじゃった戸塚ヨットスクールの校長たちと話をしている。話をするんじゃない。ロックンロールしている。そして、時代の魂を（誰も頼んでないのに）揺り動かそうとしている。余計なお世話だ……。

それらは、みんな、「戦後文学」がやって来たことだった。でも、「時代は変わり」、「戦後文学という物語」は終わってしまった。なのに、

終わってなんかいない！

と叫んでいるやつがいるのである。そして、いきなり、おれたちに「英語」でしゃべりかけたりするのである。

そして、

怖がるな！
騙されるな！

と煽動するのである。そして、激しく煽動した後、優しい声で、歌ったりするのである。

今夜はひとりぼっちかい？
ぼくがいなくて寂しいかい？

政治家の文章

前章でうっかり書き漏らしたことから書いておきたい。いや、「うっかり」じゃない。「うっかり」というのは、入念に考えたり、準備して後、書きはじめる人の使うことばだ。ぼくは、そうではない。考えながら、書いている。というか、ほとんどなにも準備せずに、書きはじめる。書きながら、考える。書き終わってからも、考える。書き終わってしばらくたって、気づくことも、しょっちゅうだ。

モブ・ノリオの『ゲットー・ミュージック』に、内田裕也のインタビューが再録されている。

「——兄貴は一橋なんですよ。大正生まれで。昔は東京商大って言ったんだけど、学徒動員で今から出頭するって日の、朝に撮った写真が残っててさ。ゲートル巻いて、帽子被って、家の正門の前で俺を抱いて、姉貴二人と四人きょうだいで写ってる写真で。日の丸をバックに。姉は同志社の英文科で、ディケンズとかミルトンをやっててね。その姉に、召集が来たから兄貴も戦争に行かなくちゃならないって、その時の状況を教えられたんだけど。こういうのが来たからって、手紙見せられて。俺も泣いたよ。ちゃんとしっかりしろよ、って言われてさ。母親はね、とにかく戦争に行かせたくない、と。一生懸命勉強して、神戸一中だったんだよ、兄貴は。体もでかくて、体操部でさ、大車輪が得意でね。その頃は大車輪なんて、誰もやる奴がいなかったらしいんだけど——自分の息子を戦地に送り出さなければいけない、あの時の母の戦争に対する悲しみとか怒り、リアリティあるから、いつか公開してやろうと思ってよ。どれだけ嘆き悲しんで母が泣いたか。俺も、自分のきょうだいが戦争に行くなんて、ちょっとショック受けたよ。びっくりするよな、真面目に勉強やってたのによ……。

——兄貴は帰ってきたらさ、いつも血だらけで。ヤクザ相手とかそういう喧嘩で。戦争から帰ってきた奴って、怖いものないからさ。とにかく兄貴っていうと、血だらけでさ、俺を殴るから、帰ってくると怖くて。歳も離れていたし、兄貴はでかかったからさ。俺も当時では結構背はでかい方だけど。大体大学一年か二年だぜ、一番血気盛んな時だろ。戦争でどこに行ったかは、死ぬまで言わなかったよ。知りたくもないしさ。中国行ったのか、どこ行ったのかは一言も言わねえよ。悔しかっただろうけどね。学徒動員っていう、大きな権力に逆らったらさ、監獄じゃない？　だから行ってやるって、行くしかなかったんだろうけど。戦争体験は、仲間には言っても、きょうだいにも親にも一言も言わなかったんじゃない。全部チャックして、兄貴は死んだよ」

この文章を、今度、学生たちに読ませてみようと思う。間違い。読んでもらおうと思う。どう思うだろうか。うっとうしく思うだろうか。それとも、なにも感じないだろうか。

ぼくは、こういう話を、ずっと昔に、百万回は聞いたような気がする。

父親も母親も、戦争の話をした。祖父母も叔父も叔母も、みんな戦争の話をした。夏休みに田舎に帰る、法事で親戚が集まる、正月にお年玉をもらいにいく。どんな時でも、ぼくより年上の親戚たちはみんな（いまは、ほぼ全員が、この世にいなくなってしまったが）、戦争の話をした。

いや、誰も、自分から戦争の話をしようと思ったわけではない。ぼくはそう思う。ただ、話をしているうちに、いつの間にか、どんな話も戦争に繋がってしまうのだ！


「カズコさん、この、お汁粉、ちょっと、甘すぎない？」

「ごめ〜ん。砂糖、入れすぎたわ」

「ああ、でも、入れちゃうわよね。戦争中は、砂糖なんか手に入らなかったから」


「おばちゃん、なに聞いてんの？」

「阪神・巨人戦や」

「どっち勝ってんの？」

「巨人……」

「そりゃ、気の毒やね。負けっぱなし、ちがう？」

「サダコちゃん、あんた、阪神なんか、巨人にはかなわんよ。『水原茂、ただいま帰ってまいりました』の水原が監督だからな。ゲンイチロウ、知ってるか、水原」

「監督でしょ」

「シベリアに抑留され、船から降りて、汽車に乗り、東京駅についてその足で、後楽園球場に行き、ファンに挨拶したんだよ。他にも、三波春夫、吉田正、近衛十四郎、こら、ゲンイチロウ、話を聞け……」

「聞きたくない！」

というような話や、ふたりのおじさんがシベリアとフィリピンで戦死した話や、MPからお菓子をもらった話や、防空壕の話や、隣組の話や、新型爆弾の話や、焼夷弾の話や、B29の話や、グラマンに機銃掃射され命からがら逃げたが飛行機の中のアメリカ人パイロットは笑っていたという話（これは父親の自慢話の一つだが、父親は小児麻痺で足が悪く、走るのが苦手だったし、だいたい、機銃掃射している飛行機の方を見る余裕なんかないと思うので、たぶん捏造だろう）や、大杉栄を虐殺した甘粕正彦大尉（親戚だったらしい）が如何に素晴らしい人だったかという話やらを、絶え間なく聞かされて、ぼくは育った。そして、ずっとうんざりしてきた。戦争の話になると、ぷいと横を向いた。あからさまに、うんざりした顔をした。戦争なんか知らないよ、と思った。思い出話にふけらないでほしい、と思った。誰だってそうだ。自分が経験してはいないことを、それを経験した人びとが懐かしそうに話すのは、むかつくものだ。勝手にやってよ、と思うものだ。

ほんとうに、どうしようもない人たちだ、とぼくは思ったのだった。

そして、時は流れた。

戦争を知っていた（経験した）人たちは、どんどんいなくなった。いまや、戦争を知っていた（経験した）人たちから話を聞かされた（うんざりした）人たちもまた、少なくなりつつある。

突然、ぼくは気づいた。あの人たちは、けっこう「いい線」をいってたんじゃないだろうか。「いい線」ということばが適当なのかどうか、よくわからない。それに、「あの人たち」というような大雑把ないいかたもよくないかもしれない。だが、いまのところ、ぼくには、他に表現のしようがないのだ。

では、「いい線」とは、どんなことをいうのか。

1986年、「平凡パンチ」の連載企画でインタビューをつづけていた内田裕也は、当時、三十八歳の「東大卒のエリート」、朝鮮籍から帰化して衆議院議員に当選し、とりわけ同じ選挙区の石原慎太郎から執拗な攻撃を受けつつも当選した新井将敬の回のあとがきに、こんなことを書いている（これから十数年後、新井将敬は自殺することになる）。

「プリンスよりも年上で、ミック・ジャガーよりも若い男が、日本国衆議院議員に当選した。自民党圧勝の中でも最も激戦区東京二区。石原慎太郎氏、大内啓伍氏、上田哲氏、鈴切康雄氏……。品川区、大田区、大島、三宅島、八丈島、小笠原諸島という変則的な選挙区での激烈な闘いだった。初登院の日の午後、ロックンローラーはGジャンで議員会館階段を登った。

『キミ、キミ、どこへ行くのかね！』

守衛氏、院外団氏、秘書氏、全視線が〝エイリアン4〟だった。

東大卒、ウワーッ。大蔵省入省、ウホーッ。酒田税務署長、ウワーッ。井上陽水、ウホーッ。自民党公認、ウワーッ。前半はウワーッだった。政治家は話がウマイ。定説を少しずつ誠意が変えた。日本憲政史上初の帰化人議員、カッコイイ！　アライと書いた人達も気にいった！

税制問題、指紋押捺問題、韓日問題、南北問題、教科書問題、円高問題。新井将敬氏には当選をハシャグ暇はない！

いつか白竜、ジョニー大倉、安岡力也、アン・ルイス、ジョー山中……彼等も立候補すればいい。政治家が国を動かしてるんじゃない！　人間が動かしてるんだ！　アライさん、清く正しく美しく……とは言いません。Butウワーオッ。ヒューウッ。ヤッホーッ。こうなったら。目標内閣総理大臣！

祈　健康回復　石原裕次郎氏

石原慎太郎サン、俺も『太陽の季節』ファンだった。ひとつ、1948年生れ、東京二区、得票数100909、新井将敬サン、ヨ・ロ・シ・ク！

ロック軍団小政〝新井英一〟

もう一つ、内田裕也の「あとがき」を読んでみよう。立花隆の回だ。

「ボブ・ゲルドフがアフリカ飢餓救済コンサートのためにバンド・エイド。ハリー・ベラフォンテ、マイケル・ジャクソン、ブルース・スプリングスティーンたちがWe Are the World。ミック・ジャガーとデビッド・ボウイのジョイント、フィル・コリンズとスティングのジョイント、マドンナたちのライヴ・エイド。

ジョー山中と俺たちがライブハウス『クロコダイル』で、森進一や細川たかしの演歌勢さえもピュアな気持ちでparticipation（参加）した。ニュー・ミュージック勢は、チャリティ・コンサートは反対だと。なにかダサイ、流行でやってるみたいだとThey say so。

ポリティックにかかわること、危機感を感じること、人間の平等について感じること、貧富の差について感じること、ファッションのボッキについて感じること。それらをもダサイと言う。サイダーでも飲め！

田中金脈、共産党、ロッキードをクールに告発していった立花隆というダサイ男がいた。ダサイ東大を出て文藝春秋へ。退社して再入学。卒業してゴールデン街スナックのマスター。タン塩と安酒を2年間ダサク売り続けていた。

自民党大勝、田中角栄17万９０６２票。何も変化しなかったように……。

一人の男が巨大な権力に、真っ向から立ち向かって行ったことを忘れない！

アルバム・セールスの高い奴らだけをヨイショする文化人、アンタらはタン塩とサイダーがよく似合う。

吉本隆明どうした！　Highのまま地下鉄に乗った。Tachibanaからの帰還。豊田ユウゾーを聞いた。

〝段田　男〟」

この文章は古めかしい、とぼくは感じる。昔は、古くは感じなかったかもしれないけれど、いま読むと、かなり古い、と感じる。

こういう文章を、いまの若い人たちは書かないだろう。いま、若い人たちが書く文章は、もっと個人的だ。もっと、自分の近くのことを書いている、そんな気がする。

自分の身の周りのこと、自分に起こったこと、自分が感じたこと、自分が見ていること、そういうことを書いている。

もちろん、内田裕也だって、自分のことを書く。うるさいくらいに、たくさん書く。「おれ、おれ、おれ」といっているように見える時もある。

でも、それと同じくらい、「外」のことを書いている、という気がする。

「自分」以外のなにか、「自分」を包んでいるもの、「自分」を含む世界について、いおうとしているのだ。それが当たり前のことになっているのだ。

社会とか、世界とか、政治とか、そういうものが、そんなに離れたところにはない、と感じて書かれているのが、この文章だ。

内田裕也は「大言壮語」しているわけではない。ただ、ことばというものは、なるたけ遠くへ飛ばすものだ、と考えているだけなのである。

ぼくは、内田裕也の、この文章を読みながら、なんだか懐かしいような気もした。死んでしまった祖父母や、両親、親戚たちと会ったような気がした。

そして、かつては、こういう文章たちが、あらゆるところに存在していたのだ。たとえば、この文章は、どうだろう。

「『……いわゆる三大国の一と自惚《うぬぼ》れ、アジアに立ってアジアを見ずして欧米と同様の立場よりアジアを見た重大な錯誤がその根源をなして居らぬか。欧米の無統制なる資本主義経済の余恵に浴して有頂天となり、自制を忘れて所謂好景気に酔い、一旦恐慌に陥るや更生に対する努力を忘れて、外国の景気恢復を待望するが如き寄生的経済観念や、さては外来思想を無批判に受け入れて或いは一切の精神、道徳を無視する唯物主義を金科玉条となし、或いは薄志弱行、其の逃避所を享楽主義に求め、国体を傷つくるを覚らず、自己の破滅を顧みざる亡国的、世紀末的徒輩の跳梁する世相（中略）此等が総て我国現下の状勢を馴致せる誘因ではなかったか。

乃ち我等は速に自らの陣営を清掃し、国民の胸奥に滞在せる日本精神に活を入れ、国民的使命を自覚し挙国一致、此の難局打開を期せなければならぬ。』

これは陸相たる荒木が、同じ閣僚の大蔵大臣であり、彼の最大の論敵、達磨《だるま》とよばれた高橋是清に、正しい認識をあたえよう（つまり改心させよう）として書いた『皇国の軍人精神』の一節である。

今、この文章をよみかえして、私は一種の無気味さをおぼえる。

敗戦後の今日からふりかえって、『こんな文章を書く男が、指導者ぶっていたんだからなア』などと、軽蔑したり、嘆いたりするのは、たやすい。しかし私がここから感ずる無気味さは、そうたやすく一政治家の過去の興奮として忘れ去ることのできない、もっとからみついてくる何物かなのだ。

彼に、ゆるぎない確信があったことを、嘲笑する権利は、ぼくらにはない。ただその『確信』

が彼にあったために、『寄生的経済観念をもつもの』や、『外来思想を無批判にうけ入れるもの』や『自己の破滅を顧みざる盲目的、世紀末的徒輩』などが、まるで自分とは無関係な、人間としての生存価値のないものの如く、彼の目に映じていること。まちがいなく、そう映じていたとしか思われないこと、それが、無気味なのである。

叱っている彼から、叱られているぼくらへ一本の路が通っているばかりで、叱られる者から彼への路は、全くとざされている。この断絶のはなはだしさは、たんに彼ばかりでなく、ある種の政治家の文章が、たえずぼくらの頭上におっかぶせる暗さ、重くるしさである。

『どうしてこのような、悲しむべき断絶が、人間と人間のあいだに起りうるのであろうか。そして、まだまだこのような断絶から、ぼくらはしばらく、解放されそうにない』と言う、あきらめに似た不透明な霧のようなものが、ぼくらを包んでいる」

これは、武田泰淳という代表的な戦後文学者と考えられている人の書いた、『政治家の文章』(岩波新書)の一節だ。

——と書いてみた。

文芸雑誌の連載なのだから、「武田泰淳の書いた『政治家の文章』の一節だ」で充分、伝わるはずなのだが、ぼくには、ためらいなしには、もうそういう文章は書けない。

「武田泰淳」という固有名詞が、まったく通じない世界に、日々接しているうちに、ぼくの中でも、大きな変化が起こった。ぼくの中のある部分は「武田泰淳の書いた」という文章を好み、また別のある部分は「武田泰淳という代表的な戦後文学者と考えられている人」という文章の方を好む。

ほんとうは、「武田泰淳の書いた」と書きたいのだけれど、そう書きはじめると不安になる。

そして、いうまでもないことだが、文芸雑誌の世界は「武田泰淳の書いた」という文章の世界でもある。そこに棲息する人たちは、「武田泰淳の書いた」という文章に（たぶん）疑問を感じない。でも、そこから一歩出ると、「武田泰淳の書いた文章」では、なにも通じないのだ。そして、「そこから一歩出」た世界がなかったら、文学なんか存在する意味がないのである。

ぼくは、この本では「武田泰淳の書いた」という文章が支配的な世界と、「武田泰淳という代表的な戦後文学者と考えられている人」という文章が支配的な世界とのちがいについて考えてみたい、と考えている。それには、二つの世界を行ったり来たりしなきゃならない。一つの世界を掘り下げることと同じくらい（それ以上に）、二つの異なった世界を行き来することは大切なことなのだ。

というわけで、ここからは、「武田泰淳」ではなく「武田泰淳という人」という表記で続けていきたい。


いま引用した、「武田泰淳という人」の書いた文章の特徴はなんだろう。ひとことでいうのは難しい。

「他人」への興味がある文章、ともいえるだろう。

広い世界について考えている文章、ともいえるだろう。

複雑なものと単純なものの間を揺れている文章、ともいえるだろう。

ぜんぜん別の角度から、国語の入試問題にできる文章、ともいえるだろう。

いまの若い子たちに、この文章を読ませたら、まず「陸相たる荒木」の文章で躓いてしまうだろう。仮に「陸相たる荒木」の文章の意味がなんとなくわかったとしても、なにも感じないだろう。それ故、「陸相たる荒木」の文章に対する「武田泰淳という人」の感想について訊ねられても、どう答えていいかわからないだろう。

ぼくは、「武田泰淳という人」の書いた文章、のような文章に慣れている。簡単にいうなら、それは、「文学」の文章だ。それが、ふつうだと思っている。でも、実際はそんなことはない。比較するために、ぼくが、「いまの、ふつうの文章」の典型と考えているものを引用してみたい。


「情報を取り込む効率的な方法をお教えしましょう。まずはネットメディアの活用です。高速インターネット回線や携帯ネット接続が安く普及した現在、ネット経由の情報収集は欠かせないものとなりました。ニュースやブログ、ウィキペディアなど多くの有用な情報源があります。Yahoo! ニュースや Google ニュースを活用すればニュースはすぐに取り出せます。また、はてなブックマークや Livedoor Reader のようなツールを使えば、有用なブログを見つけ出すことができるでしょう。ブログには有識者の人が書いているものも多く、新聞やテレビでは見ることのできない、いろんな角度からのニュース解説を見ることができます。Google などの検索サイトでは、知りたいことを入力すればウィキペディアをはじめとした辞書的な情報にもたどり着くことが可能です。

補助的に新聞や雑誌も購読したほうが良いでしょう。なぜなら、ネットがこれだけ普及した今でも多くの識者はネットで生計を立てていないので（立てる方法が分からないのか、立てることができないか、あるいは立てる気がないのか分かりませんが）、まだまだ有用な情報が掲載されていることが多いからです。ただし、斜め読み程度でもかまいません。テレビは正直言って一部のドキュメンタリー番組や教養番組以外で見るべきものはありません。もしかしたらDVDを借りてきたほうが時間の節約ができて良いかもしれません。

そうやって情報の取捨選択ができるようになると、実は現状分析を通り越して、普通の人が知らない、これから起こること、いわば未来のことを知ることができるようになっているでしょう。予言者でもないのに？　実はこれから起こることというのは、情報を分析することによりある程度の予測が可能なのです。それはある人から見れば未来予想のように聞こえるかもしれませんし、実現させれば、それは発明のようなものに見えるかもしれません。つまり、情報を取り込むことによって、新たな発見をすることができ、自分自身のスキルアップや周りとの信用関係の構築に役立つだけでなく、世の中・社会にとっても必要な人物になってくるのです」（「就職しないで生きるには」《「本人」ｖｏｌ．９》堀江貴文）

こちらの、「誰でも知っているホリエモン」の文章は、インターネットや情報について書いてあって、「武田泰淳という人」の書いた文章は、政治について書いてある、というちがいは、あまり問題にならない。

この二つの文章には、もっと大きなちがいがある。

「誰でも知っているホリエモン」が書いているのは、すごくわかりやすい文章、ともいえるだろう。

というか、ものすごくわかりやすすぎる文章、ともいえるだろう。

平成という時代の日本という国の若者に向かって書かれた文章、ともいえるだろう。

たいへん風通しのいい世界に向かって書かれた文章、ともいえるだろう。

どんな風にいえるか、みなさんも考えてください。

他に、どんな風にいえるか、ぼくも考えてみた。なぜ、こんな文章が書けるのかも、考えてみた。


この文章には、およそ「抵抗」というものがないのである。超伝導物質みたいなものだ。この文章は、スタートした瞬間に、目的地に到着している。

それは、この文章が「新しい」からだろうか。そうともいえるし、そうでないともいえるだろう。なぜなら、この文章よりずっと「古い」「陸相たる荒木」さんの文章もまた、ある意味では、この「誰でも知っているホリエモン」の文章によく似て、「抵抗」というものが感じられないからだ。

「武田泰淳という人」の書いた文章には、「抵抗」がある。

「誰でも知っているホリエモン」の書いた文章には、「抵抗」がない。

どうして、ぼくは、そう感じるのだろうか。

「誰でも知っているホリエモン」は、わかるものはわかるし、わからないものはわからない、と考えている。あるいは、わかりにくいものはわかる必要がない、と考えている。無駄なこと、不必要な「抵抗」を生じるものは避けるべきだ、と考えている。わかりにくいもの、無駄なもの、不必要な「抵抗」を生じさせるものとは、なんだろう。

それは、たとえば、「武田泰淳という人」が書いた文章の中のこんな一節である。

「叱っている彼から、叱られているぼくらへ一本の路が通っているばかりで、叱られる者から彼への路は、全くとざされている。この断絶のはなはだしさは、たんに彼ばかりでなく、ある種の政治家の文章が、たえずぼくらの頭上におっかぶせる暗さ、重くるしさである」

「陸相たる荒木」さんが書いた文章は、とんでもないものだ。わけがわからない。理解を絶している。「誰でも知っているホリエモン」なら、そんな文章は、通りすぎるだろう。時間の無駄だからだ。というか、「関係ない」からだ。

しかし、「武田泰淳という人」は、通りすぎないのである。理解を絶しているが故に、見過ごすことができないのである。逆に「どうしてこのような、悲しむべき断絶が、人間と人間のあいだに起りうるのであろうか」と考えてしまうのである。

同じ世界の住人であるはずなのに、なぜ、このように、ちがうことばで話さなければならなくなったのか、と切歯扼腕するのである。

批判すべき相手が、そのことに気づいてはいないことに、深く傷つくのである。

「誰でも知っているホリエモン」は、おそらく、そんな「武田泰淳という人」の文章を読めば、「病気じゃないですか」というかもしれない。

確かに、病気だ。関係のない他人の（当人さえ気づいていない）過ちと考えられることについて、当人の代わりに、悩むなんて。

「しかし、私はひそかに想像する。

文麿は、おそらく、わが子なればこそ安心して、『厭な顔』を見せたのであろう。もしも彼の内心の敵であったはずの松岡や東条が、その夜訪ねてきて、次男と同じ質問を発したとしても、公人である彼は『厭な顔』をして見せたはずはない。

舌打ちせんばかりに、いまいましそうにして見せた『厭な顔』。それが、おそらく近衛が、自分以外のすべての人間に示したかった、うそいつわりのない表情だったのだ。『厭な顔』を見せまい、見せまいとして、それが習慣と化し、皮膚からはなれない仮面となっていたために、それだけかえって思いきり『厭な顔』をして見せたい欲求は、つもりつもっていたにちがいない。

彼の『遺書』は、彼が、精一杯の決意をしぼりだし、より強き者に向って、やっとさらけ出して見せた『厭な顔』であった。見せたい、見せたいと願っていた、とっておきの表情を、今こそ見せてやるゾという気持に、あまりにも強く支配されていたために、彼は、『厭な顔』を見せつけるチャンスもなく、死んで行かねばならなかった『国民』の表情を忘れていたのである。厭だ、厭だと思いながら、自分の顔から『仮面』をひきはがすことのできなかったのは、支配者であった彼ばかりではないのだ。支配されるものたちこそ、『仮面』なしに生きて行くことを、一日だって許されることがなかったのである。

支配する者と、支配される者とでは、かぶる『仮面』が少しばかり、ちがっていただけのことなのである」

戦争中、総理をつとめ、敗戦後、戦争犯罪人として裁かれることを拒否して自殺した、近衛文麿が死ぬ直前、次男に遺書を渡した挿話を紹介して、「武田泰淳という人」はこう書いた。

ちょっと書きすぎじゃないか、と思う人もいるかもしれない。というか、「近衛という人」が、ほんとにそんなことを考えていたかわからないじゃないか、という人もいるかもしれない。どうしてこんな文章を書くのか意味がわからない、という人もいるかもしれない(たぶん「誰でも知っているホリエモン」なら、こう思うだろう)。

もう一度いうけれど、「武田泰淳という人」が書いた、この文章は、慣れた人から見ると、不思議なところは少しもないけれど、慣れない人から見ると、ひどく不思議な文章だ、ということを、慣れた側の人たちも考えておくべきだとぼくは思う。

「武田泰淳という人」は、どうして(ある見方からすると)、こんなに、でしゃばった書き方をしたのだろう。あるいは、でしゃばった書き方ができたのだろう。

それは、「武田泰淳という人」が、文章というものは(文学というものは)、「公的」なものだ、と考えていたからだ、とぼくは思うのだ。

「公的」ということは、「私的」ということとは、真逆のことを指している。

「武田泰淳という人」にとって、「公的」ということは、ほとんど理解できない「陸相たる荒木」という人も、国民も、自分も含む、彼らが、たまたま居合わせた、ある、時間的、空間的な広がりの中で、運命のように繋がり合っていて、そのことを書き記さなければならない、ということを意味していた。

だから、文学者である「武田泰淳という人」が、文学からはかけ離れているように見える「政治家の文章」について書くのも、なんの不思議もなかった。小説を書くことも、「政治家の文章」について書くことも、いや、おそらく、自分が犯した罪について書くことも、「公的」であることに変わりはなかったのだ。

この、ずっと後の時代の観点からすれば、押しつけがましいともいえる、ことばの「公的」な態度は、内田裕也のことばにも共通している。そして、その、「公的」なことばの広がりは、「戦後」という空間そのものの広がりに、ほぼ等しいのである。

twitter上にて

Twitter

〔出典：フリー百科事典『ウィキペディア（Wikipedia)』〕

Twitter（ツイッター）は、個々のユーザーが「ツイート（つぶやき）」を投稿することで、ゆるいつながりが発生するコミュニケーション・サービス。２００６年７月にObvious社（現Twitter社）がサービスを開始した。

概要

（この節の内容に関する文献や情報源を探しています。ご存じの方はご提示ください。出典を明記するためにご協力をお願いします）

Twitterはブログとチャットを足して2で割ったようなシステムを持つ。各ユーザーは自分専用のサイト（ホーム）を持ち、「What's Happening?（いまどうしてる?·）」の質問に対して１４０文字以内でつぶやきを投稿する。つぶやき一つ一つはブログのエントリに相当し、つぶやきごとに固有のＵＲＬが割り当てられる。

ホームには自分のつぶやき以外に、フォローしたユーザーのつぶやきもほぼリアルタイムに表示される。このつぶやきの一覧を「タイムライン」と呼ぶ。例えば「ビールが飲みたい」というつぶやきに対し、それを見たユーザーが何らかの反応をすることで、メールやＩＭに比べて「ゆるい」コミュニケーションが生まれる。

また、リアルタイム検索や、流行のトピックにより、「今」何がつぶやかれているのかを知ることができる。

つぶやきの投稿や閲覧はサイト上で行うほか、便利な機能を備えた各種のクライアント、クライアントウェブサービスが公開されており、それらを利用して行うことも出来る。

ツイートの前にはこのように当人を指し示すアイコンが使われる。というか、まずアイコンがあってその直後にツイートが置かれる。各人がアイコンを自作してもいいし、既製のものを借用してもいい。それがけっこう（ぼくには）面白い。なぜかっていうのは、また考えることにしよう。ところで、ツイートの

字数は１４０字に制限されているので、気をつけないとこんな間抜けなことも起こる。でも、ちゃんと字数をカウントしてくれているから大丈夫。数字が読めればね。

ツイートか。どうも釈然としないので「つぶやき」または「つぶやく」と呼ぶことにしよ

う——ということを「つぶやく」こともできる。

自分の「つぶやき」をこのように順番に読むこともできるし、他の誰かの「つぶやき」をやはり順番に読むこともできる。ふだん、ぼくがどんなことをつぶやいているかというと、こんな感じ。

あれ、引用しようと思ったけど、過去二十回分までしか遡れない。「もっと読む」をクリックしても戻れないようだ。twitterは過去を拒否しているのだろうか。それとも、ぼくのパソコンのせい？　仕方ないので、最近のもの（三つ分）を引用してみる。

@

馬券が（券じゃないよね、紙は介在してないから）当たったあたりから、急速に具合が悪くなってきた。筋肉痛、寒け、頭痛、ひどい咳、完璧、風邪です。絶対、風邪をひいてはいけない時だっていうのに。損したのか得したのかわかりません。

「ダイシンオレジン」じゃなく「ダイシンオレンジ」です。すいません。興奮して間違えました。新聞の予想では▲のところだけウォータクティクスでしたが、買う直前「やっぱり戦争には反対しよう」と思いついて、「ダイシンオレンジ」を昇格させたのでした。こ

ういう閃きはふつうはずれるんですけどね。

レースが終わりました。アメリカJCCはネヴァブションが1着で、キャプテントゥーレが着外で外れ。でも、平安Sは、◎のロールオブザダイスが勝ち、○のネイキッドが3着、なんと▲のダイシンオレジンが2着で、単勝も馬連もワイドも3連単（198倍）も当たりでした。最近当たりすぎて怖いです。

@

なんか変でしょう。競馬の話題ばかりだから？　いやそうじゃなくて、順番が逆だから。結果が先で、経過が来て、最後に前提。でも、twitterではこうなる。最近のものが最初に来て、古いものほど後ろになる。新しいものから古いものへと読んでゆくのだ。

ふつう、ぼくたちが読んでいるものは、古いものから新しいものへと並ぶ。最後に現在が来る。数千頁を読み終えて、最後の頁をめくると、大団円が来る。それってかなり人工的なことじゃないだろうか。しかし、古いもの→新しいもの、という進み方がふつうに感じられるほどに、ぼくたちの感覚はふつう

ではないのだ。

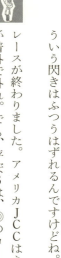

だから、ここで書かれているものの時間の流れ方、というか、思考の流れ方は、ぜんぜん、twitter的ではない、ということを知っていただきたい。思考の流れを追おうとするなら、遡って、それが始まったところから読まなければならない。でも、それが遡れないとしたら（実際、いくら「もっと読む」をクリ

ックしても、過去の「つぶやき」が出てこないので）ぼくには、流れがわからない。ぼくたちが、本の中で読んでいる物語や長大な思考は、考えるということをしたことを、ことばというものによって、形にして残したその跡なのである。人工的であるとさっき書いた（つぶやいた）が、異常であるといってもい

いのかもしれない。ここでは、こんな風に、一回の「つぶやき」を無理矢理、くっつけて書いているが、実際のtwitter上では、こんなことはしない。一回の「つぶやき」は、その人個人のものだけを読むフォロワー（「読者」というべきか）なら、その続きも連続して読むことができるが、大半は他の「つぶ

やき」の中に埋没して、ほんとうにただの「つぶやき」に見えてしまう。いまtwitter上のぼくのホームを開くと最新のものは、順に、こうなる。

@

本日、施政方針演説をいたします。昨年末のインド出張の頃から自分なりに思いを込めて練り上げてきたものです。午後1時から、ぜひ国会生中継でお聴きください。PCでご覧になる場合はこちらです。http://bit.ly/9C7Xd4

なってますね。QT@adawho あれ、さっきまで普通に見れたのに購読しないと中身見れないようになってるかも〈ニューヨーカー。

早く飛行機とばす

RT@AtaruSasaki RT@adawho サリンジャーが『ニューヨーカー』誌に発表した全13作品へのリンク http://bit.ly/9K2xCJ

テレ朝、「ちょっと待った」という硬派なコーナーのテーマ曲が、なぜかロキシーミュージック。

RT@yoshikosaito：なろほど！　RTペンネーム適当に台所にあるやつから付けちゃえってことで、ウスターソースから「うすた宗介」と言う名前で投稿しました。で、それが受賞した訳だけど発表ページ見たら誤植で「京介」になっていたのです。

その前にバカボンのパパ論争。「ねぇパパ、バカボンのパパとパパはどっちがバカなの？」「それはバカボンのパパの方がバカだろ」「でもぼくはバカボンのパパのほうがソンケイできる」「なんで？」「おもしろいから」と、かなり僕のアイデンティティが崩壊するような話に。

@

時間の流れは、やっぱり、こことは逆に、最初のものほど新しい。まず、この国の総理大臣らしい人が「つぶやき」、その次は、二つ飛ばし、誰かが、直前に亡くなったサリンジャーという作家について、他の誰かの「つぶやき」を引用し、その間には、誰だか知らない人が、（この人をフォローしている人か、

もしかしたらこの人に返答させた人以外には）まるで意味がわからないことを「つぶやき」、その次の誰かは、他の誰かと、やはりこの人の「つぶやき」をフォローしていない人にはわからないテーマについて「つぶやき」、最後はまったく別の誰かが子どもと「バ

カボンのパパ」について「つぶや」いている。

まったくばらばらなこれらの「つぶやき」を読むことは面白い。なぜなのか。この「つぶやき」たちを読むと、ぼくは、ここにばらばらなコミュニケーションがあると感じる。というか、コミュニケーションというものなどないと感じる。「隣人」がすぐそばで自分と無関係なコミュニケーションを打ち立てる。

ふだん、ぼくたちが読んだり見たりするものは、そこにコミュニケーションが成立していると主張している。それは新聞であろうが、ブログであろうが、雑誌であろうが、同じだ。しかし、ここでこうやってミックスされた形でしか存在できない「つぶやき」が伝えるのは、もっと別のことだ。

まず人間がいること（アイコンはその印だ）。そして彼らはおのおの自分が特別であってまた特別な誰かとコミュニケートしていると思いこむのだけれど、実際は違う。コミュニケーションはほとんど存在していない。存在しているとすれば奇蹟なのだ。

人びとがいて、人びとによるばらばらのコミュニケーションが奇蹟のように存在している、ということを伝えるために小説は存在している、とぼくは思う。奥泉光が「このツィッターって、かなり小説的な何かだよね」とtwitterの中でいっているのは、このこ

となのかもしれない。

ある人間には、誰かの「つぶやき」が単独で聞こえ（見え）、別のある人間には、その「つぶやき」の相手の「つぶやき」も聞こえる（見える）。意味がはっきりとはわからない「つぶやき」も、どのような繋がりの中で洩らされたかはっきりわかる「つぶやき」もある。

それは、それを聞く（見る）人間の位置によるのだとするなら、誰かの「つぶやき」を聞いたり（見たり）するのは、その「つぶやき」の意味を知りたいというより、自分とその相手の位置の違いを知りたいからなのかもしれない。あるいは、自分が（相手が）どこにいるかを知りたいからなのかも。

もちろん、小説とはまったく似ても似つかぬところもある。だいたい、ここには、いかなる意味でも一貫した流れはないからだ（個人の「つぶやき」を追いかける以外には）。始まりもなければ終わりもなく、泡のように「つぶやき」が生まれ、すぐに電車から見える風景のように後ろへ消え去ってゆく。

これは、ただ小説に含まれる「物語」の部分に似ていないだけだ。小説の、それ以外の部分、ぼくがもっとも本質的であると考える部分は、人と人とのコミュニケーションについ

て、独特の考え方を提示できることだと思う。つまり、誰もほんとうにはコミュニケートすることは（ほとんど）できない。

（無意識で）そのことを（人びとがほんとうにはコミュニケートできないことを）証明するために小説家たちは、さもコミュニケートしているかのようなお話を書きつづけるのである。

@

いま出ている「オール読物」に、クワコーシリーズ第2弾、「盗まれた手紙」が載ってます。表紙に名前がないので気付きにくいと思いますが。ちなみに、クワコーは、あくまでフィクションであり、近大文芸学部のK准教授とは関係ないことをおことわりします。

おや、奥泉光さんがつぶやいている。これは、なんですか。近況報告ですか。それとも、小説の内容についての報告（商品についての注意喚起）ですか。それに、誰に向かってつぶやいているんでしょうか。でも、奥泉光さんらしいと思います。

全豪オープンテニス、チリッチ対マレーを飲みながらテレビで観戦中。マレーという人は、どうも共感しにくい人柄なのだけれど、気が付いたら好きになっていた。不思議だ。

しかしマレーは苦戦中。

奥泉という人は、どうやらテニスが好きらしい。

@takagengen どうぞ使ってください。このツイッターって、かなり小説的な何かだよね。

おや、takagengenという人と、お話しをしているところを覗いてしまったみたい。小説家同士の話に聞き耳をたててるみたいだ。でも、おもしろい。なにいってるのか、わからないけど。あとで、takagengenという人のところにも見学に行ってみよう。

休憩がてら外へ出たら、野川公園の梅がちらほら咲いていていました。川ぞいの柳も、あとひとおしで、あおく煙る気配です。

この「休憩」というのは、小説を書くというお仕事の途中の休みのことなのだろうか。野川公園がどんなところかは、わからないが、のどかな風景の中を、難しい小説を書いている作家さんが、執筆の苦しみから束の間、逃れている様子が伝わってきますね。この人、けっこうふつうに文学っぽい。

お昼の休憩。日本のジャズシリーズ＃2鈴木良雄「FRIENDS」は1973年のアルバム。一曲目の表題曲、鈴木良雄のベースソロからはじまって、峰厚介のテナー、本田竹ヒロのピアノと、まるでケレンみのない、直球モードが炸裂。

ここから休憩が始まったのか。つぶやいた時間を見ると、少なくとも2時間は休んでいる。小説家はいいなあ。それから、峰厚介のテナーか、懐かしいなあ。若い頃、ピットインで聴いたっけ。一番前の席にいたので、峰厚介の唾を思いきり浴びたんだ。気持ち悪かった……。

5時だわ。帰ります。今日はこれから激激激辛辛辛大会にゆくの。

奥泉さんのところで会話されていたので角田光代さんの「つぶやき」に来た。「5時だわ。帰ります」というのは、想像するに、仕事場から家へ帰るということだろうか。ちょっとサラリーマンみたいで共感できた。

@ninguri パン焼くの!?それはホームベーカリーで?手こねで?全粒粉?はるゆたか?

誰かとパンを焼くことについてつぶやいているのではないか。ほんとに？　それだけ？　小説家だから、もしかしたら、なにか深い意味があるかもしれない。

あの。たいへん打ち明けづらいことではあるんですが。わたしの締め切り表の5日に「作者の言葉」とあるのですが、これが何か、ご存じの関係者のかたいらっしゃいますでしょうか。書き間違いかとも思うんですが。いや書き間違いであってほしいんですが。

これも、連絡だ。なんだか、うらやましい。こういう使い方ができる人が。わたしなんか、つぶやく一方で誰も聞いてくれない（いま、わたしをフォローしているのは13人。しかも、明らかに業者みたいのばかりですよ）。こういうのをつぶやくとはいわんだろう。自分で突っ込みをいれてみた。

今日のお弁当はのこりものが詰まっているので、お昼やすみがぜんっぜんたのしみではありません。しかしのこりものを捨てる罪悪感はまぬがれた。

この角田光代という人は、食べるのが好きなようだし飾らない人柄のようだ。今度、一度、小説を読んでみることにしよう。なんだっけ。『魂萌え』という小説を書いたと思うが。映画は非常に面白かった。他人事ではなかったし。

オレの「しちゃーす」普及活動に付き合ってくださった皆さんにこの場を借りて深く頭を垂れるものです。おそらく1日でRTの数×皆さんのフォロアーの数＋私のフォロアー数で15000以上の皆さんに普及したでしょう。さらにネズミ算式に増えることは確実です。「嬉しいdeath！」

今度は島田雅彦という人のつぶやきのところに来た。作家さんは、みんな、つぶやきあってるみたいなので追いかけるのは難しくない。この島田という人の小説は何冊か読んだことがある。左翼っぽいやつだ。あれはよかった。それから、皇太子かなんかの恋愛を書いたやつも途中まで読んだ。

ところで、「しちゃーす」って何だろう。

「なう」はロシア語で「しちゃーす」。お昼寝しちゃーす、とか牛丼しちゃーす、とか寂しくてつい意地悪しちゃーす、というような使い方が本日中には爆発的に広がっている……かどうか実験してみましょう。

なるほど。そういうことか。

すでに新聞や雑誌やテレビはミニコミになり、ブログや同人誌がマスメディアになっている。下剋上は成りつつある。今後は怨嗟を克服し、器の大きさを見せつけてやれ。旧メディアの狭量さを真似してはならない。

そんなことになっていたとは知らなかった。新聞を読んでいてはわからないことばかりだ。そりゃあ、新聞や雑誌も自分たちに不利なことは書かないだろう。なにかものすごいことが起ころうとしているのか。もう少し、フォローを続けてみることにする。

本によりますね、それは。僕の小説は、もちろん、集中して読んでください（笑）。雑誌とか、新書とか、そういう話ですが、ただ、僕は森鷗外の朗読テープを、昔いつもかけっぱなしにしていましたが、それは快適な体験でした。ご飯食べたり、掃除したりしながら。ＲＴ＠yuumo 自分の作品をテレ

今度は平野という人のところだ。この人も読んだことがある。芥川賞をとった人だ。難しい漢字が多かったが、けっこう読めた。わたしは、漢字は割と得意だ。

手ぶらで本を読むというのは、たわいもないことのようだけど、読書は、音楽やテレビと違って、「ながら」が本当に出来なかったというのが、このマルチタスク時代には、かな

り不利だった。手ぶらでも、出来ることはかなり限定されるが、朗読機能も付けば、「ながら」化も進むのでは。

そうか。

ｉＰａｄは、斜めに立てかけるための携帯スタンドが欲しくなるかも。動画をずっと手に持って見るのは辛そう。紙の本は手ぶらで読めないけど、新幹線なんかで、弁当でも食べながらｉＰａｄで本が読めると快適。

あれはｉＰｏｄというのではないだろうか。でもうかつなことはいえない。似たような新製品かもしれない。以前、とんでもない失敗をしたからな。

わたしはこんなところでなにをしてるんだろう。いい歳をして、ずっとパソコンの前に座っている。座って、作家さんたちの間を歩き回っている。座っているのに、歩いている？　止せよ、そんなこと。でも、止められない。なぜかって、暇だから。

若い頃は読書家だった。なんでも読んだな。叔母の家に文学全集がいくつもあった。全部読んだよ。一応。好きな作家は大岡昇平、『野火』とか。『武蔵野夫人』もよかった。いや、いちばん好きなのは、石坂洋次郎なんだ、ほんとは。

『光る海』に『あいつと私』、『若い人』。『陽のあたる坂道』もよかった。映画では石原裕次郎が主演したが、あれは最初から、石坂洋次郎が裕次郎をイメージして書いたんだ。この前、久しぶりに本屋に行ったら、石坂洋次郎の本が一冊もない。文庫の棚が一段、全部、あの人のだったこともあったんだが。

近頃の小説は、実は、よくわからない。わからないというほど読んでもいないが。この前、娘の読んでいた小説（作者の名前を忘れた）を見せてもらったが、ずいぶん軽いような気がした。頭が悪くなるぞといったら睨まれた。

ほんとうは、このツイッターの仕組みも、中で話されていることも、よくわかりません。わからない。でも、歩き回っていると、ちょっとわかった気になって、それで離れられないのかも。娘や妻が、変な顔をして通りすぎる。邪魔かい？

叔父がよく「志賀直哉を読め」といっていたが、わたしは苦手だった。田中英光も好きだったなあ。『さようなら』とか。恥ずかしい……。でも、知っている人なんか、もういないだろう。

知ってますよ。芳賀書店版の全集持ってましたから。『野狐』、『魔王』、『私は愛に追いつめられた』。

わっ！　聞いてたんですか。わたしのひとりごと。ひどいなあ、前もって、ひとことといってくださいな。うろたえるじゃありませんか。

すいません。聞き耳を立てていたわけじゃありませんよ。たまたま、通りかかったら、田中英光なんて名前が聞こえてきたもので。思わず、反応しちゃったんです。驚かせたら、ごめんなさい。

いえ、こちらこそ。まさか、こんなところで、話しかけられるなんて想像してませんからね。わたしなんかに話しかけるなんて、あなたもそうとう暇人とお見受けしましたが。

そうでもないですけど。でも、暇人に見えるかも。

あっ、いま、あなたのつぶやきを拝見させていただきました。takagengen さんですか。
あの……てっきり、作家さんだと思っていたんですが、専業主夫？　競馬関係の方？
えっ、大学の先生？

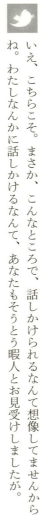

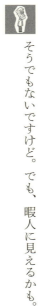

うーん、そのどれでもあり、どれでもなし。まあ、この際、そんなこと、どうでもいいじゃありませんか。一期一会。ちょっとしたきっかけで、奇蹟のように、お話しする機会ができた。それで十分。

わかりました。お言葉に甘えて、あなたに訊いてみたいことがあるのです。誰に訊いていいのか、ずっと悩んでいたことが。

ぼくでよければ、なんでもどうぞ。

ぼくも同感です。石坂洋次郎は断固評価されなければならない！　中でも『光る海』は最高。ＲＴ＠everyone いや、いちばん好きなのは、石坂洋次郎なんだ、ほんとは。ＲＴ＠everyone『光る海』に『あいつと私』、『若い人』。『陽のあたる坂道』もよかった。

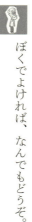

twitter上にて・続

知らぬままでいい、かわいいやつ。あとでお前も誉めてくれよう。さあ、来てくれ、まぶたを閉ざす夜の闇よ。憐れみにみちた昼の間のやさしい目を薄衣で包み、覆うがいい。そして、お前のその血に濡れた目には見えない手でもって、あの男の命の証文を帳消しにし、ずたずたに引き裂いてくれ。

あの証文こそ、おれの魂を脅かす元凶なのだ。夕闇が深まってきた。カラスの群がねぐらの森に帰ってゆく真っ昼間の晴れやかなことどもは、首うなだれてまどろみはじめる。その時を待ちかねて、夜の黒い手先どもは、獲物を求めて鎌首をもたげ始める。お前、おれの言葉に目をみはっているな。

落ちつけ。驚くことはない。いったん悪を始めたからには、悪を重ねること以外、強くなる道はどこにもないのだ。

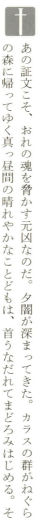

丘に立って、見張りについて、バーナムの森のほうを、見たところ、とつぜん、森が動きだしたなう。

今までにない奇妙な鋭さをもって、人びとの醜さや美しさを（街路で）眺めてしまう。

胸がはりさけそうになったり、いたたまれなくなったりして、ときおり、生がこみあげてくる。

わたしは孤独を欲してはいないが、必要としている。

雪なう。パリに大雪。ふしぎだ。

「スピード増感ゴーグル」！　これをかけてジョギングすると、スカッとするよ。

「タマシイム・マシン」！　一種のタイムマシンなんだけど。たましいだけがぬけだして、むかしの自分のからだにうつれるんだ。

「立ちユメぼう」！　実際のできごとをユメになおして見るんだ。このダイヤルをまわして見たいユメを……。

「見たままスコープ」！　過去に目で見たままの光景が、脳みその記憶の底からほり出されてうつし出されるんだ。きのう外出したのは、午後二時半ごろだったね。ほら！　ほら！　うつりはじめたなう。

どのタイミングでつぶやいたらいいのかわからない。夜中だから空いていると思ったのに、なんて混雑なんだ。次から次へと、意味ありげなつぶやきの連続。なんだか、車がびゅんびゅん走ってる高速道路を信号がないのに横断しようって気分じゃありませんか。

『ウルトラマンメビウス外伝　ゴーストリバース　STAGEⅠ　暗黒の墓場』『同　STAGEⅡ　復活の皇帝』に魅せられる。とりわけ、謎の戦士メカザムとメビウスの友情に感動。テーマは自己犠牲か。ここでは、「善」と「悪」の二元論は解消されている。

それにしても、ちょっと（っていっても三十年以上だけど）見なかった間に、ウルトラマンにせよ、仮面ライダーにせよ、あれほどまでに内容を深化させていたとは。この両シリーズを見る子どもたちが成人した時この国は劇的に変化するのではあるまいか。

たとえば『仮面ライダーディケイド』をもっとも簡単に説明すると「兄妹とパラレルワールドをめぐる物語」ということになるだろう。東浩紀の『クォンタム・ファミリーズ』と同じだ。というか、わたしの『悪と戦う』も同じだ。別に真似したわけじゃありません。

「もうグチョグチョですよ。ううっ、すごい」
「いや……あううっ、いやです……あああっ」
「あっ、あっ……そ、そんな……。あなた、許して……ああっ、駄目です」
「くおっ。出しますよ！」

おっと、タカハシさんに声をかけそこねてしまった。せっかく、お見かけしたのになあ。

「ひっ……い、いや……」
「ひいッ、待って……そんなーひううッ！」

「力を抜かないと裂けるぞ」

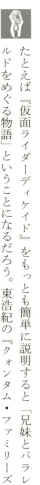

「きひぃぃッ！」

「くっ……苦しい……」

「どうだ。でかいだろ」

「あひぃぃッ！ い、いや、ナカは……ぅああっ、駄目、ひぃいっ」
「きひぃッ！ 駄目……ひああっ、イク、イッちゃう、あッああぁぁぁぁぁぁぁッッ！」

『劇場版・大決戦！ 超ウルトラ8兄弟』では「昭和」の「ウルトラ4兄弟」と「平成」の「ウルトラ4戦士」が「奇跡の集結」をする。面白いのは「昭和」の「ウルトラ4兄弟」や怪獣たちが「テレビの中の物語」から「平成のウルトラ4戦士の現実」へやって来ることだ。「パラレルワールド」という

「引用」なのである。

タカハシさん！ タカハシさん！ ちょっと、待ってください。お取込み中、すいませんが、あの、わたしのこと、覚えてます？

あっ。いつぞやの。石坂洋次郎ファンの方。お久しぶりです。あなたも、この時間帯に出

没なさってるのですね。夜、眠れないくち？

ああよかった。「あんた、誰？」っていわれたら、どうしようかと思ってました。とにかく、心細くって、誰か知ってる人が通らないかなと思っていたもので、つい、声をかけたのですが、ご迷惑ではなかったでしょうか？

とんでもない。で、なにか、わたしに用事でも？

わたしの前を通りすぎるツイート、っていうんですか？　あれ、どうなってるのか、ぜんぜんわからない。おかしなことばかりつぶやいてるんですが。心当たりはおありでしょうか。

それでは、ちょっと、あなたのタイムラインを拝見させていただきますね。どれどれ。ああ、これですね。最初のは「マクベス」……みたいなやつ、それから、次は、おそらく「ロラン・バルト」……みたいなやつで、その次は明らかに「ドラえもん」……みたいなやつ、最後はたぶん「官能小説」……みたいな

……みたいなやつ、ってなんですか？

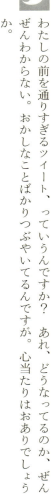

みたいなやつ、とは、まさに、みたいなやつというしかない代物で、「マクベス」のような作品や、「ロラン・バルト」のような有名人のおことばを、機械的に呟きつづけるロボットみたいなもの、ですよ。ほんとに「機械」がつぶやいたり、時には、人が「機械」みたいにつぶやいたり、いや、時には、なりす

ましたり。

なぜ、そんなことをするんです。

わかりません。けれど、ここはことばしか存在しない世界、肉体のない世界、情報しかない世界。それをしゃべっているのが、本人なのか、偽物なのか、はたまた、コンピューターなのか、わからないんですよ。

えっ。ほんとですか。もしかして、この人も？　わたし、本人だとばっかり……。

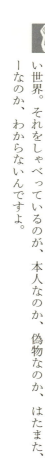

どうも景気が悪いせいか、レオ10世からサン・ロレンツォ教会改修工事の費用の削減を命じられた。ケチ！　誰だと思ってんだよ、おれ、ミケランジェロだぜ。ああ、おれ、メディチ家とはぜってえ合わないんだよね。手抜いて安い材料使っちゃお。

ミケランジェロが日本語しゃべるわけないでしょ！　ていうか、ミケランジェロ、四百五十年も前に死んでますから。

そうなのか……。そうだったのか。おかしいと思ったんです。わたしがかつて読んだ、かつて熱中した、作家の名前があちこちで見つかるんで、喜んでフォローさせていただいていたのですが。みんな贋者だったとはねえ。あの、この人も……贋者？

昨日、久しぶりに母さんを、おんぶしたら、ものすごく軽くてショックを受けた。気がつかないうちに、母さんもすっかり年をとってたんだなあ。ごめんよ。そう思っていたら、自然とこんな歌ができた。
たはむれに　母を背負ひて　そのあまり　軽きに泣きて　三歩あゆまず

当たり前です。あなたの気持ちはよくわかります。わたしだって、いまの小説、いまの作家には、なかなかなじめない。それは、彼らが生きている世界と、わたしが生きている世界が別物だからです。だからといって、もう読まれなくなった、誰も名前も知らない作家

を追いかけても仕方ない。特にこんな場所では。

わかりました。フォローははずします。そして、もう少し、現実に……目を向けることにします。

@

林君、「青年」を有難う。読み終わったところだなう。近頃になく気持ちがよい。この気持ちは、約束した「青年」評を書くよりも、じかに君に手紙を書くに値する。

晩春の暮方、二人は石に腰掛け、海棠の散るのを黙って見ていた。花びらは死んだ様な空気の中を、まっ直ぐに間断なく、落ちていた。樹蔭の地面は薄桃色にべっとりと染まっていた。あれは散るのじゃない、散らしているのだ、一とひら一とひらと散らすのに、屹度順序も速度も決めているに違いない、

僕が、はじめてランボオに、出くわしたのは、廿三歳の春であった。その時、僕は、神田をぶらぶら歩いていた、と書いてもよい。向うからやって来た見知らぬ男が、いきなり僕を叩きのめしたのである。僕には、何んの準備もなかった。ある本屋の店頭で、偶然見付けたメルキュウル版の「地獄の季節」の

ここはどこ？　わからない。まっくらけ。時々、光が過ぎてゆく。なんだか、夢を見ているような気がする。じゃあ、少し待っていると、目が覚める？　覚めんぞ。蓋し、ここにおれの問題がある。なんでも、夢と現実の対比に持っていこうとするところ。

こばやし。こばやし、起きた？

おれを呼ぶ声がする。なにか眩暈のようなものがおれをとらえる。あれはなんだ？　おれの宿命か？　宿命がおれを呼ぶ声なのか。あんなものはしょせん、幻にすぎぬ。吾々の灰白色の脳細胞が見せるまやかしなのだ。って、きみ、誰？　もしかして、おおおか？

そうだよ。ひさしぶりだね。

ちょっと待ってくれ、おおおか。おれは、ものすごく混乱している。『ベルグソン論』は未完のままじゃなかったっけ？　それから、おれ、どうして旧字・歴史的仮名遣いじゃなく、新字・現代仮名遣いでしゃべってるんだ？

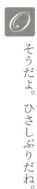

ええっとだね、『ベルグソン論』は未完のまま『感想』ってタイトルになって、出版されました。それからきみが、旧字・歴史的仮名遣いじゃなく、新字・現代仮名遣いでしゃべってるのは、新しい全集が、新字・現代仮名遣いだからだと思うよ。で、最後に重要なことをいうとだね、きみは死んでます。

死んでるような気がしないんですが。

死者はみんなそういうよ、だいたいのところ。というか、自分が死んでしまったことを反省的に思考することができないのが死者の特徴ではないだろうかね。

おまえ、相変わらず、理屈っぽいな……。

いま気づいたんだが、きみ、神田をぶらぶら歩いてる時に、ランボオと遭遇したんだよね。確か、モオツァルトの40番シンフォニーのテーマが頭の中に鳴ったのも、道頓堀を歩いてる時じゃなかったっけ。わざとらしくない？　そういうの。

そんな古い話、もう時効じゃん。って、どうして、おれ、こんな、知らない言葉遣いになってんのよ？　それから、さっきから気になってたんだが、きみの声は聞こえるのに、姿が見えん。これが、きみのいっていた、おれが死んだ証拠なのか？　やっぱり、地獄？

こばやし。これから、ぼくがする話を落ちついて聞いてほしいんだ。いいかい？

いいよ。もう、なにがなんだか。なにが起こっているのか、説明してもらいたいよ。

きみは死んだ。ぼくも死んだ。死んで葬られ、肉体は滅びた。キャン・ユー・アンダスタンド？

しゃべるならフランス語にして。それから、死んだ、死んだって、何度もいわなくてもいいから。その度に胸にズキッとくるんだよね。まだ、現実を受け入れてるわけじゃないんだから。

人はすべて死す。それは自明の真理であり、受け入れなければならない。ぼくも死んで塵になり、きみも死んで塵になる。幸いなことに、ぼくもきみも全集は出版された。けれど、いまや、ぼくたちの読者も少ない。というか、文学そのものが風前の灯だ。

わかった。テレビに駆逐されたんだろう。待てよ、マンガかな。ＳＦ……ミステリー……あと、何があったっけ。

違うんだ、こばやし。パソコンと携帯電話だよ、文学を滅ぼそうとしているのは。

わけがわからん。ぱそこんに電話？　それと文学にどんな関係があるの。

アップルがマッキントッシュを発売したのが、きみが亡くなった翌年だものね。きみに理解できないのも無理はない。そして、その頃のコンピューターは、いまと比べるなら、大人と子ども、銀河系と太陽系、いや比べものにならぬほど違うのだ。だが、そんな説明をする必要はあるまい。こばやし。

なに？

もう、本は売れんぞ。

なんで？

部屋が狭くて、本棚が置けないから。若者が電話代にお金をかけて、本を買わないから。若者ばかりか大人も、情報収集にお金をかけたくないから。教養がいらないから。というか、教養があると胡散臭いと思われるから。大学入試に近代文学から出題されなくなったから。以上。

早めに死んどいてよかった。なんでも、編集者がどんどん若い人になって、その若い編集者は若手に書かせたがって、だから、ますます古い作家は用がなくなる……って、なんでそんなことをおれが知ってんだよ！

こばやし。それだ。ぼくたちは確かに死んだ。いままでなら、土の下に埋葬されて、それでジ・エンドだった。だがな、こばやし、面白いことが起こったんだ。いまや、電子化された途方もない量の情報が、この、ぼくたちがいま話している世界を流れている。きみの周りでピカピカしてるやつ、それだよ。

それは、ことばだ。こばやし、ぼくのことばも、きみのことばも、その中に混じっている。そして、宇宙に等しいほどの、この世界の中では、存在しているのかどうかすら危うい、弱々しいものだ。だが、図書館の中でなら朽ちてゆくだけのことばが、ここでは少なくとも流動することができる。

宇宙で星ができる時、その粒子の数は、実は真空中とほとんど変わらない。それにもかかわらず、ある偶然がその真空の様な世界に、凝縮を産みだすのだ。

先生。質問。

ぼくは、先生じゃないよ。だいたい、ぼくにフランス語を教えたのは、きみじゃん。

いや、この世界では、おまえはおれの先輩だよ。おれの理解できたところでは、おおおか。要するに、おれが、おれ自身だと思っているこのおれは、電子的な情報の集積、それが凝縮してできあがった仮構の存在、というんだな。

こばやし。文科系の割に、理解速いじゃん。

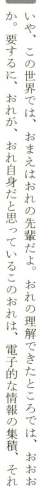

おおおか。『感想』ちゃんと読んでる？　理論物理学について、あれほど考察した批評が、日本にあった？　おそらく、プランクの常数を最初に文芸批評に持ち込んだのは、おれだと思うけど。ドゥンス・スコトゥスの「存在の一義性」についても書いてるけど、それ、ジル・ドゥルーズより早くね？

確かに、そうかも。

それが、もともとはことばで、そしてことばが凝縮して、光り輝くなにか、流動するなにか、になったとするなら、それは「魂」の一種なのかもな。それは、それで、「死後の生」としては悪くないかも。

わかってくれた？

ああ。どんな風に、ここで生きていけばいいのか、ちょっと、歩きながら、考えてみるよ。なにかまた、とんでもないものに出会わないとも限らんし。おまえはどうする？

ぼくは、読書する。っていうか、読書中なんだ。

読み終わったら、感想、聞かせて。じゃあ、またね。

ああ、行ってしまった。光の海の中に。

こばやしは、根っからのフラヌール、遊歩者だからな、そこが、電子の海でも、平気で歩き回り、彼にふさわしいなにかとぶつかるに違いない。そして、何度でも「魂との邂逅」を繰り返すだろう。いいんじゃないか、肉体がなくなっちまったら、魂専門でやるっきゃないんだから。

さあ、ぼくは「読むよりほかにすることなし」だから、また読書に戻ることにしよう。なにしろ、時間はたっぷりあるのだから。

汚れっちまった悲しみに
小雪が降りかかるなう

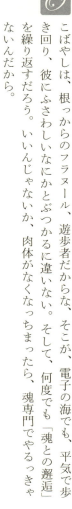

汚れっちまった悲しみに
風さえ吹きすぎるなら

ここはどこ？　わからない。まっくらけ。時々、光が過ぎてゆく。なんだか、夢を見ているような気がする。じゃあ、少し待っていると、目が覚める？

もしかして、なかはら？　こいつを説得するのはむずかしいかも……。

@

もうすぐ朝ですね。すいません、わたしなんかにつき合っていただいて。

どういたしまして、もう、同業者とだって、近代文学の話なんかしませんからね。また、そのうち、お話ししましょう。

おーい、おおおか。どこぉ？　若手批評家でけっこう優秀なのいるじゃん。おれのことすっかり忘れてるみたいなのは問題だけど、筋は悪くないと思うぞ。って、返事しろよ、

おおおか！

おおおかは『文壇』ってタイトルで小説を書きだしたみたい。『成城だより』で予言してたやつ。

わっ！　なかはら、おまえ、生きてたのかよ！　じゃなくて、生き返ったのか！　なにしてんの？

ことしの「中原中也賞」受賞作、読んでるなう。女子高生だってさ！　いい時代だよなあ。

あれ、また、賑やかな呟きが……。

だから、なりすましですよ、あんなの。放っておきましょう。それでは、おやすみなさい！

それって、誰に向かって、しゃべってらっしゃるんですか。

誰だか知らないけれど、わたしたちを同時にフォローしてくれていて、その結果、会話をきちんと聞いてくれている人にですよ！　もしかしたら、わたしたちの会話が存在しているのを知っているのは、わたしたち以外では、その人だけかもしれないんですからね。さよなら、さよなら！

「革命」について

『1968』を書いた小熊英二さんと対談をした。

いちばん面白かったのは、1962年生まれの小熊さんには1968年に二十歳前後だった世代（1940年代後半生まれ）のことがほんとうにはわからないとおっしゃったことだ。それから、この『1968』の読者としてまず想定された、現在の二十歳前後の若者たち（1990年代頃生まれ）に、そのことを説明するために、いくつもの概念を作りださなければならなかったことだ。

なぜなら、小熊さんの（世代の）持つ感受性や慣れ親しんだ観念を、彼らは共有していないから。それらのことが、ぼくには、ひどく面白かった。

「1968」世代のことが「1982」世代（その頃、二十歳前後だった小熊さんたち）にはわからず、「1982」世代のことだって、当然、「2010」世代にはわからない。ましてや、「1968」世代のことなんかを「2010」世代がわかるわけがない、ということだ。

なぜ、そんなことが面白いかって？　考えるべきことがたくさんあるように思えるからだ。

たとえば、その場合の「わからない」とは、なにがわからないのだろうか、「わからない」という状態は、ほんとうは悲しむべきことなのだろうか、あるいは、なぜ、いつも「二十歳」世代が問題になるのだろうか。

小熊さんは「１９６８」年という、目を見張るような事態に興味を持った。そこには、なにかがあると感じた。だが、それがなになのかが「わからない」。

重要なのは、そのことだと、ぼくは感じる。

「わかるもの」ですます、「わからない」ものは見ずにすます（似てるけど違う）、「わかった」ふりをする、――といった通念が社会に満ち溢れる。

「わからなければならない」というプレッシャーが、どんどん強まっているのではないか。

この前、本屋の店頭で、「××分でわかる」というタイトルの本が異常に多いことに気づいた。「一年」や「半年」という単位ではない（そういう本もある。「気が長い本」と見られてしまう）。「一ヵ月」や「一週間」という単位でもない（たくさんある。昔は、この程度でも、「なんという気の短い本！」と思われたのに）。「一日」という単位ですらない（一日でできるのは、「わかる」ことではなく単なる丸暗記で、それは、次の日に忘れるものだったのだが）。というか、「一時間」でさえ、まどろっこしいということのようだ。

「わかる」ということは「すぐわかる！」ということを意味している、ようになったのである。

『「１テーマ５分」でわかる世界のニュースの基礎知識』、『図説　５分でわかる日本の名作』、

『世界紛争地図――5分でわかる世界情勢!』、『通勤時間でおぼえる! 5分の集中力でわかるエクセル&ワード』……。

30分も15分も10分も飛ばして、いきなり「5分」から始めてみる。とにかく5分あれば、いろんなことが「わかる」らしい。じゃあ、3分では?

『3分でわかるロジカル・シンキングの基本』、『3分でわかる運命分析』、『3分でわかる運のちから』、『3分でわかる心理学――知ってるだけでトクをする!』、『3分でわかる好感度アップの話し方』、『役立つ新書が3分でわかる本』……。

ほら、3分あれば、たいていのことがわかるのである。でも、まさか1分じゃなにもわからないよね……甘い!

『1分でわかる「ビジネスマナー」必携マスターBOOK』、『1分間でわかる「菜根譚」』、『1分間でわかる政治学』……。

このあたりで驚いていたら、なにもできない。「わかる」速度は、ここから加速する。

『女は10秒でわかる!』……って。

マジかよ。いや、マジらしいよ。というか、もっと短くても「わかる」らしいよ。

『あなたの真実　世界一シンプルな5秒で人を見抜く方法』

呆然……としていないで前へ進んでください。

『一問一答　3秒でわかるコンプライアンス』、『田口二州の3秒でわかる！　開運手相術』……。

ちょっと、こわくなってきたでしょ。

『「1秒！」で財務諸表を読む方法　仕事に使える会計知識が身につく本』、『1秒で相手を見抜く心理術』、『1秒で彼を夢中にさせる本』、『1秒で10倍稼ぐありえない名刺の作り方』……。

0秒はない……残念だが。ちょっと待て、これは？

『読まずにわかる！　シェイクスピア』

もちろん、そんなタイトルの本は、昔からあった。ぼくも、受験勉強の時には「傾向と対策」

というタイトルの本を使った。けれども、いまは、本屋の店頭（ではなく、アマゾンの画面）を、「傾向と対策」よりさらに呼吸の短い本が埋め尽くす。そんな時、困るのが、文学や芸術と呼ばれるものたちだ。だいたいにおいて、「彼ら」は「わからない」方面を担当していた。だから、文学や芸術を「わかる」専門家が、「一般の観客」との間に介在していたのである。それは、解説者という意味ではない。

「わからない」文学や芸術というものがある→その「わからない」文学や芸術というものを、ある程度「わかる」形態に変えるのが文学者や芸術家、という関係だ。

「わかる」ことが重要視される社会では、「わからない」文学や芸術は疎んじられる。

いったい、なぜだろう。

ぼくは五年ほど前から、大学で教えている。ぼくが知っていた大学は四十年も前のもの。なにしろ「1968」世代なもので。小熊英二の『1968』によれば、大学で「叛乱」が起こった大きな理由の一つは、「真実」を学ぶための「大学」が、「外」の、「資本」の、「社会」の影響を受けるようになって、その中身というか本質がすっかり変わってしまったことに、学生たちが反発したから、だという（って言い方はおかしいか。自分のことなのに。でも、自分のことは意外にわからないのだ）。

要するに、当時の学生たちは「真理の探究の府」などという「古い」大学観を抱いていたのである。古い価値観の下に、押し寄せる「社会」の波に抵抗しようとしたのだ。だから、本質的に保守的な、革新運動ということになる（らしい）。

いまは違う。ぜんぜん違う。その頃、「古い価値観」を大学に対して抱いていた学生のひとりとしては、突然、「いま」の大学に入って、驚くことばかりだ。しかも、この五年の間でも変わったことは多い。たとえば、いまどこの大学でもふつうにやっている「授業評価」。これは、要するに、学生たちに、先生の授業の内容を細かく採点してもらうもの。先生が学生を採点するのではない。学生が先生を採点するのである。「頑張っている」「やる気がない」「面白くない」「役に立たない」「声が小さい」「黒板に書いてばかり」「休講が多い（これはぼく。ごめん）」等々という、学生たちの声が直接、先生たちの下に届く。

これはきわめて民主的な制度なのか、と思うと、そうではない。意味がぜんぜん違う。これは、要するに、「消費者が製品についての感想を述べる」ということなのだ。「製品」というのは「大学の授業」で、それについて、消費者が「使用した時の感想」を、その製造会社に報告する、というもの。そして、その感想は、生産にフィードバックされるのである。

かつて、内田樹さんは、『下流志向』という本で、若者たちの「下流志向」の根源を、「いまの子どもたちが、家庭内に、消費者として出現したこと」にあると書いた。

外で働く父親は家庭内に戻ると「おれは外で働いているから疲れた」という権利を有する。家事を行なう母親は「わたしは家事をしているから疲れた」という権利を有する。「疲れた」という父親、「疲れた」という母親。いまや、小さな消費社会になった家庭（彼らが日々生きている消費社会の縮図でもある。「外」も「内」もなくなったのだ）で、彼らには「疲れた」という、共通の貨幣がある。いや、それしか共通の貨幣はないのかも。だから、子どももまた、この小さな社会に通用する貨幣を持たなければならない。それが「ぼくも疲れてるよ、勉強で」という貨幣だ。「ああ、疲れた。もう疲れすぎて勉強なんかできない」といって、少年は、「下流」に落ちてゆく。

「消費者」マインドは、貨幣経済が社会の全局面にまで浸透した結果生まれたのである。いまや、大学に入ってくるのは、学生ではなく、「消費者」だ。「消費者」には権利がある。払った分だけ満足させてもらえる、という権利である。

「消費者」にとって重要なのは、それが「消費できるものなのか」ということだ。あるいは、「消費に値するものなのか」ということ。

当然のことながら、彼らは、あるタイプのものを避けようとする。「消費できないもの」、たとえば、「わからない」ものだ。

ただし、なにごとにも例外はある。

「わからない」代表である美術にだって、村上隆がいる。

村上隆の美術は「わかる」か。

「わからな」くってもかまわないのである。村上隆の美術は「かわいい」、「かわいい」が「わからない」より優っていれば、「消費」できるのである。

困るのは、「文学」だ。

「わからない」上に、かわいくない！

これでは、「消費」しようという意欲がわかないはずである（「消費者」にとっては）。というか、読まれなくなるはずである。

対策があるとすれば、以下の通り。

（1）「文学」を「わかる」ものにするよう、つまり、「消費者」のニーズに合ったものにするよう、努力する。
（2）「文学」は「わからない」ものだから、「消費者」には読まれないものだと諦める（それでも、六十代以上の作家が生きているうちはなんとかなるだろう。「消費者」ではない「読者」もまだ少数は生き残っているから。でも、いま三十代の作家が六十代になった時は？　おそろしくて考えられない……）。

どちらの道を選んでも、かんばしい結果になりそうもない。だとするなら、他に対策はないのか。考えてみよう。

（3）作家も努力するから、「消費者」にも、努力を求めたい。「わからない」と決めつけないで、「わかる」ものを増やしたらどうか。つまり、「消費」できるものを増やしたら、どうか。ユニクロの戦略がそうだ。
（4）「消費者」であることなんかつまらないから、「消費者」であることをやめてもらう。「わからな」くたってかまわないのだ。

まず（3）はどうか。いま優れた書き手（作り手）は、概ね、こちらに向かっている。小熊英二さんの『1968』も、その優れた達成の一つといえるだろう。「消費者」に絶望するあまり、

「消費者」を見捨ててはならない。そのことによって、「消費者」からも見捨てられることになってしまう。『1968』はわかりやすい本ではない。踏破するには、広大で、お金もかかる。けれど、真摯に歩き続ける者には、見たことのない風景を見せてくれるのである。

ユニクロにはヒートテックという一大ヒット商品がある。簡単にいうと、あったか（「暖ったか」？）下着である。おじいちゃんが着ていた「ラクダのももひき」の子孫だ。みんなが一度は捨てたものだ。リニューアルして、中身をちょっと変えペンキを塗り直して、店頭に並べたら、すさまじいまでの売り上げを記録した。

「ラクダのももひき」は「わからない」が、ヒートテックは「わかる」のである。

小熊英二さんが『1968』で発売した「ヒートテック」は若者の「現代的不幸」だった。「近代的不幸」が戦争や貧困といった具体的な原因を有するなら、「現代的不幸」は貧困とは無関係に「心の虚しさ」や「生きている実感の喪失」となって発症する。小熊さんは、その淵源が「1968年」の叛乱に、そこに参加した若者たちの心情にあるとした。

そのように説明してもらえれば、いまの若者たちにも「わかる」のである。

だが、もう一つ、（4）では「わからない」ものの良さがあるのではないか。このことの説明は難しい。（2）と混同されてしまうおそれがある。

だいたいのところ、「文学」というものは（2）の運命をたどっていると見なされる。こんな具合に。

• かつては「文学」（「純文学」ということでもいい）が大いに受けた。

↓
・でも「文学」の「狭さ」「怖さ」「難しさ」を人びとは理解しなくなった。
↓
・人びとは楽に読めるもの、「わかる」ものしか求めなくなった。
↓
・そんなやつら（読者）は勝手にしろ。「文学」はひとりになっても、孤独死しても、媚など売るものか。

様々な言い方はされるが、書き手も（そんなにいないはずの）読み手も、もしかしたら、（2）に示される認識を共通して抱いているかもしれない。だが、お互いに共通の認識があるからといって、それが正しいかどうかはわからない。世の中に、お互いに間違った認識を抱いたまま、いたずらに、時間ばかりがたつこともあるのだ。

というわけで、（4）の説明をしてみたい。「わかる」ということ、とりわけ、文学が「わかる」ということに関する、ぼくの認識だ。それが、わかってもらえれば、嬉しいのだが、って、また「わかる」を使ってしまったよ。

・かつては「文学」（「純文学」ということでもいい）が大いに受けた。
↓（ここまではさっきと一緒）

・でも「文学」のなにかを人びとは理解しなくなった。その「なにか」というのは、「狭さ」「怖さ」「難しさ」ではないとぼくは思う。後になってみれば、それは「狭さ」「怖さ」「難しさ」という言葉になってしまうけれど、当時は、そうではなかった。当時を知る者は、「狭さ」「怖さ」「難しさ」など感じなかったろう。それは、たとえば、「時代をひたしている大きな感情」とでも呼ぶべきなにか、だ。けれど、その時代に生きている人間が「時代をひたしている大きな感情」などと名づけられるわけがない。海を泳ぐ魚が、(かりに、相当程度、考える能力があるとして)「自分をひたしているこの海という塩分を含んだ水」について絶えず考えているわけがない。水や空気は、前提としてそこにあるものだ。

空気や水があるのではない。ただ、自分がある。そして、自分をひたしているものには気づかない。そういうあり方しか我々はできないのである。

では、その場合の水や空気、というか、「時代をひたしている大きな感情」の役割とはなにか。いろいろある、では説明にならない。その「いろいろ」のいくつかを説明してみたい。

その役割は、

「わからない」ものをそっと包みこむ、ではないか。

ほんとうのところ、我々は、あまりに多くの「わからない」ものに取り囲まれている。けれど、それではノイローゼになってしまう。では、どうする。「わかったことにする」のである。なにによって？　言葉によってだ。

あそこになにかがある。煌くなにかが。胸をときめかすなにかが。

――というようなことがあるとしよう。注意してもらいたいのは、その「なにか」がすっかり「わかって」いたら、「煌く」も「胸をときめかす」もないことである。よくわからない。まるで海の上に浮かぶ蜃気楼のようなものなのかもしれない。けれど、ある時代には、海が満ちていた頃には、そこに、なにかがあるように見えたのだ。誰もが、みんな、そこになにかを見たのだ。

十年がたち、二十年が経過し、三十年が過ぎて、そこへ行ってみる。潮位は下がり、海は遥か沖合まで後退してしまった。そこにあるのは、ごつごつした岩、殺風景な景色ばかりだ。「観光案内」を片手にやって来た、若い観光客は、その光景を見て、

「この景色のどこが綺麗なんです」というはずである。

「ただ、岩とテトラポッドと廃船があるだけじゃないですか」と。

そのように文句をつける、その若者もまた、別の海の中を遊泳しているのである。

ところで。ここ一月ほど『戦後占領期　短篇小説コレクション』というシリーズを読んでいる。1945年から1952年まで、敗戦から講和条約発効まで、すなわち、日本が占領されていた時期に発表された短編小説を年ごとに編んだものだ。すでに読んだものも多いけれど、見たこともないものも、けっこうある。「戦後文学」はここから始まった、という言い方もできるが、でも、そういう大雑把な言葉づかいはやめよう。面白いから、読んでみる。それでいい。

シリーズの第3巻に武田泰淳の「非革命者」という短編がある。この年、武田泰淳は三十六歳。

冒頭は、こうだ。

『この俺が主義者だって。革命家だって！』

私はそれを考えると冷い笑が、垢のたまった頬をむずがゆく走るのをおぼえた。『奴等はどうして、そんな馬鹿げたことを考え出したのか。よりによって、この俺が何か政治的行動のできる人間だなどと』

私は日僑集中地区内のブローカーの家にころがりこみ、時たま頼まれる代書の仕事で得た金で、老酒ばかり飲んでいる男にすぎない。理想もない。力もない。何か行動する意欲さえありはしない。

今では、路を歩いても、中国人たちはみすぼらしい風態をした私に対して、反感さえ示しはしない。先の運命のきまったのら犬を眺めるより、もっと無感情に、ただジロリと見て通りすぎる。彼等は、このめまぐるしく金や物の動きまわる上海の街で、それぞれ自分の役割を持っている。落花生売りの子供も、不具の老婆も、人夫も、ゴロツキも、みなそれを持っている。しかし私にはそれがないのである。帽子は浮浪児にかっぱらわれた。時計などはじめから持っていない。もう盗まれるものもないのだ。

私は上海ばかりではない、世界のよけい者である。終戦と同時に、それはきまった。いや、その前から、それはきまっていたのだ。この世界に、何の役にもたたない存在、ただ上海の米と酒を無意味に消費して生きている人間なのだ。『その俺が、ひとの国の革命に関係のある人物だって？　ハハ』」

主人公の「私」は、終戦（敗戦）直後の上海を、意味もなく、あてもなくさまよっている。戦争中は、大いばりだった日本人は、終戦によって、立場が一変する。持てる者も持たざる者も一ヵ所に集まって、不安な日々を過ごしている——というわけだから、戦争の終了によって、一気に根無し草になった流浪の民の苦しみ（あるいは、そんな同胞からも疎外された男の苦しみ）を描いた小説だ、というのが、いちばんわかりやすい説明だ。そして、その時代を知っている読者は「わかる！」と思い、その時代を直接には知らないぼくのような読者は「両親から聞いたよなそんな話」と思って、なんとなくわかり（わからないところもいろいろ）、そして、さらにずっと下がった世代になると、「テレビや映画で見た、ような気もする」と思い、「こんなことがあったんだなあ」と思い、「上海って、昔からすごいんだね」と思い、でも「よくわかんない」と思うかもしれない。いや、そもそも、読もうとなんか思わないかも。

その時代を直接に知っている読者（もうほとんど残っていないはず）の読み方も、その時代を直接には知らないがなんとか他人の記憶を利用して、いくらかでもその時代とアクセスできる世代の読者の読み方も、それから、ぜんぜん無関係な読者の読み方も、同じ欠陥を持っているのではないか。というか、読むべき場所は、「そこ」ではないのではないか。

では、「どこ」を読めばいいのか。いや、いま、読むべきは、どこなのか。

「革命」だ、と思う。正確にいうなら、「革命」という言葉だと思う。

この小説、やたらと「革命」という言葉が出てくるのである。

まず、タイトルが「(非)革命(者)」。そして、一行目に「革命(家)」、引用で示したように、先程の一節の最後の行に、また「革命」。

ついでにいっておくと、この短編の最後の段落は、以下の通り。


「大きなはずかしさの闇が流れただよっていた。

『ハハ、僕が革命に参加するなんて……』

その闇の中で、軽薄な声で『私』がそう言っていた。私はそんな『私』が生きていたこと、そんな『私』が平気で喋っていたことがイヤであった。そのイヤさは、泣くのもはずかしいほど強いものであった。

『カ、ク、メ、イ』と私は、顔のかたちも歪むほど蒲団に圧しつけた頭の中で、発音してみた。するとそれだけで、私の舌はしびれ、燃え、溶けるのを感じた」


ここまで徹底して「革命」という言葉を使ってしまっていいのか。大切な「言葉」は、大切に使わなきゃならない、それが常識。なのに、タイトルから冒頭の一行から最後の一行まで、のべつまくなし「革命」の連呼。読んでる方だって、「はいはい、『革命』のことが書きたいんだよね。わかったから、もういい」っていいたくなるかもしれない。

一度は占領した中国に敗れた日本、そこに留まらざるをえない日本人たちは、あの手この手で蓄えた財産を持ち出そうとしている。一方、日本に勝った中国の政権も、内部に「革命」を目指す共産党への恐怖を抱えている。誰がスパイで、誰が革命家なのか、はたまた、誰が愛国者で誰が売国奴で誰が欲望のおもむくままに生きる者なのか。そんな中にあって、インテリの「私」は、なぜか「革命家」ではないかと疑われる。それに対して、「私」は「革命家ではない」と言いつづけるのだ。

「私」はなにものでもない。「私」に誇るものはなにもない。いや、ただ一つある。

「私の内部も、周囲も、すべてはどす黒く、濁っている。そこには光明も情熱もない。もしそのようなものが有りとすれば、M喫茶店の彼女、ただあのあまりにも清浄な彼女一人であった」

「M喫茶店の彼女」は中国人の父と日本人の母を持つ十八歳の乙女だ。父を亡くした彼女は、環境の激変であらゆるものに疑いの目を向けるようになった母親にも疎まれる。そして、家を飛び出し（おそらくは、誰かの愛人になって）喫茶店に勤めている。「私」のただ一つの願いとは、「彼女」に金を与え、自由になってもらうことだ。そんな「私」に「革命」の「悪夢」がつきまとう。

「『杉さん、革命って、どんなことするの』と、村井の妻は私にたずねる。

『知りませんね』

『何もかくすことないわ。わたしチャンと知ってるんだから』

子供の三人ある、この化粧ずきの九州女は、保甲のうわさを信じ、私に対して奇妙な夢を抱いている。そして村井と別れようと計画している。

（中略）

……だが彼女は、そのいかつい顎を上向けにして、ウットリした眼つきで言う。

『杉さん、あんた今に大きな仕事なさるわ。わたし信じてます。わたしも革命をやるわ。家庭の革命をやるわ』

彼女と革命。それは何というとりあわせだろうか。彼女は毎日、下の部屋に据えた、白木のお宮におまいりする。豆電球の灯明をパチリとともして、手をあわせて拝む。そして、あらゆることを祈り、念ずる。彼女はその効果を信じている。病気について、金銭について、子供の運命についてさえ、黙禱した際のお告げを疑わない。その彼女が革命！　だが私は彼女を嘲笑うことはできない。彼女が私より愚かな人種だと考えるわけにはいかない。むしろ、そのあわれさに於て、またその醜さに於て、彼女は私に接近し、一致している気がする。私と革命！　そのとりあわせの滑稽さ、奇怪さは、村井の妻の場合と何の変りもない。

『わたし、杉さんの眼を見れば、革命家だとわかりますよ。鋭い眼だもの、ほんとに』

村井の妻は市場の前で立ちどまり、私と向きあい、ちょっと両足をそろえ、両手を私の肩にかけた。それは接吻でもしそうな姿勢であった。しかかっていたのかもしれぬ」

ある時、「私」は謎の中国人青年からトランクを預かる。その見返りに高額の報酬を要求する「私」に、青年はあっさりと応諾し金を渡す。約束の期日が来て、青年はトランクを受け取り去ってゆく。「私」は、喜びに溢れ、花束を買い、その花束に受けとった金の入った封筒を入れて、Ｍ喫茶店に向かう。そして、「彼女」に花束を渡そうとする。「彼女」はお礼を言って、「私」

を家に誘う。そして、一軒の家の前で「私」を待たせると、暗い路の方へ姿を消す。花束を持って待つ「私」は、突然、銃声を聞く。トランクを預かった青年が路上で逮捕される。そして、兵士が射撃している建物のヴェランダには短銃を手にした「彼女」の姿が……。倒れる「彼女」の姿を目にした「私」は、自分の部屋に逃げ戻る。そして、呟くのが、先程引用した終結部だ。

この短編で頻出する「革命」という言葉を、同時代の読者は、自分が知っている「革命」や「戦争」の物語の中で納得して読んだかもしれない。たぶん「わかる」と思ったろう。それから、時が過ぎて、「革命」という言葉にいささか近づいたぼくもまた、この不思議な言葉を「わかる」ような気がして読んだ。だが、いまの二十歳の若者は、この「革命」という言葉をまるで「わからない」かもしれない。

そして、ぼくは、この「小説」の背景をまったく理解できない若者の「わからない」という読み方こそ、いちばん正確ではないかと思うのである。

「時代をひたしている大きな感情」の波が去り、そこには、岩が転がっている。それは、いまは「わからない」ものだ。

しかし、武田泰淳も、ほんとうは、「わからなかった」のではないか。「わからない」から、とりあえず、当時の流行りの言葉で呼んでみたのではないか。「わからない」からこそ、繰り返し、「革命」と書き、最後には「カ、ク、メ、イ」などと、ただの音にしてしまったのではないか。

人は「わからない」ものにこそ、決定的に捕まってしまうのではないか。それは、「わかりあえる」時代には「わからない」ことなのかもしれないのだ。

あるいは、「わからなく」なってしまってから、「わかる」こともあるのである。

「純文学」リストラなう

いま、「たぬきちの『リストラなう』日記」というブログが話題を呼んでいる。これは、とある有名出版社でいま起こりつつあるリストラの実況中継だ。ひとことでいうと、面白い。いや、面白い、というのは変か。おそろしい、とも、他人事ではない、ともいえる。小説や文学をめぐる環境の話だ。時には、小説や文学についての話より、それをめぐる環境の話の方が重要なことだってある。

明治の頃、日本文学が立ち上げられた頃、島崎藤村は、自費出版した『破戒』を、自分で大八車を引いて、本屋に配って回った。夏目漱石は、職業作家になるにあたって、朝日新聞と俸給の交渉をきっちり、厳しく行なった。経済が、というか、環境がなければ、文学だって存在できないのは当たり前だ。いや、経済と環境が、文学を決めてしまうことを、彼らはよく知っていた。そのあたりの緊張は、百年前の作家たちの方が持っていたのかもしれない。

「私ことたぬきちは、都内のわりと大手と思われる出版社で働いています。／業界の売り上げ順位では現在のところ10位…くらいかな？　もうちょい下になってるかな？　／書籍も雑誌もやっている、一応『総合出版社』です。／たぬきちはバブル時代の入社組で、もう20年働いています。編集、宣伝、販売といったセクションを経験しました。

このまま普通に年を取り、営業マンとして馬齢を重ね、定年を迎えるものと思っていました。ところが、この3月の中旬、会社は『このままでは立ちゆかないので、社員を減らします。優遇措置を設けたので希望退職を募ります』と宣言しました。

リストラが始まったのです」

それは、なぜか、というと。

「・出版業界が陥った三つの苦境

いま、出版界は揺れています。

一つには、Amazon の Kindle が日本語のサービスを始めようとしていること。来月は Apple の iPad が発売されること。これで日本でも電子書籍の市場が外資主導で立ちあがることになります。

実際のところは両社ともまだまだ日本語電子書籍を実用化してるわけじゃないのですが、多くの日本の出版社の経営者は『Kindle という黒船の来襲』という認識です。まだ本格的に来てるわけじゃないじゃん、と突っ込んでも、経営者たちは昔の幕閣よりもおたおたしています。

もう一つが、広告費の減少です。昨年は新聞への出稿量がネットへの出稿に抜かれたそうですね（金額ベースで）。ところが雑誌の広告なんてずーっと前から減り続けてて、昨年は対前年比75％だって言うじゃありませんか。今年はどうなるんでしょ。

三つめ、書籍が売れないよ不況。とくに高額な四六判文芸書が売れません。村上春樹とか東野圭吾は売れるんですけど、他は…けっこう有名な著者の本でも、1万部売るのが難しいです。本体1800円の本を1万部刷ると、印税は180万円です。半年以上かけた仕事が180万円にしかならないとすると、作家だってワーキングプアってことになりますよね。

ところが、出版社はもっとプアになっているのです。なぜなら、1万部刷った本を、新刊時に9千部、書店に送り込んだとしましょう。9千部分の売り上げがたって、現金収入になります。ところが1カ月もすると、その半分くらいがばんばん返本になって帰ってくるのです。返本をもらったときは、出版社が逆に書店・取次にお金を払わなければなりません。この支払い、超大変。いくら新刊を出しても、前月や前々月の新刊が返ってくると、売り上げが消えてしまいます。まさに『資金繰りが苦しい』…日本の文化を背負って立ってるような顔をした出版社が、そこらの町工場のお父さんと同じ問題であたふたしているのです」

そんなの知ったことか、という立場もあるだろう。理解できないことはない。経済とか出版とかお金の問題とか売れないとか電子書籍とか、どれもこれも、文学にとっては枝葉末節の問題で、そんなことを考えている暇があったらよい小説を書くことだ、という立場もあるだろう。理解できない……ことはない。そんなことより、もっと文学に対して深く思いめぐらすことがあるのではないか、という立場もあるだろう。理解できないことはない。

だが、ぼくは、人間は飯を食わねば生きていけない、大地に足をつかねば生きていけない、という考えに味方するべきだ、と考えている。文学が食べている飯、文学が足をつけている大地、の問題が気になるのだ。

「ひと気のない夜の職場で編集の□□さんと向き合ってけっこう時間が経った。さっきから僕のけんか腰の言葉を□□さんが黙って聴いてる（の）に気づき、一方的に営業の論理をまくしたてていた僕はちょっと自己嫌悪に陥る。これじゃ、自分が今まで嫌ってた輩と同じことをしてしまってる。

『……今度出す本なんだけど、すごい力作の原稿なんだ。賞も取ってる人だよ。だけど、営業がつけてきた部数は数千だよ、数千。それって、どういうことなの。営業は何考えてるの』

やっぱりか。通じないんだな、伝えたいことは。ちょっとサディスティックな気分になってくる。

『そんなに少なく感じましたか。そりゃ〝ほんとは出してほしくない〟ってことでしょうよ』

『！……』

相手が絶句した途端、やはり後悔する。こんな恫喝はあまり意味がない。

だが『文芸書』と総称されるジャンルがここ数年とくに苦しいのは、もう僕たち営業の間では常識だ。そこに向かって、純文学とエンタテインメントの中間あたりを狙ったタイトルを出してくる編集部の〝空気読めなさ〟も僕らを苛立たせていた。僕は小説に詳しくないし得意でもないのだが、最近だと警察小説・時代・キャラもの・ラノベといった特定ジャンルのタグづけがされた作品でないとうまく売る自信がない。純文学志向の作家にエンタメ寄りの作品を書いてもらうのが□□さんのやり方だが、これだとどう売ったら良いのか、営業としてはけっこう途方に暮れるのだ。また、そうした作家さんの基礎票は低い。他社の仕上がり数を尋ねると、驚くべき低さだったりする。商業出版として維持できないレベルであることもしばしばだ。結局、制作費とのかねあい、損益分岐が高くなりすぎるので泣く泣くやや部数を上げるような本末転倒なことが起きている。そういう、すでに〝下駄をはかせた〟部数なのに、□□さんは不満があるようだ」

いったい、自分が作ったものが、誰の手で、どんな風に、どこに届けられるのか、といったことに無関心な生産者がいるだろうか。野菜を作る農家は、天気予報を聞いて一喜一憂し、日々の値段の変動に心を悩ませる。そして、ほんとうに、自分の作ったものを、どこかの消費者が「美味しい!」と食べてくれるだろうか、と気にかけるだろう(「そんなこと知ったことか!」と、農薬がんがんかけ放題で、自分のところで作った野菜だけは食べない、という農家だっているそうだが……)。毎シーズン、新作を作りつづけるデザイナーは、デザイン室に閉じこもり恩寵のようにアイデアが生まれるのを待っているわけではあるまい。それを着るはずの消費者の気まぐれな感情を探ろうと、日々、心を砕くにちがいない。それが、どのようなものであっても、生産者は、最終到達点の消費者に至る道すじを、常に心に思い描く。文学、小説だけが、そこから逃れられるわけがない。

最初にも書いたように、おそらくは、日本語で書かれた最初の近代小説(の傑作の一つ)である『破戒』の「生産者」島崎藤村は、「生産」はもちろん、「編集」「出版」「営業」から「配送」

（！）まで自分でこなしたのだ。藤村には、作家の仕事とはなにか、なにをやるべきなのか、よくわかっていたのである。

つまり、ただ文学を、というか小説を書くだけではない、その文学の、というか小説の「外部」にまで関わる必要がある、ということだ。

いや、そういういいかたは間違っているかもしれない。あえて（いやいや）「外部」にかかわるのではない。そもそも、文学は、というか小説は、生きてゆくために、「外部」を必要としているのである。

「話が少々ズレるが、僕はノンフィクション、とくに翻訳書と新書が好きだ。小説より読むのが楽だし、こっちはなぜか同好の士と〝映画のように〟読んだ本について語り合うことが可能なジャンルだ。とくに新書は、ブランドが乱立気味だが、テーマや著者が競合したりして話題も豊富だ。それこそ未読の新書であっても、企画性や著者の立ち位置などをゴシップ的に語り合う楽しみがある。勝間和代と香山リカ、内田樹と小谷野敦など、格闘技的な読み方楽しみ方すらできる。（注、内田・小谷野両氏の関係についての部分未確認です。確認次第訂正させていただきます）

小説でこういうことができないのはなぜなんだろう。いや、ミステリーで本格とか何かの論争があったたって聞いたこともあるな。純文学でも小谷野敦がいろいろ言ってたりするし。本当は何にでもこういうトピックやテーマがその時代その時代にあるんだろう。

ではなぜ、この会社で出す文芸書には、それがないんだ？

いや、あるのかもしれないが、読者に見えるようになってないのか。

『□□さん、ゲラを通読しなくても作品の問題性や立ち位置をわかってもらえるようなことってできないんですかね？　あるいは、この本を読む必然性を読者に感じてもらうとか』

僕はこのとき、佐々木俊尚さんの電子書籍版『電子書籍の衝撃』ＤＬ祭りを思い出していた。期間限定110円ダウンロード中、僕の周りの iPhone ユーザはけっこう競って自分の端末にインストールしていた。あれを体験することが、あの日もっとも熱いトピックだった。イベントだった。

コンテキスト化。あるいはコンテキスト消費。

そいつの有無が、新書ブームと文芸書不振を分けてるんじゃないか。

同時代性というのか、共時性というのか。うまく言葉にできないが。

と思ったらグーグル先生がばっちりわかりやすい定義を教えてくれた。

〔今、多くの人々に楽しまれているのは、コンテンツ消費ではなくコンテクスト消費だといえる。つまり、特定の曲や動画などの1コンテンツが良いの悪いのではなく、ある『文脈』にのっとって皆が参加して盛り上がれるか、どうか。そういう場や総体を共有して楽しむという方向に、エンターティメントの楽しみ方の主流が移行して来ている。

最近、何が面白い？　と若者に訊いた時に、特定の『作品』ではなく、流行している『現象』や『ジャンル』や『ＷＥＢ上の場』を上げるケースが多くなって来ていることに、気づくだろう。それが『コンテクスト消費』である。（ブログ『インタラクリ─インタラクティブと、クリエィティブ。広告とメディアの変化。新現象の観察記』より）」

明日発売になる『1Q84　Book3』は、まさしく作品そのものではなくコンテキストとして買われ、読まれていくのだろう。そういえば僕もどっかで予約してたな。S堂S城店か。遠いけど行かなきゃ。

今、文芸書四六判を売って利益を取ろうとすると、村上春樹・東野圭吾・伊坂幸太郎といった人たちの作品を出すしかないじゃない、といった思考停止状況がある。あるいは、どこかにいるカリスマ書店員が魔法のPOPを描いてくれるのを待つか。

文芸書の編集は何をしているんだ？

ゲラを配ることがプロモーションなわけ、ないだろ。

作品の価値、文学史上の立ち位置、読者にとっての必然性、著者と読者の共時性を、本文なんか一ページも読ませずに読者・書店員に伝えることができなければ。それができてはじめて〝本を読む〟という体験をしようという気にさせられるのでは。

過去の〝奇跡のPOP〟のたぐいは、たぶんこれに成功しているのである」

「たぬきち」の、このことばに反論することは容易だろう。このブログにあげられるような事態とは正反対の事例は、いくらでもあげることが可能だろう。

だが、ぼくは、この指摘の中に、とても大切なことが、いくつも含まれていると感じた。

たとえば、「コンテクスト消費」は、ついこの間始まったばかりの新しい現象ではない。もしかしたら、ぼくたちは、「コンテクスト消費」ばかり繰り返してきたのではないだろうか。

たとえば、「戦後文学」や「近代文学」や「現代文学」を、特定の作品が「良いの悪いのではなく、ある『文脈』にのっとって皆が参加して盛り上がれるか、どうか。そういう場や総体を共有して楽しむという方向」で読んでこなかっただろうか。「そうではない」という人は幸いだ。というか、不幸なのかも。

たいていの読者にとって、「文学」は(「音楽」も「映画」も)、その途中で、特定の作品が「良いの悪いの」という段階を経過するにしても、そんなことより「ある『文脈』にのっとって皆が参加して盛り上がれる」から、読むものだった。だとするなら、「皆が参加して盛り上がれる」「文脈」がなくなったとするなら、読まれなくなっても不思議はないのである。

そのもっともいい例が「現代詩」だ。

ぼくが十代から二十代の頃、あれほど(およそ読書の経験のある人間なら誰でも読んでいるように錯覚するほど)、「盛り上が」っていた「現代詩」の読者がなぜ、ほぼ皆無になってしまったように見えるのか。それは、「場」がなくなったからだ。

どんな「場」だろうか。

それは、「みんな」で「読む」という「場」だ。

実は、なにかを「読む」ということは、個人が、単独で、机の上に向かってすることではない、ということに、ぼくは気づいていなかったのだ。

ぼくが、××という詩人の詩を、読む。もちろん、その詩人に深い興味を抱いているから、とぼくは思った。

それぞれの場所で、異なった、たくさんの読者が、一斉に、違う詩人たちの詩を読む。そんな光景が、ぼくには浮かんでいた。

実際には違っていたのではなかったか。

「『みんな』が『読む』」が最初にあったのだ。では、その「みんな」はなにを読んでいたのか。その「場」に居合わせた詩人たちの詩である。たいせつなのは、「詩人」や「詩」ですらなく、その「場」の方だった。そして、ぼくたち読者もまた、「詩人」たちの「詩」を読んでいると思いこみながら、実は、なにより、その「場」に参加することを、大切に考えていたのだ。

そう思った時、「現代詩」の読者が劇的に減ったことの理由が、ぼくにはわかった、と思った。「現代詩」には、歴史的な基盤も、蓄積も、なかった。あったのは、突然、出現した「場」の圧力だけだった。ほとんど、「場」でできたジャンルは、「場」が消滅すれば、その運命を共にするしかないのである。

いまも、「現代詩」には、すぐれた詩人がいて、すぐれた詩が書かれている。でも、ぼくは、ほとんど読むことがない。その理由は簡単だ。その詩を読む「みんな」がいないからだ。どんな優れた「詩」を読んでも、心が晴れないのは、それを読んでいるのが、自分だけだと思えるからだ。

自力でコンテクストを作り出せるごく少数の詩人（谷川俊太郎ぐらいだろうか）を除けば、いま、「場」の詩人はどこにもいない。いや、「場」そのものがないのだ。

「場」のない詩を読む時、読者は、なんとなく不安になる。間違っているのではないか、と思う。優れた詩、優れた文学、優れた芸術を、ひとりの人間が真剣に「鑑賞」する。それのどこが悪いのか。

悪くはない。ただ孤独なだけだ。いや、孤独なのではない。繋がりが断たれているのである。なにより、「読む」とは（「書く」とは）、「繋がる」ために、試みられるもののはずなのである。でも、ぼくは、「現代詩」だけの話をしているわけじゃない。これは、「文学」全体の話でもあるからだ。いや、「表現」全体の話でもあるのだけれど。

ところで。今度は、ちょっと、音楽の話をしてみよう。引用するのは、「たぬきち」君の話にも出ていた、佐々木俊尚の『電子書籍の衝撃』から。それにしても、「本」の本なのに、音楽の話って、変だと思うだろうか。

「ブライアン・イーノというイギリスのミュージシャンがいます。かつてロキシー・ミュージックという伝説的なグループに所属し、その後はデヴィッド・ボウイやU2の音楽プロデューサーとしても名を馳せたり、多彩な活動を行っている鬼才ですが、彼が最近のインタビューで非常に面白いことを言っています。

『もはや音楽に歴史というものはないと思う。つまり、すべてが現在に属している。これはデジタル化がもたらした結果のひとつで、すべての人がすべてを所有できるようになった』（『ブライアン・イーノ特別インタビュー』Time Out Tokyo より）

かつては、黒い大きなレコード盤をターンテーブルに乗せて聴くというのは、とてもスペシャルな行為でした。レコードは三〇〇〇円ぐらいもして高価だったし、そもそもどんなに音楽が好きでも古いアルバムまで含めて収集するというのは、たいへんな苦労だったのです。

だから、たとえば一九五〇年代のモダンジャズの愛好家だったとしても、ブルーノートのアルバムをせっせと集めて大量に収集して聴いている人というのは数が少なく、だから『ブルーノートのアルバムをたくさん持っている』というその所有の事実そのものが希少価値でした。過去のアルバムをたくさん持っていることが、プロの音楽評論家の優位性のひとつにもなっていたわけです。

しかし、こうした大量収集の手間は、iTunesによって葬り去られました。たとえばブルーノートであれば、古いアルバムが九〇〇円ぐらいで売られていて、その気になってカネさえかければわずかな時間で大半の楽曲を収集することができます」

でも、もっと世界は進んでいる。おそらく「楽曲ごとの代金」ではなく「月額課金システム」が採用されるだろう。そうなれば、

「収集して自分のパソコンに楽曲を貯め込んでもあまり意味はありません。好きな時に自分の好きな楽曲をインターネットの向こう側から引っ張り出してきて聴く、という究極のアンビエント空間が用意されているからです。

アンビエント化によって、音楽を聴くという私たちの体験はどう変わっていくのでしょうか。イーノは先ほどのインタビューでこんな話を紹介しています。

『私の娘たちはそれぞれ、五万枚のアルバムを持っている。ドゥーワップから始まったすべてのポップミュージック期のアルバムだ。それでも、彼女たちは何が現在のもので何が昔のものなのかよく知らないんだ。たとえば、数日前の夜、彼女たちがプログレッシブ・ロックかなにかを聴いていて、私が『おや、これが出たときは皆、すごくつまらないと言っていたことを思い出したよ』と言うと、彼女は『え？　じゃあこれって古いの？』と言ったんだ（笑）。彼女やあの世代の多くの人にとっては、すべてが現在に属していて、〝リバイバル〟というのは同じ意味ではないんだ』

「アンビエント」というのは「環境」もしくは「遍在」、そこに空気のように存在しているなにか、ぼくたちの周りを一面に漂っているなにか、のことだ。それは「ある」といえば「ある」けれども、決して、強く自分を主張することはないもののことだ。

この本の著者は、音楽が「アンビエント」化しつつあるという。そして、その前段では、本もまた同じように「アンビエント」化しつつあると書く。

当たり前だ。もうずっと前から、そうだったのだから。

一九六〇年代後半に刊行が開始された「現代詩文庫」が、二十年と少しの時間をかけて、全百巻で第一次が完結した時、ぼくは、こんなことを書いた。

――これはとても不思議な風景に見える。ぼくは、ここに収録された詩や詩集を、「同時代」の作品として読んだ。そのような読み方しかなかったのだ。ところが、いま、この文庫を読む若い読者、若い詩人たちは、この百冊を「任意」の巻から読む、歴史や文脈と一切関係なく読むのである。

かつて、これらの詩集を読んだ時、ぼくは、その「個性」の違いに驚いた。いま、読み返すと、逆に、それらがみな、あまりに似通っていることに驚く。まるで、ひとりの「詩人」が書いた詩であるかのように——。

その百冊を書いたのは「時代」という「詩人」だった、といえば、あまりにわかりやすい説明かもしれない。そして、ぼくが、「あまりに似通っている」と驚いた、同じ「詩」たちを、「コンテクスト」から自由な読者は、「みんな違う」と感じるのだ。

いったい、ここでは、なにが起こっているのだろうか。

そもそも、彼らは、ぼくと同じ「詩」を読んでいるのだろうか。その紙の上には、確かに、同じ言葉が印刷されている。次の頁をめくっても、やはり、ぼくが読んだのと同じ「詩」のフレーズが続いている。けれど、それは、まるで違うものだ。

ぼくが読んでいたのは、個々の「詩」ではない。「コンテクスト」と「詩」が合成されたなにか、だ。そして、それこそ「詩」にちがいない、とぼくは思いこんできた。

だから、徐々に「コンテクスト」から解放されて、もう一度、読んでみた時、それは別のなにかに見えた。そして、その「落差」にひるむしかなかったのである。

その百冊の「詩集」を「アンビエント」なものとして読むことのできる「読者」が、今度は「詩」を作る側に回った時、彼らが作りだすものは、やはり「アンビエント」なものだろう。彼らは、「場」を作りだすことはできないだろう。そもそも、「場」というものの存在を、彼らは知らないのだから。だとするなら、もう二度と、詩が、かつてのような熱狂的な読者を獲得することはないだろう。

——およそ二十年前、ぼくが、百冊の詩集を前にして考えていたのは、そんなことだった。

いま二十歳のぼくの教え子たちは、みんな音楽が好きだが、CDはほとんど買わない。彼らは、ものを持つのを好まない。空気のような場所から音楽を取り出し、目を閉じ、耳にはめた小さなスピーカーから音を聴く。

確かに、まだヒットチャートはあって、ヒット曲ということばもある。だが、一九九八年に四十八本あったミリオンセラー（アルバム、シングル）は二〇〇七年には三本しかなかった。音楽は細分化の道を歩んだのである。

知人の音楽出版社の経営者は、「このままでいけば、遠からず、音楽業界は消滅するだろう。歌い手もバンドも曲もある。だが、そこでは、レコードショップもレコード会社も必要ないのだ」という。

彼ら(視聴者)の多くは、ヒットチャートにも興味を持たない。彼らは、どこからか、「曲」を見つけ出し、自分だけのライブラリーを作る。それが、どの時代の、どんな作り手のものなのか、ということは大きな問題ではない。偶然そこにあるものを聴き、それが気に入った。それ以上の意味はない。

音楽もまた容易に作られるようになる。事務所にもレーベルにも所属せず自宅で録音し、それをインターネットでディストリビューション（配信）する音楽家が現れ、その音を、視聴者が直接、「買う」のである。

そんな彼らがまた音楽を作る。それは、やはり、彼らが聴いている多くの音楽とは、また異なったものになるだろう。

いまも文学があるのだとしたら、その文学を「読む」のは、そういう人びとなのだ。

「この世界では、すべての曲は『いまそこにある』存在として、全部まとめてデータベース化されていくようになります。

これはある意味で、ひとつひとつの楽曲が単体で存在することの意味がなくなっていって、その楽曲を包括する音楽空間、あるいは音楽を取り巻くコンテキストそのものに人々が接続されていくような世界なのです。つまりはイーノが言っていたようなアンビエントが、いまここで実現しているということにほかなりません。

独立系レーベルを主宰し、音楽ライターとしても有名な原雅明さんは、そのようなアンビエントな音楽の空間のことを『サウンド』と呼んでいます。私たちは、楽曲ひとつひとつをただ聴くのではなく、その向こう側にあるサウンドという大きな混沌とした音楽の世界そのものに接続されているのだと彼は言っています。

『慣れ親しんだパッケージにくるまれて流通されている音楽ではなく、もっと生々しく立ち現れ、さまざまな人のもとへと伝わり再生と複製を繰り返しときに解体もなされ、やがてはリサイ

クルされて、再び立ち現れてくる、そういったサイクルに放り出されてなおも存在し続けるサウンド。かつてジャズを基準にヒップホップを酷評した評論家に向かってマックス・ローチが言い放った「もっと大きなサウンド」』（『音楽から解き放たれるために　21世紀のサウンド・リサイクル』）」

もちろん、「詩」と「音楽」を同じように論じるわけにはいかない。そして、なにより、強力な「物語」を持つが故に、「文学」もまた、「アンビエント」なものに、強く抵抗するだろう。だが、ぼくは、「抵抗」よりも、「もっと大きなサウンド」に接続する、という考え方に魅力を感じる。

「近代文学」は「近代」という「コンテクスト」抜きでは、読むことができなかった（だから、「近代」が失せつつあるいま、読むことが困難になりつつある）。それは「現代文学」も「戦後文学」も同じなのかもしれない。あるいは、「文学」もまた、一つの「コンテクスト」の中で読まれていたのかもしれない。だとするなら、同じ「コンテクスト」を持たない読者は、いくら「文学」というものを説明されてもわからないだろう。

だとするなら、すべての「コンテクスト」を奪われ、裸になった「文学」は、ただ震えているだけなのか。

そうではあるまい。

「本は音楽と違ってマイクロ化はしにくく、統合されたひとつの世界観を示すコンテンツとしての強度は維持されますが、しかしリパッケージされた結果、その向こうに『もっと大きな何か』

が見えてくるのではないかと思います。

それは何か？

本という装置。その本を取り巻くコンテキスト。

なぜ私たちは歴史の中のこの場所とこの時間に立っているのか。

それをこの本はどう説明してくれるのか。

その本を介して、私たちはどんな世界とつながり、どんな人たちとつながるのか。

その向こう側にあるのは新しい世界か、それとも懐かしく温かい場所なのか、それとも透明な風の吹きすさぶ荒野なのか」


ぼくもまた、その答を知りたいと思う。そして、文学は、というか、小説は、それを可能にしてくれる、もっとも優れた装置なのだ。それは、「純文学」が厳しい「リストラ」を迫られつつあることと矛盾はしない。どのような条件の下でも、そこに複数の人間がいて、繋がろうとする意志があるなら、小説は生きられる。

小説とは、共同体のひな型、もっとも小さな共同体であり、やがてやって来る共同体の内実を予見する能力を持っている、とぼくは考えている。

結論を出すのは早すぎる。ぼくたちは、ようやく、自由に読む術を手に入れようとしつつあるのかもしれないのだから。

アナーキー・イン・ザ・JP

中森明夫の「アナーキー・イン・ザ・JP」を読んだ。面白かった。で、ゼミの学生たち（ほぼ全員十九歳）に、読ませてみた。そしたら、すっごく面白い、ってさ。

「アナーキー・イン・ザ・JP」は大杉栄の「精神」にとりつかれた（っていうと、比喩っぽいが、そうじゃなくて、ほんとに、大杉栄の「魂」が、過去から転送されてくるわけ）十七歳の青年の物語。もろ、近代文学だよね。でも、そんなの、いまどきの若者が読むんだろうか。おれは、正直心配してた。だいたい、大杉栄なんて、もう、誰も知らないじゃん。アナーキズムも革命も、同じだけど。ところが、ゼミの学生たちの反応は、すげえ良かった。

みんな、「カッコいい」とか「気持ち、わかるぅ」とかいってるわけ。ほんとかよ！　なんでなんだろうな。それは、おそらく、主人公の十七歳のシンジ（＝「オレ」）が、大杉栄の「魂」に遭遇する直前に、「パンク」に、というか、セックス・ピストルズに遭遇していたからだ。

シンジは（格好だけだが）「パンク野郎」だった。だから、セックス・ピストルズの「アナーキー・イン・ザ・UK」経由なら、大杉栄も違和感がなかったんだ。

とはいっても、実は、学生たちは、パンクも、セックス・ピストルズも知らなかったんだ。『パンク』ってことばなら知ってます」と学生のひとりは、おれにいった。

「汚らしいカッコで、歌ったりするやつですよね」

確かに、そうなんだけど。「戦後文学」が遠いと嘆いてる場合じゃない。「パンク」ですら、もう遠いのである。

しかし、ここからが面白い。「パンク」なんて知らなかった学生たちが、ＹｏｕＴｕｂｅでセックス・ピストルズのライヴを見て、「なんすか、あれ？ むっちゃカッキいです！」とかいってるわけ。すごいぞ、ＹｏｕＴｕｂｅ。レーニンやチェ・ゲバラの時代にＹｏｕＴｕｂｅがあったらなあ。

さて、学生たちが初めて知った、本家本元、セックス・ピストルズの歌詞は、こんな感じ。

「オレはアンチ・キリスト
オレはアナーキスト
欲しいものなんかありゃしねえが
手に入れ方は知ってるぜ
まずぶっ壊すんだよ！
オレはアナーキストになりてえんだ、最高だろ？
アナーキズムを英国に！
そんな時がきっと来る

そしたら、電車も車も止めてやるのさ！
なにを買おうか、それだけが『夢』だって？　アホか！
オレはアナーキストになりてえんだ、この街でな
手に入れるったって、いろいろある
イカシたものはあちら、残りかすがこちら
イカシたものは敵さん、残りかすがアナーキー
オレはアナーキストになりてえんだ
それしか方法はねえんだ
M．P．L．A．（アンゴラ解放人民運動）の主張みたいだって？
U．D．A．（アルスター防衛協会）の言いぐさみたい？
I．R．A．（アイルランド共和国軍）だっていうの？
まじバカだね
ここは英国だ、そうじゃなきゃ、どっかよその国だな
どっかのインチキ議会……
オレはアナーキストになりてえんだ！
アナーキストに！
アナーキストになりてえ！
そして、なにもかもぶっ壊してやるぜ！」

おれがいま適当に訳したやつだから間違ってるかも。でも、いいよね。パンクって、こういうものだ。こんな風に政治的じゃなきゃならない。聴いてる方がビビるくらいに。

おれは、久しぶりに、セックス・ピストルズを聴きながら、日本にパンクってあったろうか、って思った。頭脳警察？　外道？　内田裕也？　ああ、いまや町田康になっている町田町蔵のINUに、じゃがたらに、アナーキー、原爆オナニーズ。忘れちゃいけない、遠藤ミチロウのザ・スターリンも、そうだっけ。最近ではMONGOL800あたりか。

でも、おれは、ほんものの日本のパンクといえば、「死ね死ね団のテーマ」ではないかと思っている。ちなみに、作詞は川内康範。

「死ね死ね　死ね死ね死ね死ね死んじまえ
黄色いブタめをやっつけろ
金で心を汚してしまえ
死ね（アー）死ね（ウー）死ね死ね
ニッポン人は邪魔っけだ
黄色いニッポンぶっ潰せ
死ね死ね死ね　死ね死ね死ね
世界の地図から消しちまえ　死ね
死ね死ね死ね　死ね死ね死ね　死ね死ね死ね　死ね死ね死ね
死ね死ね死ね　死ね死ね死ね　死ね死ね死ね　死ね死ね死ね

死ね死ね　死ね死ね死ね死ね死んじまえ
黄色い猿めをやっつけろ
ゆーめも希望も奪ってしまえ
死ね（アー）死ね（ウー）死ね死ね
地球のそーとへ放り出せ
黄色いニッポンぶっ潰せ
死ね死ね死ね　死ね死ね死ね
せーかいーのーちーずーかーらー消しちまえ　死ね
（以下果てしなく続く「死ね」の連禱）」

川内康範は一九二〇年、日蓮宗の寺に生まれ、小学校を卒業しただけで職業を転々とした後、脚本家になった。代表作は、もちろん「月光仮面」。作詞家としては「誰よりも君を愛す」、「骨まで愛して」、「おふくろさん」。第二次大戦後、「遺骨引き揚げ運動」や「日本人抑留者帰国運動」に携わり、政財界とりわけ、右派民族派との人脈を築き上げた（元首相の福田赳夫の秘書でもあった）。「死ね死ね団」は、「愛の戦士レインボーマン」に登場する、日本人を憎悪する組織だ。

その風体は、確か東南アジアっぽかった（フィリッピンとかインドネシアとか）。

これ以上パンクな曲は日本語には存在しない、とおれは思う。小学校一年生が、「死ね死ね死ね死ね死んじまえ　黄色いブタめをやっつけろ」って歌って喜んじゃうんだからなあ。すごすぎる。
セックス・ピストルズは「オレはアンチ・キリスト」と公言する。それが、彼らの世界では、もっとも禁じられているフレーズだからだ。それをしゃべると「世界が凍る」からだ。パンクは、そうじゃなくっちゃいけない。「フ〇〇ク!」とか「オ〇〇コ!」とかの汚いことばや顰蹙をかいそうなことばを使えば、それがパンクというわけでもない。

「いちばんヤバい」ことばを使い、それを聴く者を戦慄させなきゃならない。それでこそ、由緒正しいパンクなのだ。

では、この国で、いちばんヤバいことばはなんだ?

「黄色いニッポンぶっ潰せ」じゃないかって、おれは思ったよ。パンクだぜ、川内康範。こんなパンクな歌詞を書いて、しかも、憲法九条擁護してるんだから、半端じゃない。っていうか、ある意味、わけわかんない。正義の味方のやることは。

この「黄色いニッポンぶっ潰せ」は、前の戦争で「黄色いニッポン」に虐げられたアジア人の怨念を代弁したものであることは、間違いないだろう。そして、この発想は、左翼からは出てこないのである。

「アナーキー・イン・ザ・JP」はこんな風に始まる。

「なあ、なあ、パンクって知ってるか。
パンク、パンク、パンク。

とは言っても、タイヤに穴があいたんじゃないぜ。穴があいたからアナアキ、、、ーってか。ヘタなジョークはやめてくれ！　ダジャレは苦手なんだ」

こういう「オレ」（＝「シンジ」）は高校二年で、学校が面白くない。よくあることだ。そして、「パンク」にはまっている、中学時代の同窓生に出会って、そのヘンテコな「カッコ」に魅せられ、「パンク」を調べ始める。電子辞書の広辞苑で。そして、予定されたかの如く、「兄貴」が持っていた「SEX　PISTOLS」のDVDを見る。曲は「アナーキー・イン・ザ・UK」。

「オレはアンチ・キリスト　オレはアナーキスト」って歌詞を、「オレ」は生まれて初めて耳にする。

そして、翌朝、「オレ」は、徹夜で作った、即席の「パンク―ファッション」で学校へ向かうのである。

「久々に学校へ行ったんだ。オレが入っていくと、ざわついた教室が一瞬しんとなったよ。自分の席に座ったけど、誰も話しかけちゃこなかった。異様な雰囲気だったね。みんな、大慌てでオレから目をそらしてやんの。ま、無理もない。なんせ、オレの格好といったら……。髪は怒ったハリネズミみたいに逆立ってて、はだけた制服の胸からは穴があちこちにあいたボロボロのシャツが覗いてる。そこには何か意味不明のメッセージが殴り書きされていてさ、首から南京錠のネックレスをぶら下げて、おまけにほっぺたにはなんと安全ピンの奴が突き刺さってる……そんなイカした高校二年生男子が教室にちんまり座ってたりしたら、そりゃ誰だって『引く』よな。ははは」

どこにでもいる「反抗的」な高校生が主人公の「オレ」だ。いや、「かつてはどこにでもいた」といった方がいいのかもしれない。いまや「反抗」は、若者を特徴づける性質ではないのである。

「オレ」は、高校の「パンク部」の部員からパンクバンドに誘われ、「セックス・ピストルズ」の「シド・ヴィシャス」の生まれ変わりみたいな奴だな、といわれるのだ。

「そうだった。シド・ヴィシャスはもうこの世にはいない。死んだんだ。三十年も前にね。兄貴の部屋で見たDVD、セックス・ピストルズのドキュメンタリーみたいな映画で知ったよ。バカみたいな連中だったたな。ロンドンの洋服屋でスカウトされ、バンドを結成して、世の中を大騒ぎさせて、たった二年で空中分解した。シド・ヴィシャスは二代目のベーシストで、ジョニー・ロットンの友達だったよ。いつもドラッグでへろへろになってて、ステージ上で大暴れしてやがった。ナンシー・スパンゲンっていうケバいグルーピーみたいなおネエちゃんと恋人になってさ、二人してボロボロに堕ちてった。ニューヨークの安ホテルで一緒に暮らして、ナイフで刺されてナンシーが死んで、シドは殺人容疑で逮捕される。保釈されて出てきたけど、すぐにドラッグ中毒でくたばりやがった。二十一歳だった。バカみたい。なんてひどい人生だ。くだらない一生だ。バカで、クズで、めちゃめちゃにマヌケで、どうしようもないゴミ野郎で、最低のヤク中で、そして……そして……かっこよかった。最高に。輝いてやがった。まぶしいぐらい。

映画の中で死ぬ直前のシドがインタビューに答えてる場面があったよ。

『アナーキーなのはオレ一人だ。他の連中はみんな軟弱野郎さ』

血まみれの顔してそう言っていた。

オレは『アナーキー』って言葉を調べたよ。例の電子辞書でね。そしたら『無政府状態。無秩序』だってさ。その下に『アナーキズム＝無政府主義』と出ていたな。無政府主義？　何だ、それ。続けて電子辞書を引いたね。

むせいふ・しゅぎ【無政府主義】

（ａｎａｒｃｈｉｓｍ）一切の権力や強制を否定して、個人の自由を拘束することの絶対にない社会を実現しようとする主義。

へぇ。いいじゃねえか。オレは強制とか拘束とかなんとか、何かに縛られんのが大の苦手だしね。学校にあんまり行かなくなったのだって、教室で机に向かって何時間もじっと座ってなきゃなんないのが、耐えられなくなったからだもん。賛成だね。オレはその『アナーキズム』ってやつに。無政府主義者？　そうだよ。オレはアナーキストだ！　アナーキストだ！　アナーキストだ！　ってさ、道の真ん中で大声で叫びたくなったよ」

かくして、「アナーキズム」ということばと「シド・ヴィシャス」に魅了された「オレ」は、

「シド・ヴィシャス」と会いたくなり（むちゃいうよな）、イタコおばばのところに、「シド・ヴィシャス」の降霊を頼みにいって、なんと「大杉栄」の霊を呼んでしまうのである。同じ「アナーキスト」っていっても、それ、勘違いじゃん……。

おれは、このあたりで、なんか不思議なデジャヴ感を味わった。いまどきの若者が主人公で、確かに「アナーキズム」という、一昔前のことばは飛び交っているけど、間違いなく「平成」の日本の出来事だ。にもかかわらず、この「オレ」の経験は、およそ百年にわたって繰り返されてきたもののような気が、おれにはしたのだ。

大杉栄が「降霊」する少し前、「オレ」は「パンク部」の連中がやっている、どうしようもない「パンクバンド」で演奏をさせられる。担当はベース。彼らのバンドの「オリジナル曲」は、「フォーエバー・ファック」という歌詞が延々と繰り返されるだけの、どうしようもない代物だ。ただの「パンク」の物真似を、果てしなく「オレ」は続けるのである。

自分の内側で暴れる、「名づけられない」否定性を抱えた青年は、まず、自分の「外側」に存在する、もっと巨大な否定性に身をまかせる。簡単にいうなら、長い間、それこそが、青年が「大人」になるための「通過儀礼」だった。

近代のあらゆる場所で、内側の「否定性」を外側の「否定性」にぶつけることで、青年は「大人」になった。おれは、そのもっとも典型的な例こそ「政治」だったと考えている。

明治初期、北村透谷は「自由民権」運動に参加した。それは、ある意味で「形」だけの参加であった。青年にとっては、それでいいのだ。必要なのは、流動してやまない自らの「否定性」を焼き尽くすほどの「否定性」であったからだ。

以降、「通過儀礼」の最大の供給源は「共産党」（あるいはマルクス主義）だった。目の前に、現世を根本から否定する巨大な理念と組織があり、若者たちは、その意味をほんとうに理解することなく、そこに殺到したのである。

そこでは、必ず、次のようなことが起こった。

若者は、社会を否定し、その社会とは異なった理念（とその組織）を丸ごと信ずる（あるいは、そのふりをする）。その第一歩は「形」を真似ることだ。それは、たとえば、『共産党宣言』や『帝国主義論』や『資本論』に書いてあることを、すっかり鵜呑みにする、ということだ。理解してそこに入る、のではない。理解するためにそこに入る、のである。

やがて、真の「理解」が訪れる。あるいは、真には「理解」できないことがわかる時がやって来る。

その時、「形」から始めた、青年の「信」は壊される。そして、青年は「大人」になるのである。思えば、近代文学は、そのことだけを飽きずに書きつづけてきたのかもしれない。

ここ数日、おれは、『ブント私史』という本を読んでいる。著者は、共産党に代わる、最初（でもしかしたら最後）の「前衛党」、ブント（共産主義者同盟）の創設者である島成郎（＋妻の博子）だ。

今月は、戦後最大の反体制運動となった「六〇年安保闘争」からちょうど半世紀。だが、とりたてて特集があったわけでもない。時の流れるにまかせよ、ということなのか。

ブントは、「六〇年安保闘争」の主役となった全学連を指導した組織であり、その若きリーダーが島成郎だった。

一九三一年生まれの島は、こんな風に書いている。

「私は東大入学と同時に日本共産党に入党した。一九五〇年、私が十九歳のときである。以来、私の生活を内部で殆んど完璧に律してきたのはこの党であった」

「現在に至るまで私の奥深い所の思考のいわば原体験となっているものに、敗戦直後見た光景がある。それは敗戦を境に私たちの教師が示した言動の豹変ぶりである。軍国主義の謳歌から一転して民主主義礼讃へ、天皇制万才から一挙に共産主義の同調へ。

それが一般人でなく教育に携わる先生によるものだけに私にはショックであり、生理的嫌悪感を伴ってずっと心に残った。この思いは後になってもいわゆる言論人、就中進歩的文化人、大学人への不信にまでつながって存在し続ける。

政治的行動と言葉は、自分の内部での必然のなかから生まれなければ、発するべきでない。また行動は自分の責任においてなされるべきで、中途半端にやってはいけない。……という単純な倫理感のために、次第に醸成されていった政治活動参加の意志はなお実行にまで至らなかった。（中略）

こうして青春の生き方の区切りとして、いわば『成人儀式』に臨むように入党しようとしたのだが、皮肉なことに、この時党は戦後初めての大分裂の過程にあり、私が直接所属することになった東大教養学部細胞は党内最急進派の全学連中央グループにあって果敢な中央批判を展開していたのだった」

「党員」として活動するようになった島成郎は、やがて大いなる転機を迎え、絶対的存在であった「党」へ反旗を翻すことになる。それを支えたのは、新しい世代の台頭だった。

「戦前・戦中の天皇制下の体験で『平和』『民主主義』への希求が肉体的感覚となっている世代とは明らかに異った人々。

戦後の平和・民主教育の氾濫のなかで育った彼らは、逆にその言葉の虚偽性を見るのにも敏感であった。安定しやがて急速に成長しようとしている高度資本主義社会の未知の人間関係への本能的反発もあった。

あらゆる『聖域』を恐れない、『伝統』から鳥のように自由な感性が充満していた。

新しい波は確実に生まれていた。

このような世代の学生たちのなかから、優れた人々が全学連の運動に参加し日共党員になった。

しかし彼らの『入党』には私が体験したような入信意識はなく、党の絶対性や国際的権威への拝跪はすでにみられなかった。彼らにあっては共産党は歴史的に存在する一つの政党でしかなかった」

島成郎にとって、「成人儀式」は、共産党への「入党」だった。だが、次の世代の「成人儀式」

は、「入党」ではなく、「マルクス主義への参加」だったのだ。あらゆる「成人儀式」は「形」から入る。その「形」は変わらず、入るべき場所だけが変わってゆくのだ。

島成郎は、そんな若い世代を引き連れ、新しい党＝ブントを創設し、それまで誰も経験したことのなかった大きな政治運動である六〇年安保闘争へと突入してゆくのである。

では、ブントとはどんな組織だったのか。


「政治組織とはいえ、所詮いろいろな人間の寄り合いである。一人一人顔がちがうように、思想も考え方もまして性格などそれぞれ百人百様である。そんな人間が一つの組織をつくるのは、共同の行動でより有効に自分の考え・目的を実現するためであろう。ならば、それは自分の生命力の可能性をより以上に開花するものでなければならぬ。さまざまな抑圧を解放して生きた感情の発露の上に行動がなされる、そんなカラリとした明るい色調が満ち満ちているような組織。『見ざる、聞かざる、言わざる』の『一枚岩』の閉鎖集団とは正反対の内外に開かれた集まり。大衆運動の情況に応じて自在に変化できるアメーバの柔軟さ。

それは自身明色に輝いていなければならぬ。

長く抑圧されていた私の可能性を十分に開かせるためにも求める必要条件であった。（中略）あらゆる既成権威への反逆を叫んだが、私は同時に独善の穴に閉じこもることを恐れた。めざす『世界革命』は人間文化の最高の水準を開花結実させるためにあるのだから、そしてその文化は人間の歴史のさまざまな段階、さまざまな場で育ってきたのだから、どんな立場のものであろうと優れたものは最大限吸収しよう。

ブルジョア的であれ『右翼』であれ、封建主義であろうと、そんな区別は全部とっぱらって貪慾にとりいれよう」

これは「アナーキー」である、とおれは思う。「形」を通じて、「成人」になった者は、やがてここに、「形」なきものに、たどり着くのである。自由になるためには、そうでない状態を知る必要がある。「成人」になるためには、人を「成人」でなくしているものがなにかを知る必要があるのだ。

だが、「アナーキー」は、いつも敗れ去る。なぜなら、それは「形」を持たないからだ。「形」を持たぬが故に、「形」を持つものには抗することができないからなのだ。

かくして、奔流のように噴き出す人々の渦の中で、島成郎のブントも四分五裂してゆくのである。

「ブントを彩ったさまざまな言葉や外被、安保闘争、全学連、マルクス・レーニン主義、プロレタリヤ世界革命、共産主義などは歴史的現実でも、私のなかでも死んでしまっている。

私が、ブントが一九六〇年全身をこめてぶつかった日本の社会はその後三十年、世界史のどの時期よりも大きな速度と規模で展開し、ブントはその巨大な潮のなかに一瞬浮かび、すぐ消えていった『一個の泡沫』(西部邁)に過ぎなかったともいえるほどである。

しかし不思議というべきか滑稽《こっけい》というべきか、ブントは今なお私のなかで生きて存在している。

それはすでに政治的言語ではない。

泡沫は消えていく運命にあるが、激しい渦のなかで生じたそれは不可視だが消滅することのない不可思議な核をもっているものである」

島成郎は一九九二年にこう書き、なお八年生きて、二〇〇〇年に亡くなった。

おれが、島成郎の「私史」を長々と引用したのは、ここに「典型」があると思ったからだ。そして、この「典型」は、戦後文学の「典型」にも繋がるのである。

「島成郎」は、固有名詞ではない。一つの、典型的な精神の「形」を示している。まず孤独な青年の、形の定まらない否定的な感情がある。それは、やがて、その「否定」を受け入れてくれる「形」を求める。だが、外からやって来た「形」を受け入れ続けることに限界が来る時、その「否定」は、自分を枠に閉じこめていた「形」を破壊する。それは、同時に自分自身を破壊することでもあると知りながら、だ。

おれは、「私史」を読みながら、これは戦後（近代）文学そのものではないかと思った。もし、この「典型」が、戦後や近代に特有のものであって、それ以降、精神というものが、もっと別の成長の仕方をするなにかになってしまったとするなら、「戦後（近代）文学」は、正しく、消え去るべき運命にあったというべきだろう。だが、そうではないとしたら？

「アナーキー・イン・ザ・ＪＰ」の「オレ」は二〇一〇年に十七歳。ということは、一九九三年に生まれた、ということだろうか。その作者、中森明夫は一九六〇年生まれ。「オレ」の父親の世代にあたる。

中森明夫が生まれた一九六〇年を、ブントと共に過ごした島成郎は一九三一年生まれ。だから、中森明夫の父親の世代、というべきなのかもしれない。

実は、おれは「アナーキー・イン・ザ・JP」と『ブント私史』を、もう一冊、別の小説と一緒に読んだ。なんだか、そういうことがしたかったのだ。

それは、高見順の『いやな感じ』だ。高見順は一九〇七年生まれだから、ほぼ島成郎の父親の世代にあたる。そして、『いやな感じ』は、一九六〇年に連載を開始したのだった。

祖父が連載を開始した時、子は父のやろうとした闘争を引き継いで新しい戦いを始め、そして、その頃、孫が生まれる。その孫は成長して、祖父や父の「形」を引き継ぐ後継者を産み、育てることになるのである。

おそらく、一九六〇年こそが、「戦後」のクライマックスだったのだ。そのことを敏感に察知しながら、高見順は、昭和初年代から十年代を舞台に「テロリスト（アナーキスト）」の心情と行動を繊細に描き出そうとしたのである。

アナーキストとして、世界と戦おうとした主人公は、対立するボル派（ボルシェビキ＝共産党）とのいわば内ゲバをも戦わざるをえなくなる。

「さっきから大杉栄がしきりと出てくるから、ここでも大杉栄の言葉を引用すれば、俺たちの考えていた労働運動というのは『労働者の自己獲得運動、自主自治的生活獲得運動である。人間運動である。人格運動である』

支配階級のために奴隷的生活を強いられた労働者は、自主的生活を奪われているとともに、自由な人間的自覚をも喪失させられている。自己の獲得、自主的生活の獲得が俺たちの闘いだった。自由な人間としての自覚を持つこと、それがすなわち革命者としての自覚の第一歩だった。自主的生活を獲得しようとすることこそ、みずからを強権から解放させようとする革命運動に他ならないのだった。ボル派の運動は、そうした俺たちの眼からすれば、労働者をただ単に階級闘争へと動員し、政権奪取へと徴兵して、共産主義という強権の下に、階級戦の兵卒としての絶対服従を命ずるものだった。（中略）

俺たちは労働者の自由を何よりも尊重した。いかなる強権からも服従を強いられない自由を何よりも欲したのである。俺たちはバクーニンの次のような言葉を正しいとしたのである。『マルクスはプルードンよりも、自由についてのもっと合理的な組織の上に理論的に立つことはできるかもしれない。しかし彼には自由の本能がない。彼は徹頭徹尾、強権主義者だ』」

そのように感じる「俺」は、「形」よりも、内側にある「否定」の炎を重んじる「俺」は、当然、敗れるだろう。アナーキストから、単なる食い詰めたテロリストとして、戦争中の中国に赴いた「俺」は、「捕虜」の中国人を自らの手で惨殺する。そして、そんな自分に対して、こう呟くのだ。

「革命的情熱の燃焼とは生命の燃焼にほかならないと、往年の俺は信じていた。中国人の虐殺が、俺にとっては生命の燃焼、すなわち革命的情熱の燃焼にほかならないとなったとは、思えば、ああ、なんたることだろう。あの根室であんなに俺は、平凡に生きようと考えたのに、しょせん、平凡な生活者になれなかった俺にとって、これが生の拡充だったとは……。

ここで俺はふたたび――なんでこんなことをしゃべっているのだろうと、みずからに問わねばならぬ。

懺悔ではないとすでに言った。テロリストのなれの果て、悲惨なその最後の姿を人に示そうというのか。わが数奇な運命を、諸君、平凡な生活者に語りたかったのか。

どっこい、平凡な生活者の生活のほうが、ほんとはもっとむごたらしいのだ。

波子よ！　波子よ！」

娘が死んだという手紙を送ってきた妻への叫びの後、「俺」は、中国人の首を軍刀で切りつける。切り落とすことができず、もう一度軍刀を振りあげたその瞬間、恍惚とともに射精した「俺」は、心の中でこう絶叫するのである。

「（いやな感じ！）」

「アナーキー・イン・ザ・ＪＰ」の「オレ」なら、この叫びは、シド・ヴィシャスのそれと同じだ、というだろう。高見順の「俺」こそ、真のパンクだと。

おれは思う。多くのものが変わる。徹底的に変わる。だが、同時に、少しも変わらぬものだって存在するのだ。

ところで、大杉栄は一八八五年生まれ、高見順の父親の世代にあたるのだが。

サイタマの「光る海」

『SR サイタマノラッパー』という映画を観た。タイトル通り、サイタマ（埼玉県）のラッパー（ラップをする人……って、当たり前か）たちを描いた作品だ。夜中にDVDで観たのだ。うちの奥さんは映画を見るとやたら泣く人間なので、その点をもって、「泣ける」映画であるとは断定できないが、ぼくも、ちょっともらい泣きしそうになったのだ。なんというか、「青春だ！」と思った。

いや、「もはや青春はサイタマにしか、埼玉県のラップをやる青年しか所有できない、ピンポイントなものになったのかも」と思った。

青春。青春か。これから、少しの間、青春について考えてみることにしたい。「青春」が、戦後文学はもちろんのこと、（近代）文学最大のテーマであったことは、ご存じの通り。そして、「青春」の価値が下がり、その結果として、本体の（近代）文学自体が揺らいだことも、ご存じの通り。

「青春」はどこに行ったのか。どこかに行ったのなら、その場所を訪ねて、なんとか戻って来ないか、頼んでみるというのは、どうだろう。えっ、おまえは、まだ青春が必要なのか、と訊ねられたら、そんなのもう結構！　って、いうに決まってるが。

とりあえず、『SR　サイタマノラッパー』なんだけど、幸いなことに、小説版『SR　サイタマノラッパー』が、監督・入江悠さんの手によって書かれているので、それを参照することにしよう。


舞台は、埼玉県深谷市である。いったい、どこなんだろう。ぜんぜんわからない。東武東上線で行くのか、それとも、JRで行くのか。それもわからない。

とにかく、深谷には、というか、埼玉県には海がない。それだけは確からしい。この日本という国において、海がない県は珍しい。日本地図を、脳裏に描いてみても、埼玉以外では、山梨・群馬・栃木・長野・岐阜・滋賀・奈良ぐらいではないだろうか。滋賀には海がないけど、琵琶湖があるから、海があるようなものだ。奈良だって、海はないが、寺はたくさんある。山梨にはワイン、群馬は……確か、金井美恵子を生産しているし、栃木には作新学院があって、江川卓を産んだ。長野は……田中康夫が知事だった。それから、岐阜といえば小島信夫だ。素晴しい。だが、埼玉といって、なにか思いつくだろうか。埼玉県出身者のみなさんには申し訳ないが、ほんとになにも思いつかない。それが埼玉県なのだ。日本のハートランド……もしかしたら、ディープサウス（南じゃないが）なのかも。その埼玉でも辺境と呼ぶしかないのが、深谷だということになる。そして、あらゆる地方都市がそうであるように、深谷も寂れつつあるのだった。

「なぜなら、最近の深谷市の寂れ具合はひどくなる一方だからだ。町には誰も住んでいない家屋や使っていない工場がいくつもある。市の区画整理が遅れに遅れ、そういった建物は取り壊しもされずにそのまま残っているから、勝手に住んでたとしても誰もわからない。そもそもこんな中途半端な町へ新たに来る人はなかなかいないから、勝手に住む奴なんていない。

特に高崎線（筆者・注 そうか、高崎線があった！）の深谷駅を境目に、町の北部と南部では衰勢がはっきりと分かれている。

オレの家がある北部は、もともと江戸時代に中山道の宿場町として栄えていた地域だが、それが最近では古い店ばかりになってシャッターが昼間でも下りている。

一方、南部にはもともと何も無かったおかげで、高層のマンションが建ち、その付近には大型の店が林立した。その影響で10年くらい前から町の中心地は南部に完璧に移ってしまい、北部は旧態依然としたまま取り残された。

古い商店街のおっさんおばさんたちはこの状況を『南北問題』と呼んでいるが、なかなか自虐的で巧い表現だ。

この深谷では北側が廃れて、南側が経済的に潤うという逆転現象が起こっている。高崎線の線路が南北を分ける赤道というわけだ」

ぼくが生まれた尾道市もひどい（もしかしたら、これは書いたことがあるかもしれないが）。

かつては、志賀直哉が小説を書いたり、林芙美子が暮らしてひどい目にあったりした由緒ある文学の街だった。文学がいなくなってからは、大林宣彦監督が映画を撮って、ちょっとだけ盛り返したこともあった。有名なジャズ喫茶があるし、フジテレビの西山喜久恵アナウンサーの実家の旅館もあるし、海だってふんだんにある。でも、それだけではどうにもならない。日本全体が人口が減少する遥か前から、人口が猛烈な速度で減り続けている。人口減少が、その世界に及ぼす影響は甚大だ。半世紀以上前、ぼくが通った土堂小学校は、他の二校と合併しても、一つの学年にクラスが二つしかない。しかも、クラスの収容人員は二十人と少し。ぼくが通っていた頃、土堂小学校は、三クラスあって、どのクラスも五十人近く子どもがいた。どう考えても、子どもの人口は十分の一近くに減っている。大林監督の映画によく出てくる、千光寺山の斜面にへばりついている家の多くは、人が住んでいない。みんなどこかへ出て行ってしまったのだ。ぼくは三十数年ぶりに尾道を訪ね、その惨状を目にして、ある感慨を抱いた。

「こんなところに、文学なんか、棲息できないよなあ」

いや、待てよ、と思った。老人文学なら、なんとか可能かも。じゃ、訂正。

「こんなところに、青春文学なんか、棲息できないよなあ」

そういうわけである。右肩下がりの社会で、青春文学の存続は難しい。なにしろ、対象そのものが減ってゆく。対象が減るということは、その対象を相手に商売しているものもみんな減ってゆく、ということである。棲息の条件も厳しくなってゆくのである……しかし、だ。そう単純にはいえないのかも。ぼくは、『SR サイタマノラッパー』を観て（読んで）、ちょっと考えを変えたのである。なぜなら、ここには、なにか大切なものが隠されているような気がしたからだ。

主人公の「オレ」は「イックこと加賀谷郁美《かがやいくみ》」、でも女の子ではありません。二十六歳の男性である。二十六……微妙な年齢だ。「若い！」と手放しでいえる年齢ではない。最近では、「おとな」の年齢ではないし、「おじさん」でもない。広い意味では、「若者」なんだけれど。なんか、肩身が狭い感じがする。

「オレ」は、落ちこぼれが通う工業高校を出てから「群馬との県境にある専門学校に入学」する。その専門学校は「地方都市によくある三流の芸術系学校で、大学には行けないけどまだ仕事をしたくないと思っているような連中が集ま」る、「ちょっと芸術にかぶれててみたいボンクラ高卒生を吸い込むための受け皿」だった。「オレ」が「行ったのは音楽科の現代音楽コース」だった。とはいえ、「オレ」は「音楽活動なんて生まれてから一度もやったことがなかったし、楽器も弾いたことがなかった。でも、工業高校で図引きとか溶接とかをやっているうちに物作りが意外と楽しいと思うようになり、できれば自分でゼロから何かを表現するようなことをやってみたい」と思うようになる。しかし、みなさんが想像なさるように、その、「ただ意気込みを作文に書いて送」れば入学できる、「毎年定員割れしている」専門学校での授業は悲惨なものだった。得るものはなかった。なにもない日々が続いた。そんなある日、「オレ」は、教室の落書きだらけの机に放置されていたカセットテープを偶然見つけ、再生してみる。そこから、いままで聴いたことのない、音と歌が聴こえてきたのである。

「言葉の頭や尻に置かれた同じような音の響きは反復と変化を繰り返し、何度も耳にこびりついては離散し、そして連鎖は続くかと思えば突然断ち切られ、切られたかと思えばまた結ばれていった。

『ライム』、つまり日本語で言う『韻』だということは後に知った。

……中略……

自然と身体が縦に揺れて、スピーカーから向かってくる音と心臓の鼓動がひとつになるような快感を感じた。

これがオレとヒップホップとの出会いだった。

過剰すぎる言葉数、攻撃的な歌い方、音の重なり、そしていつまでも続くかのようなビート、そのすべてが強烈でそれまでの鬱屈した専門学校の生活も自分の凝り固まった気持ちも一瞬で消え去った。

(新しい何かがここにある!)」

翌日、「オレ」は「群馬県高崎市のレコード店」へ走り、ヒップホップのCDを探す。なにしろ、深谷市には、レコード店なんか一軒もないから。そして、なんとなく「韻神《いんがみ》」という日本人ラッパーのCDを買って見る。

「それが日本語のラップとの出会いだった。

(なんて言ってるかわからねえ!)

最初、そう思った。

(これがホントに日本語か!?)

そう疑うほど、間断なく目一杯に言葉がつめ込まれていた。

言葉はたしかに日本語、だけどラップは速すぎて半分も聴き取れない。

……中略……

そして、最初はなんて歌っているかわからなかったラップも、聴き返すうちにだんだんと言葉と言葉の間から意味が立ち上がってくるようになった。発せられた単語は次の単語か少し後の単語と重なってつながり、やがて言葉同士の呼応によって大きな塊としての文脈が滲みだしてくる。

オレは胸を打たれた。

なんとなく日本語のラップはダサいんじゃないかと思っていた。

英語のラップのリズム感は日本語だと消えると勝手に思っていたし、日本人が無理やり英語を使ってラップしていたら嫌だなと思っていた。

でもそんなことはなかった。ちゃんと日本語でもラップは成立していた。

それは普段生活しているときに喋っているような言葉でもなく、作文をするときのような堅苦しい言葉でもなく、純粋に『ラップ』でしか表現できない日本語の形だった」

どうであろう。ぼくは、ちょっと「負けた！」と思った。誰に、というか、何に、というか。とにかく、この風景、見覚えがあるような気がしたのである。

近代詩や近代文学と出会った瞬間の、明治の若い作家たちの驚きや感動に、あるいは、マルクス主義に出会った、もっと後の世代の、やはり若者たちは、「言葉」というものに対して、こんな風に思わなかっただろうか。あるいは、未知の表現に出会った、芸術家たちは。

『韻神』のCDを数えきれないほど聴いた後、オレは汗まみれの手で歌詞カードを開いた。

いま、読んでも意味不明だと思う。

別にこれと言って大したことも言ってないような気がする。

でも、そのなげやりな熱さと冷たさのバランスが新鮮だった。

押しつけずただそこにあって、聴く者が自由自在に意味を読み取れる。ロックの熱すぎる熱さ、ポップスの甘すぎる甘さ、それがヒップホップのビートとラップにはなかった。

北関東のド田舎で毎日うだつの上がらない生活をループしているオレにとって、ロックの熱さは親父の説教みたいで重苦しく感じられたし、ポップスの甘さは遠い幻想の国の夢物語だった。

ヒップホップは、出口の見えない単調さの中で息をするだけのオレにすっぽりとはまった。何度も何度も聴いているうちに、ただ繰り返すだけのビートとラップに不思議と涙が出た。

（ただ一歩ずつ歩いていけばいい。歩き続ければいい）

そう言っているように感じられた。

こんなラップを歌う男に自分もなりたいと思った」

「それ」は、もともとは、海外由来の生産物である。そのせいもあって、最初は「意味不明」なのである。それどころか、「これと言って大したことも言ってないような気がする」。それにもかかわらず、「オレ」が、圧倒的に魅かれてゆくのは何故か。「親父の説教」みたいではないからだ。すなわち、父親たちが持っている既成の言語ではないからだ。あるいは、この世界の金銭のルールを墨守するポップスが伝える、「遠い幻想の国の夢物語」の甘さを持たないからだ。要するに、そこには強烈な「否定」があったからだ。そのような言葉だけが、「出口の見えない単調さの中で息をするだけ」の若者に働きかけ、「歩き続ければいい」と違う場所へ行こうと誘うことができるのである。

　このように書けば、「オレ」が出会ったものが、明治半ば以降に、若者たちが出会い、彼らを駆り立てたものと同じ本質を持っていることがわかるだろう。いや、「こんな……男に自分もなりたい」という、最後の一行こそ、もっとも重要なのかもしれない。

　そのようなものになりたい、という「ロールモデル」こそ、「青春」を成立させる、最大のアイテムなのである。

「北関東」という辺境の地で、なにものかとの「出会い」に飢えていた「オレ」を回心させた、「韻神」のラップはこのようなものだ。

「死ぬことを発見《みつけ》た　くたくたに干涸《かわ》いた

半歩進む足取り　静かに砂を形取り
明日と俺の勇気　を　包み込む冷気
は　止めどなく吹雪き　さぁ　24時間の旅の続き

やがて訪れた夜に　泥のように惰眠《ねむ》り
黒くヤニに混入《まじ》り　肺胞から排出《だ》す煙
それは　足取りを　黒く縁取り　真っ紅な血液《ち》が吹き出し
浮足　立った　昔の姿　思い出した　俺の上

上の方に鈴なりに連なる　樹々の隙間が縁取る
空から覗く　少女の視線感じ　照れながらも　髪整えて
音が響かない　軀《からだ》が上手く動かない
空は青い　血は赤い　そんな思想はくだらない

二転三転　転げ落ちた物語　逆さまに　固まり
歯の裏側の犬は　吠え続ける独り（素通り）
朝靄《あさもや》よ　どいてくれ！　止めを刺す　嘘の遺伝
ひと思いに殺せと　妄想抱いて見えた光線

石になりたいと思う　意地になるな　それは徒労
道なき道に彷徨う　死地で哭《な》いたのは　俺だろう
Ｌｉｋｅ ａ Ｌｉｋｅ ａ Ｌｉｋｅ ａ ｓｔｏｎｅ
Ｌｉｋｅ ａ Ｌｉｋｅ ａ Ｌｉｋｅ ａ ｓｔｏｎｅ（繰り返し）」

ぼくは、もしぼくが若かったら、「オレ」と同じ年齢で、北関東（とか、尾道とか山口とか、その他、急激な右肩下がりを体験中の、どこかの地方都市）に住んでいたとしたら、どんな風に、「青春」を過ごすだろうと考えた。そもそも、「青春」などという言葉を嫌悪するかもしれない。それもまた、「青春」に属する者たちの感情なのではあるけれど。

そのような年齢、そのような境遇にいる者たちは、潜在的に、「自分」を表現してくれるものを、捜し求めているのである。既成のことばではなく、自分にぴったり合う（と思える）ことばに出会うのを、じっと待っているのである。

そのようなものがあるとしたら、残念ながら、それは、どうも小説ではないような気がする。いわゆる、（現代）詩でもないような気がする。「文学」のことばに行かぬ者たちは、かつては、「政治」のことばに向かった。だが、これもまた残念なことに、ユートピア的な「政治」のことばも、いまではなかなか見つからない。

音楽はどうか。ロックは「父親」たちの世代が作り上げたものだ。だから、その文法は、上の世代のものだ。「父親」たちにとっては、反抗の象徴だったものも、子どもにとっては、よく出来た既製品にすぎない。

では、アニメやゲームはどうだ。確かに、そこには多くの若者たちが集まっている。ある種の「熱さ」も存在しているだろう。だが、それも自ら作りだすものではない。ましてや、「北関東」においては。

目につくものといえば、ブロッコリー畑。買い物は、市の中心にあるホームセンター。青果物から日用雑貨、本までなんでも揃っている。というか、買い物に行くとしたら、ホームセンターしかないのだが。まともな若者は、みんな東京へ出てゆく。残るのは、老人ばかり。そんな場所で、どうすれば、「青春」に、というか、なにものかに出会うことができるのか。

ぼくは、『SR サイタマノラッパー』という映画を観て（その小説版を読んで）、その答を見つけたように思った。

「オレ」は親友の「トム」に、発見したばかりのラップを共有しようと、つまり、「夢」を共有しようと持ちかける。ちなみに、「本間友也《ほんまともや》」→「トモ」→「トム」である。

「当時、オレたちは全国に掃いて捨てるほどいる無数の凡庸な『トモ』で『加賀やん』だった。そのときオレは近くのスーパーで買ったダボダボの安物ジャージで全身を包んでいたし、足には家から履いてきたままの便所サンダルをつっかけて、ちょうどファミレスのドリンクバーで排水溝から滲み出た汚水のようなコーヒー、しかも5杯目をお代わりしたところだった。

北関東のファミレスには似たようなだらしない格好をして夢を語っている男たちが無数にいる

ことだろう。そしてその無数の夢はついに結実することなく、ドリンクバーから吸収された水分ともにファミレスの便所で排泄されるにちがいない」

こうやって準備は整う。若者たちの「出会い」が、だいたいの場合、そうであるように、「オレ」も、まず外形から真似をする。いわゆるヒップホップファッションである。分厚いアウタージャケットに帽子、サングラス、首の周りにはヘッドフォン。でも、ほんとうはひどく太っているので、あまり似合わない。イメージ通りにはいかないのである。

「オレ」は、とにかく新聞やテレビを見つめ、手帖に時事ネタを書きこんで、「自分のことば」で、詞を作ろうとする。

やがて、数ヵ月の苦闘の後に、最初の作品ができあがり、その、ただ一曲の、「オレ」の自己表現としてのラップの、そして、「オレ」が属するグループ「SHO—GUNG」の初ライブの日がやって来る。グループの中、ちょっと頭のいい連中が（恥をかきたくないから）勝手に欠席する中、「オレ」は「トム」と「マイティ」（大きなブロッコリー畑を持つ農民の息子）の三人は、断頭台に登る気分で、ライブ会場に向かう。だって、その初ライブをやる会場って、深谷市公民館だし、タイトルだって「深谷市民の集い　本日のゲストSHO—GUNG様」なんだから。さらにいうと、観客というのも、善良なる深谷市民のみなさんだ。ヒップホップどころか、「ヒップホップ」ということばすら聞いたことのない、寂れ行く深谷と共に寂れていきながら生きていることにほとんど疑問を感じたことのない健全な一般市民のみなさんなのである。

『ヒップホップのみなさん、どうぞ』

そう言われた。

木製の重厚な扉を開けて中に視線を送ると、年配の男性と女性がきっちりと席に座っていた。つるっ禿《ぱげ》の老人やねずみ色のスーツのおばさん、そして休日っぽい服装のおじさんたちだ。少なく見つもってざっと50人はいる。

想像もしなかった客を目の当たりにして、オレたちは立ちつくした。

『ご紹介します。ヒップホップのみなさんです』

司会の白髪の男性がふたたびそう言って、ゆっくりとオレたちのほうを見た。

(ヒップホップのみなさん——？)

……中略……

ライブ会場はただの広い会議室だった。

いまや目の前にはぎっしりつまったおじさんおばさんだ。

『「教育・金融・ブランニュー」です』

『え？　なんですか？』

『だからあ、「教育・金融・ブランニュー」です』

聞き返されたことに苛立った様子で、マイティが答えた。

『そうですか……。それではどうぞ』

白髪の司会者はそそくさと壇上の右に寄ってオレたちに舞台をあけた。

マイティが言った曲の題名はたぶん理解していないはずなのに、進行を滞らせることよりオレたちに早く歌わせることを選んだらしい。

……中略……

『では、みなさん。お待たせしました。これがヒップホップです』

それが白髪からの最後通牒だった。

これがヒップホップです――」

これがヒップホップです、これがヒップホップです、これがヒップホップです……。

かくして、輝かしいものになるはずであった「SHO―GUNG」の初ライブが開始されるのである。

共通のことばを持たない者たちが白々とした蛍光灯の下で対峙している。「オレ」たちは、会議室に陣取って、「ヒップホップとかいうもの」をちょっと聞いてみようというおじさんおばさんたちが話すことばを理解できない。一方、そのおじさんおばさんたちは、異様な格好をした、ことばづかいも妙だし、礼儀も知らない青年（?）たちがまるで理解できない。

いい年して仕事してないんですよああいうのをニートっていうんじゃないですかいつもコンビニの前にずっと座っておでんを食べながら携帯をかけたりしてますからほんと親御さんの顔が見たいわ……。

「不意に、オレの後方で重低音が響いた。

デレレン、デデンッ。

ドッツ、ドッツ、ドッツ。

振り向くとマイティが持参したラジカセを担いで叫んでいた。

『深谷のおじちゃん、おばちゃん！　声出せよ！　セイ、ホーオ!!』

マイティは充血させた目を剝《む》きだしにして、耳に手を当てる仕草をした。

『セイ、ホーオ!!』

（まさか！）

と思ったが間違いない。

マイティは年配のおじさんおばさん相手に返答を要求していた。ヒップホップで言う『コール&レスポンス』だ。もちろん『ホーオ！』なんてレスポンスは返ってこない。椅子に深く腰かけた出席者たちはただ無表情でマイティを見つめている。

『セイ！　ホッ、ホオッ!!』

マイティは負けじと声を張りあげる。でも戻ってくるのは虚しい沈黙だけだ。これはコール&レスポンスの一方通行、ただの一人コールだ」

はっきりいって、「オレ」たちは追い詰められている。聖なるヒップホップの言語、世界を切り裂く新しい武器を初めて披露する場所として、それ以上、ふさわしくない場所はないだろう。だが、しかし、拍手も歓呼もなく、無理解の中に置かれることこそ、必要なのではなかったか。

冷たい視線の凝視を浴びながら、「オレ」たちは、作り上げたばかりの「ことば」を投げ出すのである。

「YO　YO　ちょーしはどーだい？
YO　レペゼン　深谷から飛び出す
オレらSHO―GUNGが　かますライムは抜群
イックとトムのラップは　マジ　ハンパねえー
YO！　アー　ユー　レディ？
覚悟して　聞いとけ　DJカモン！
CHECK　IT　OUT！

教科書　破り捨て　青春スタート
ゆとりたっぷり　聖戦のロード
国語　算数　理科と社会じゃ
オレの　人生　理解しがたいぜ

ハゲた校長　前に出て来い
I　GET　A　暴走　止められないぜ
ノートに刻む　オレのリアリズム
右手にマイク　左手にバイブル
……中略……

教育委員会　　かかってこい！
学歴社会　　かかってこい！
先輩たち　　かかってこい！
持ち物検査　　かかってこい！

金融庁　　かかってこい！
キャピタルゲイン　　かかってこい！
ＡＴＭ　　かかってこい！
時間外手数料　　かかってこい！

英単語　　必要ねえ！
因数分解　　必要ねえ！
マッカーサー　　誰だソレ！
二酸化マンガン　　燃えてるぜ！

市民税　　払ってねえ！
国民年金　　払ってねえ！
リボ払い　　何だソレ！
コンビニ募金　　オレにくれ！

教育　金融　ブランニュー
オレら　マイクで戦う　英雄
教育　金融　ブランニュー
ここで　時代に　かますぜ　天誅!!」

ダサイ……タマ……いや、正直にいって、これはもう、ちょっとひどすぎるではありませんか。あまりにも単純。芸術とは、とてもいえない。歌や詞の範疇に入るかといわれて、ぎりぎりセーフ、ぐらいではあるまいか。歌い終わると、客席と「オレ」たちの間には「強固な透明ガラスの壁」が出現するのだが、それをすべて、「深谷のおじちゃんおばちゃん」の無理解に帰するのは、ちょっと無理。だが、それにもかかわらず、ここには、胸に滲みるものがある（このストーリイの最後に、もっと胸に滲みるラップがあるのだが、ここでは紹介しない）。

それは、簡単にいうなら、「直接性」ということだと思う。それから、その時代の空気のようなものだ。もしかしたら、ここに、「肉体」というものを付け加えてもいいのかもしれない。あるいは、幼年期とか、初期とかいったことばも。

しかし、「直接性」といい、「時代の空気」といい、「肉体」といい、「幼年期」といっても、すべて同じことを、違った側面から説明しているような気もするのだが。

この『SR　サイタマノラッパー』という映画（小説）は、どんな風に受けとられるのだろう。この、直接性は。あるいは、直接性を失う時、その表現は、どうやって生き延びてゆくのだろう。ぼくは、そのことを、『SR サイタマノラッパー』とは似ても似つかぬ、もう一つの小説と比較しながら、考えてゆきたいと思っている。すなわち、およそ半世紀前、一世を風靡した「青春小説」の「傑作」、石坂洋次郎の『光る海』と。

サイタマの「光る海」②

「最近、なにをお読みになりました?」と訊ねられると、

「石坂洋次郎」と答える。

訊ねた人は、「えっ!?」という困惑の表情を浮かべる。

その困惑の表情の下には、「石坂洋次郎、って、あの『青い山脈』の石坂洋次郎だよね」という思いも、「イシザカヨウジロウ、って誰だっけ、確か、どこかで聞いたことがあったけど」という思いも、「誰、それ?」という思いも、「ああ、石原裕次郎の映画の原作とか書いてた人ね」という思いも、『陽のあたる坂道』、『あいつと私』、『若い人』、『石中先生行状記』か……ただ、懐かしい」という思いも、「なんか冗談いってんのかな、この人」という思いも、混じっているのではあるまいか。

さらに、質問者は、

「おもしろいですか?」と訊ねる。すると、ぼくは、

「おもしろいよ……たぶん」と答えるのである。

「た……たぶん？」

まことに申し訳ないが、そのように答えるしかない。しかし、である。映画であれ、小説であれ、美術作品であれ、アダルトヴィデオであれ、鑑賞物への評価に関して、どうして、「おもしろいですか？」って訊ねるんでしょう。さらにいうと「おもしろい」という概念は、どの程度の広がりを持っているのだろう。「石坂洋次郎の小説」という謎の物体を読みながら、ぼくの脳裏には、そのような疑問が、絶えず渦巻いていたのである。

かつては、本屋の棚を大量に占拠してた「石坂洋次郎の小説」を、本屋の店頭で見かけることはほぼない。今回、「石坂洋次郎の小説」を読むため、ぼくが利用したのはアマゾンだった。でも、新本は一冊もなかった。すべて古本だ。

「石坂洋次郎の小説」ですら、これですから。ぼくの小説なんか、どうなっちゃうんだろう。考えたくありませんよね。

ある時、あるものが流行る。でも、しばらくたつと、影も形もない。ダッコちゃん、フラフープ（たとえが古い……）から山田邦子まで。もしかしたら、「近代文学」や「現代文学」だって、というか「文学」そのものだって、というか「本」そのものだって、そのような運命に陥るのかもしれない（というか既に陥ってる可能性が高い）。

ぼくは、その理由が知りたいのである。なんのために？

その理由がわかれば、いつか（近々）やって来るかもしれない、「最後の日」を遅らせたり、回避したりする方法が見つかるかもしれないから？

そうかもしれない。

あるいは、理由がわかれば、その運命も甘受することができるような気がするからなのかもしれない。

とにかく、「石坂洋次郎の小説」の運命は他人事とは思えないのである。だから、ぼくは、「石坂洋次郎の小説」を、いま、読み続けている。

「おもしろい?」「う〜ん、ビミョー」と自問自答しながらなんだけれど。


ぼくの手元には『青い山脈』(新潮文庫)がある。奥付を見ると、「昭和二十七年十一月二日発行」「平成四年三月二十日九十刷改版」「平成十四年五月三十日九十四刷」とある。これでわかるのは、すごく売れたということである。平成四年から平成十四年の十年の間だって、四回も刷り増しされている。マジかい。ぼくの文庫本より売れてるじゃないか……。これでは、「石坂洋次郎はとうに終わった作家」なんていう資格は、ぼくにはありません。

『若い人』は集英社のコンパクト・ブックス(三百六十円で上下二段組で五百頁近い、こんなに安くてためになるものが、他にこの世にあるだろうか)で、この奥付は「一九六六年九月二十五日初版発行」「一九七二年八月二十日十二版発行」となっている。これもすごく売れたということだ。

びっくりしたのは『石中先生行状記(一)』(新潮文庫)、ずいぶん地味なタイトルだと思うでしょう。こんなタイトルで売れるわけがないかというと、奥付には「昭和二十八年四月二十五日発行」「昭和三十七年一月三十日二十五刷」とある。もう、びっくり。

これら『青い山脈』や『若い人』や『石中先生行状記』（や『あいつと私』や『陽のあたる坂道』）のことは、おいおい書くとして、とりあえず、今回、ぼくがとりあげる『光る海』をじっくり読んでいくことにしよう。

なにより大切な奥付は、というと、「昭和四十四年五月二十五日発行」「昭和四十七年十月三十日九刷」というから、世界が激しい政治の季節を迎えていた頃、『光る海』は着々と売れていたのだ。これには、心底、驚かざるを得ない。現代詩が頂点に達し、ゴダールが革命へと旋回し、新宿では政治青年と芸術青年が脳内並びにほんものの麻薬でイッてしまった頃、この小説には多くの読者がついていたのだ。

さあ、『光る海』の頁をめくってみよう。そこには、どんなおそろ……いや、素晴らしい世界が待っているのだろうか。

いや、ちょっと、最初の頁をめくる前にやっておくことがある。奥付？　もう見ましたよ。違います。巻末についている文庫のリストを見てみようと思うのである。

リストには、その時点で文庫に入っている小説がずらりと載っている。我が石坂洋次郎先生は十六冊。さすがだ。

川端康成が十七冊、夏目漱石が十四冊、源氏鶏太が十三冊、丹羽文雄が十三冊。さて、もっと多いのは誰かというと、石川達三が十九冊、井上靖が十九冊、松本清張が十九冊で同着。そして輝く第一位は三島由紀夫の二十冊。

これを、『石中先生行状記』の巻末リストと比べてみると、なかなかおもしろい。

『石中先生』は、手元の二十五刷が昭和三十七年。『光る海』より、少なくとも十年以上前の新潮文庫のリストということになる。その結果はというと、
川端先生は十六冊（ほとんど変わらず）、夏目先生は十四冊（古典だから変わらないはず）、源氏先生は七冊（ブレイク直前だったんですね）、丹羽先生は八冊（そこそこ）、石川先生は十五冊（もともと人気者）、井上先生は七冊（先生もこの後、ブレイクなさるのか）、松本先生はなんと『小説日本芸譚』というタイトルの本一冊のみ（ブレイクした後は凄まじい）、三島先生は九冊（まだ若かったのだ）。

ここでクイズ。このリストでいちばん著作が文庫になっているのは誰でしょう。

なんと島崎藤村（十七冊！）。新潮文庫は近代文学の牙城でもあったのだ。この十年後、島崎先生の持ち点は十冊に減っている。ということは、近代文学の衰退は、もうこのあたりから、はっきりと始まっていたのかもしれない。ちなみに、このリストで七冊あった横光利一も、『光る海』のリストからは消失しているのである。

さて、『光る海』の最初の頁である。章のタイトルが、厳然と輝いている。すなわち、「七人の侍たち」……

おっと。ここでいきなり、つんのめってしまう読者もいるかもしれない。「群像」に掲載されている小説では、考えられないような章タイトルだ。もちろん、石坂洋次郎は「ウケ」を狙って、こんなタイトルを章につけたわけではない。七人の個性的な人間が出てくるから「七人の侍たち」にした。それだけである。

「三月の末だというのに、初夏を思わせるような、めずらしく暖かい日だった。

七両連結の横浜行の電車が、A駅に着くごとに、ブラシをよくかけた黒の制服を着た男の学生たちや、和服なり洋服なり、これもそれぞれキチンとした身なりの保護者たちが、ドッとホームに吐き出された。

その中に、お振袖《ふりそで》の着つけをした女子学生たちも、ところどころに混っていて、荒野にバラが咲いているように、はなやかな印象を与えていた。

今日は、駅の向う側の広大な丘の上に建っているB大学の卒業式が行なわれる日なのだ。ゆるい上りになっている入口の並木道には、学生や保護者たちが、ひっきりなしに玄関前の広場に向って歩いていた。その行列の中でも、やはりお振袖をつけた女子学生のすがたが目立っていた」


これが『光る海』の冒頭である。なんか、超フツー。でも、よく読むと、そうではない。まず、文庫版で僅か十行ほどの、この文章の中に、「A駅」と「B大学」と、本来固有名詞として表現されるべきことばが、記号をもって表されている。いったい、なぜだろう。ぼくは、いろいろ考えてみた。なにしろ、ぼくだって実作者だし。いや、忘れていたが、この『光る海』は、朝日新聞に連載された小説なのである。おお、ぼくもやりましたよ。たいへんです。でも、新聞小説の連載の冒頭で、「A駅」、「B大学」とは書かないと思うなあ。

石坂先生は、なぜ、「A駅」、「B大学」などという表現を用いたのか。たぶん、

「面倒くさいから」ではないだろうか。

実は、「A駅」、「B大学」だけではない。この後もずっと、石坂先生は、「赤坂のOホテルで食事をする」とか、「K貿易会社のB・G（いまや死語だろうか。ビジネス・ガールのこと。誤解されそう）として勤務している」とか、「A出版社に就職しました」というような使い方をしていらっしゃる。その「A」や「B」や「O」をなににするか、そんなことで頭を使うような暇はない、と石坂先生は思われたにちがいない。いや、直接には思われなくても、無意識の中に、そう思ったのではないか。

「そんなことで頭を使うような暇はない」として、では、そのことによって節約された時間で、なにをしたのか、それをこそ、ぼくたちは読んでいくべきだろう。

今日は、「B大学」の卒業式。英文科の俊英も集まっている。その数、四十名。比率は、女性三十三人、男性七人。そう、「七人の侍たち」とは、女性が多数派を占める、当該学科に所属する男子学生のことを指している。

その女性軍のツートップが「葉山和子」と「石田美枝子」のふたりだ。ふたりとも学力優秀・容姿端麗、まるで小説の中の登場人物みたい。ただし、キャラは正反対で、「葉山和子」は、雰囲気を壊さぬように、みんなと同じ、振袖姿、しかし、「石田美枝子」はというと、わざと地味な黒のスーツなんか着ている。「葉山和子」は、穏やかな性格で、優しいご両親の下で育ち、一流企業に就職するのに対して、「石田美枝子」の両親は離婚していて、母親は銀座のバーのマダムだし、しかも、将来の目標は「小説家」なのである。ぼくが親なら、それだけは止めたいと思います。

さて、その卒業式で、一つの小さな事件が起こる。それこそが、この『光る海』という長編小説の基調和音ともなる出来事なのだ。

優等賞が授与される段になった。「葉山和子」に続き、「石田美枝子」も、学長に呼び出される。賞状を受取り、席へ戻ろうとして、美枝子は、足を踏み外し、床に転げ落ちる。ざわめきが起こる。


「その瞬間、文学部の席から、大勢の中でもたくましさが目立つ野坂孝雄が、立ち上がって前に進み出て、起き上がろうとしている美枝子をかるがると抱えあげて、自分たちの席にかえっていった。まるで、そうするのが式の順序の一部でもあるかのように、しぜんで、すばやいやり方だった」


ここまでなにも起きなかった『光る海』で、ようやく、事件らしいなにかが起こった瞬間である。でも、これ、なにかの伏線なんでしょうか。その通り！

卒業式が終わり、三々五々、卒業生たちが去っていく中、文学部の学生たちが集まり、こんな会話を交わす。しゃべっているのは「石田美枝子」と「野坂孝雄」とあとひとり。

「『野坂さん、ほんとにありがとう。私、あなたって、スポーツばかりやっていて、頭が空《から》っぽな人だと思っていたのに……』」

そういう言葉の裏には、妙に誠実な気持がこもっていた。野坂孝雄は、ニヤニヤ笑って、

『いやあ、ぼくこそお礼を言わなきゃあ……。ぼくは若い女の身体をまるまる抱いたのは、今日がはじめてだからな……』
『こんちくしょう。道理でゆっくりゆっくり美枝子女史を運んだんだな……』
『ばかやろ。何千人かの人がみてる前で、たとえ裸の女の子を抱いたって、セックスの感覚なんかはたらくものか!……』
みんなドッと笑い出した」

ここは「ドッと笑」うような箇所なんだろうか。というか「セックスの感覚がはたらく」って、日本語があるのだろうか。っていうか、ふつう、このタイミングで、「セックス」なんて単語、出さないだろう、野坂孝雄。

いや、ここで出さないと困るのである。なぜなら、ここから先、この小説は、「セックス」に関する「言説」で充たされることになるからだ。というか、そればっかり。

卒業式が終わり、教室に戻った英文科の生徒たち、即ち、女子三十三人と男子七人は、渡部教授を囲み最後の歓談をする。その席で、七人の侍、即ち男子学生たちは、四年間の学生生活を総括した発言を次々と行なう。その中のひとり、「向井達夫」は、女子学生が圧倒的多数を占めるクラスで学ぶことの苦しみを自分はどうやって克服したかについてこのように話すのである。

「『(前略)家で家族の者と話をしている時、無意識に(あら、いやだ)とか(それ、ちがうわよ、あんた）とか（まあ、ひどい）とか、女言葉で物を言うようになったんだ。そうかと思うと、急にパンティーやスカートをはきたくなったり、二つ並んだトイレットの前に立つと、女性用のほうに入りたい衝動を感じたりするんだ。鏡でみると顔つきまで、ものにつかれたようで、まるで変なんだよ。どことなく女くさいんだな……』

　教室中がシンとして、向井達夫の話に耳を傾けていた。向井の告白には、男女の仲間をうなずかせる心理が裏づけされていたのである。

『……そのころ、ぼくの兄貴はK大学の四年生でボート部の主将をしていたが、顔をしかめて、ぼくの頭をこづきまわし、

（達夫！　またぐらを出してみろ！　貴様、男か女か調べてやる！……どうしても、そんな言葉が口からもれるようだったら、文科なんかやめてしまえ！　その調子だと、お前、いまに紅や白粉《おしろい》が欲しくなり、メンスもあるようになるぞ。一家の恥だ。貴様みたいなヤツは……。クズで、カスで、変態で、話にならん！）（後略）』

　ぼくが教えている大学は、女子の比率が高くて、授業やゼミによっては、『光る海』の英文科と同程度以上に女子率が高いところもあるけれど、寡聞にして、「あら、いやだ」と（冗談ではなく）いうような男子学生は見たことがない。

　ぶっちゃけ、ありえないでしょ、この状況。それから、この「兄貴」のいってることもそうとうひどい。いまの朝日新聞の紙面には載らんでしょう。それにしても、この兄貴が所属している時代は、どこなのか。

「紅や白粉が欲しくな」るなんて表現が出てくるところを見ると、この兄貴、どう考えても「戦後」の存在ではなく、「戦前」の旧制高校からタイムスリップしてきたのではないかと思われる。『光る海』の連載は一九六二年の秋から始まった。いわゆる六〇年安保闘争は終わり、大島渚の『青春残酷物語』は二年も前の公開だし、この年には、ミケランジェロ・アントニオーニ監督の『情事』や『太陽はひとりぼっち』もデ・シーカ監督の『ボッカチオ'70』も公開されている。安部公房の『砂の女』もこの年。翻訳は後になるが、『時計じかけのオレンジ』も『高い城の男』も『地球の長い午後』も『イワン・デニソビッチの一日』も『野生の思考』も一九六二年産なのだ（フランスのワインは前年が最高の出来。そのせいだろうか、フーコーは前年に『狂気の歴史』を発表している）。ほんとに、（あら、いやだ）とかいってる場合じゃないのである。

もちろん、ぼくは、石坂先生が、文学や映画の先端に触れていないと文句をつけているわけではない。世界でなにが起こりつつあるか、ということについて盲目だったと批判しているわけでもない。

昭和三十七から三十八年にかけて書かれ、その後、四十四年に文庫化されたこの小説と時代の関わりについて考えているのである。

石坂先生は遮二無二、ある目標に向かって突進している。それが、単に石坂先生の好みの問題、というか、個人的に大好きなテーマやら目標なら、あれやこれやと難癖をつける必要などないことは承知している。

しかし、石坂先生の目標は、そのような個人の趣味にとどまらない。「時代の趨勢」（であると石坂先生が信じているもの）なのである。

先ほどの、「向井達夫」くんは、なおも話を続け、「兄貴」の「ハッパ」を受け、数日間考えた結果たどり着いた結論があるとして、こう語るのである。

「『(前略)これまでの日本の社会では、男女の関係が変則な状態に置かれていた。男女の接触といえば、家庭内の夫婦関係か、色を売る女を相手にするとか、そういう狭い範囲にかぎられていた。そして、社会の陽《ひ》のあたる場所には、男ばかりが動いており、女は日蔭の楽屋裏にいつもおかれていた。これは文化史的にみて非常に遅れた男女関係である。

終戦後は、民主主義を原則にして、新しい社会をつくることになったが、セックスの問題をぬきにして、男女が人間的に平等に接触する段階にはまだいっていない。それどころか、道遠し、という感じだ。ところで、ぼくらのクラスは幸か、不幸か、女性過剰であり、専門の勉強以外に、日本の新しい男女関係をつくり上げる一つの実験場にもなる。そして、数少い男性のぼくたちは、いわばその先駆者の道を歩かされていることになるのだ。女性の体臭に圧《お》されて、クラスから脱落することはやさしい。しかしそれはぼくにとって敗北を意味する。何がなんでも共学をつづけていこう。先駆者は常にイバラの道を歩くのだ。よし、このノイローゼを克服して、日本の将来の社会のために、一個の捨て石として、女くさい教室でがんばっていこう。──ぼくはそういう結論に達したんだ……』」

向井の語調はしぜんに熱を帯びて来ており、一と息いれたところで、女子学生の間からパチパチと拍手が起ったりした」

「いや、絶対拍手しないだろう、ふつう」と考えるのも、「本気でいってんのかよ！」と驚くのも、どちらも、ぼくたちが二十一世紀に生きているからかもしれない。

石坂先生が考える現実の世界では、大学英文科の卒業式の後の茶話会において、男子学生は、圧倒的多数の女子学生を前にして「セックス」という単語を使いつつ、男子学生の「責務」について演説をしなければならないのである。

これは、ぼくの勝手な想像ではなく、石坂先生本人が、このようにおっしゃっている。

「戦前、セックス問題は、儒教や仏教にあやまって影響され、陽《ひ》のあたらない暗い陰湿な社会のかたすみの地層に押しこめられていた。平安朝以後明治の後期まで、日本にまともの恋愛小説が現われなかったのは、セックスの問題をおおやけにとり扱うことがタブーになっていたからであろう。（中略）新しい人づくり、国づくりを目ざしている私どもとしては、それが長い間押しこめられていた暗い陰湿な地帯から、太陽の光がいっぱいにあふれた、風通しのいい世界に一度は思いきって解放してやらなければならないと思う。そして、そういう環境の中で、セックスに関する新しい知恵や認識をつくりあげてゆくべきだ。暗がりに押しこめておいて（押しこめきれるものではないが）ゴソゴソやっている従来の扱い方では、セックスの問題に関するかぎり、人間を卑屈にさせるばかりである」

確かに、ちょっと、この発言は、小説家のものというよりは、政治家やキャスターのものに近いかもしれない。だからといって、石坂先生を笑ったりしてはいけない。内容をよく吟味してみると、この発言、そうとう過激なのである。

「明治の後期まで、日本にまともの恋愛小説が現われなかった」という発言からして、石坂先生は、これまでの日本の小説に、根源的な不満を抱いていたことがわかる。「セックスのことが書いてない」からだ。では、近代文学において、おそらく初めて「セックス」と正面から向き合って書かれた、田山花袋の『蒲団』はどうなのか。おそらく、石坂先生は、このようにおっしゃるだろう。

「『蒲団』もダメ！　だって、『蒲団』のセックス、暗いじゃん」

石坂先生の考えによれば、「暗い陰湿な地帯」に押しこめている点において、平安朝の文学から田山花袋、谷崎潤一郎から吉行淳之介まで、すべて×《ペケ》ということになるのではあるまいか。なにしろ、「セックス」は「太陽の光がいっぱいにあふれた、風通しのいい世界」に解放すべきものなのだから。


学生諸君らの発言を聞いた、「渡部教授」は、次のように教えを垂れる。

「『（前略）いったい日本の知識階級は、安保問題とか、前衛芸術などでは、熱をあげて大さわぎするが、もっと身近かな男女の生活を平等にするというようなことになると、変にテレたり、ひねったりして、正面から問題にぶつかっていこうとしない。家庭ではもちろん亭主関白の地位におさまっている。ひところはやった恐妻とか、このごろの女子学生亡国論などという言葉も、問題を正面から押さないで、側面から女性を軽視し、からかっているのだと思う。日本の知識人は、立ったり椅子にキチンと腰かけたりしないで、じだらくに寝そべって物を考える傾向があるな。これを改めないと、私たちの社会生活は、直立した、正しい姿勢になれっこないと思うんだ……』
『賛成です』
『賛成です、先生』
『賛成ですわ。だれか先生にキスしてあげてよ……』

この程度でキスするのかよ……とにかく、「渡部教授」の本音は（というか、これは明らかに、石坂先生の本音だろうが）、明白だ。

石坂先生は、国家や権力や、古い慣習が大嫌いだ。しかし同時に、そんな、国家や権力や古い慣習に反抗してきた、近代知識人も大嫌いなのである。その理由は、「暗いから」ではないだろうか。

石坂先生は、小説という手段を通じて、「革命」を行なおうとしたのではないか。そして、その「革命」とは、

（1）「セックス」ということばを連呼する
（2）とにかく「明るい」

この二つを特徴としていたのである。

茶話会が終わると、無事に、最初の章である「七人の侍たち」も終了し、次の章へと移る。そのタイトルは、

「この女」

「この女」ねえ。どうも、石坂先生の章タイトルの付け方は、凡人にはわかりかねる。この女の話だから、「この女」でいいじゃないか、それ以上複雑にしてどうなる、ということなのか。石坂先生が、村上春樹の小説の章のタイトルを見たら、卒倒するかもしれない。

さて、「この女」は、さきほど登場した「野坂孝雄」くんが、「石田美枝子」の忘れもののハンドバッグを、彼女の家に届けるところから始まる。なんの工夫もない展開だが、そんなつまらぬことを石坂先生は気にしていない。大切なのは、このふたりに「会話」をさせることだからだ。理由はなんだっていいのである。

ハンドバッグを届けた「野坂孝雄」は、「石田美枝子」から、今日たまたま、離婚している父親と会うことになったから一緒について来てくれと要望される。そして、高級ホテルで、父と離婚した妻の下にいる娘とその日たまたま娘を抱っこしてしまった青年とが話をすることになるのである。

では、この三人は、どんな話をしたでしょう。

決まっているではありませんか。「セックス」の話です。

さて、「ネオンが虚無的に明滅する街の夜景をながめているうち、この中ではいろんな生活が行なわれているんだな、と感傷的な気分にさせられた」「野坂孝雄」は、感情の高ぶるまま、父

親の「田島清二」に、離婚の理由を訊ねる。すると、「田島清二」は、娘にも話したことのない事実を話し始めるのである。まずは、「田島清二」の母親について。

「『(前略) 私が思春期に入ってからは、さすがにそんなことはなくなったが、それでも大学を卒業し、美枝子の母をお嫁にもらうまでは、私と母はずうっと同じ部屋に休んでいた。あとで知ったことだが、そんなふうだから、ご近所では、田島の家では母子相姦《そうかん》しているんだという忌まわしいうわさが流れていたという。——そう誤解されても仕方がないほど、私ども親子はピッタリ密着した生活をしていたんだな(後略)』」

初対面の、娘のボーイフレンドに向かって、いきなり「母子相姦」はないだろう、とはいうまい。石坂先生は、あえてそのことばを使っていらっしゃるのだ。誰がなんといおうと、初対面であろうと、それが最初の話題であろうと、とにかく、話されるべきテーマは、「セックス」関係でなければならないし、しかも、ことばは、直接的でなければならないのである。

だが、「母子相姦」という、ショッキングなことばが使用された割には、実のところ、たいした事件があったわけではなく、要するに、古典的な「嫁姑」の対立の結果、別れたというにすぎない。なので、それ以上に、テーマが掘り下げられることなく、「石田美枝子」が、小さい頃に別れたために顔もわからなかった父親の「田島清二」と初めて面会した時の話題へと切り替わる。

『（前略）（大きくなったな、美枝子。もうお前は娘だ。大きくなったな。そして、美しくも……。どれどれ、どれだけ重くなったか、パパに抱かれてみてごらん……）

パパはそうおっしゃって、私の身体に腕をまわして二、三度抱き上げたわ。そして、息を切らして、

（重い……重い……。もうお前は一人前の娘だよ）とおっしゃったわ。

私は無抵抗で、グッタリしてパパに抱かれていました。あの時、私、頭の中でどんなことを考えていたのか知っている？　パパはこうして私を抱きながら、セックスの感覚はぬきにして、ママのことを思い出しているんじゃないのかしらん。ママの匂い、ママの口ぐせ、右肩が少し上がっているママの身体つき、ママの目の光り……。そんなものをね……。

私のその時の記憶が特にハッキリしているのは、ちょうどそのころから、私に女の生理がはじまったせいだったからかも知れないわ……』


中学生になっている娘に「美しく」なったといって「抱かれてみてごらん」という父親も、そうとうキモい。とはいえ、娘の「石田美枝子」だって負けてはいない。十年ぶりに会った父親に抱っこされながら、「セックスの感覚（石坂先生の得意用語）はぬきにして」なんてことばは出てくるし、「生理がはじまったせいだったからかも」なんてことばも出てくるのである。これが、初めて一緒に出かけたボーイフレンドとしゃべっている席でのことなのだ。

この会話が一段落すると、話題は、その場所にはいない、「ママ」のことになる。さて、三人は、「ママ」についてどんなことを話すでしょう？　セックス？　ピンポン！

「『分るわ。……ねえ、パパ。私、去年だったか、ママにはっきり尋ねたことがあるの。

（ママは独立してからセックスの面をどんなふうに処理してきたの？）

（なんてまあ、えげつない聞き方をするんだろう。大学では、物事をそんなふうに表現するよう教えているのかい？）

（まあね。ご返事は……ママ？）（後略）』」


お母さん、いっておきますが、大学では「物事をそんなふうに表現するよう教えて」はいません。それは、すべて石坂先生のご指示なのです。だいたいの作家は、というか、だいたいの人は、自分の母親に、この種の質問をする場合、

「ママ、パパと別れてから、付き合った人はいるの？」といった表現をするだろう。だが、それでは、「革命」にならない。断固として、

「セックスの面をどんなふうに処理してきたの？」でなければならないのだ！

サイタマの「光る海」③

さて、『光る海』の続きである。

いきなり、ボーイフレンドにされてしまった「野坂孝雄」に、ずけずけものをいう女の子「石田美枝子」、そして、その父「田島清二」のセックスをめぐる会話が終了すると、「野坂孝雄」は「美枝子」を家まで送るのである。

「『帰るよ』

美枝子は、そういう野坂を門の所まで送って出た。

『さびしいな、今夜は……。男と女の間で、結婚や恋愛なんて考えないで、キスしてもいい場合があるんじゃないのかしら……』

野坂は、こわい顔をして、美枝子を強く抱き寄せて、接吻《せっぷん》した。二人とも慣れてないので歯がガツガツとぶつかったりした。

街燈の淡い光りが、不細工に抱き合った（ということは、二人ともこういう行為の経験がないためであろう）二人の黒い影を、石か木でつくられたもののような感じで浮き上がらせていた。
と、野坂は不意に美枝子をつき離し、
『終電に乗りおくれる。ママさんにもよろしく。……おやすみ』
そういうと、ほの暗い往来を、まるでラグビーをしている時のような勢いで駅の方に駈け出していった。美枝子は、ぬれた唇《くちびる》を、手の甲で、神経質にこすりながら、野坂の姿が闇《やみ》の中に消えてしまうまで見送っていた」

そして、家の中に戻った「美枝子」は、心の中でこう思うのである。

「（とうとう男とキスしちゃったわ。愛情のちかいもなく、結婚の約束もなく……ただ、その場の感情の成り行きにまかせて……。だからといってまちがったことではないと思う。人生って、型にはまった窮屈なものではないのだから……。（後略））」

ここまで読んだ読者が「やれやれ」と思ったとしても無理はない。あれだけ「セックス」の話をしているのに、大学を卒業した（しかも、かなりカッコいい）男女が、キスが初めて、というのである。この人たちって、揃いも揃って、草食系なんでしょうか。この小説の舞台は、およそ一九六〇年前後とされている。石原慎太郎東京都知事はすでに『太陽の季節』を書いて、陰茎で障子を破る若者を描いているし、大江健三郎だって『性的人間』で、裸の上にコートをはおって電車で痴漢する男を描いた。ほんとうに、この『光る海』は、同じ世界で書かれた小説なんだろうか、と誰だって思うにちがいない。もしかしたら、(『太陽の季節』や『性的人間』を書いた当時の)石原都知事や大江さんと、石坂洋次郎が住んでいる世界は、どちらも「一九六〇年代の日本」ということになっているが、実はパラレルワールドではないか、という疑いさえ感じられるのである。それとも、石坂先生は、ここで「口ばっかり」の男女を批判しようとしていたのだろうか。「観念論」はいかんよ、と文句をつけてる?

その結論はもう少し、後で考えるとして、初キスで興奮したまま帰宅した「野坂」くんの様子を見てみることにしてみましょう。

帰宅した「野坂」くんを母親の「里子」が出迎え、やがて父親の「淳平」も登場する。通常なら、母親は「あら、遅いわね、なにしていたの?」、父親は「もう寝ろ」というぐらいではないだろうか。息子だって、夜遅く、しかもデート帰りで、両親と突っ込んだ話をしようと思わないだろう。ただし、それは「ふつう」の親子の場合。石坂先生の小説に出てくる親子は、はっきりいって「ふつう」ではありません。ついさっきまで会って話していた「美枝子」さんや、「田島」さんについての話題は、いつの間にか(当然のことのように!)、「セックス」の話題へと変化してゆくのである。

「『こら。変なほうに話をもっていくな。……こうやって話していると、私のほうがママに世話になりっぱなしのようだが、そうでもない。私はママにほれたんだから、もうちっと若いころまでは、ママが窒息するほど、毎晩熱烈に愛してやったもんだった……』

『――あなた！』と、里子はコップをつかんでた淳平の手の甲を、二本の指先でキリッとひねった。

『いいんだよ、ママ。今夜はY談が出ることに運命づけられているらしいんだから……。それにな、ママ。ぼくは、若いパパとママが熱烈におたがいの肉体を抱き合っていたと聞かされても、微笑《ほほえ》ましい感動を覚えるだけで、イヤらしい気は一つもしないんだ。それぐらいにぼくは成長してるんだよ、ママ……』

『知りませんよ。……あなたがたはなんという親子なんでしょう。昔だったら、親子そろって吉原へでも行きかねないわ』

『お前はいい暗示を与えてくれた。おい、孝雄。こんど二人で、どこか女護《にょご》ヶ島を探検に行こうじゃないか……』

『一緒に卒業した仲間の二人が、今夜、横浜へ高級コール・ガールの探検に行っているよ。……パパとそんな所へ行くんじゃ、パパにお気の毒だよ。若いぼくがもてて、パパはお粗末に扱われるからな……』

『ばかやろ。お前はまだ青くさい。ああいう職業婦人たちは、金をたっぷり持っていそうな年寄のほうを歓迎するものなんだ』

ここまで来ると、いくらなんでも、ちょっとどうかと思うぞ。「セックス」について、親子で、自由闊達に話し合うのはいいとして、それが、どうして「高級コール・ガールの探検」や「女護ヶ島を探検」ということになってしまうのか。フェミニズムやウーマン・リブが常識になる前の時代の小説とはいえ(?)、「セックス」についてのディスカッションがそのまま、買春になだれこむことに無頓着なんて、そちらの方こそ考えるべき問題ではないかと思われる。しかし、石坂先生は、そのような読者の疑問なんか気にせず、登場人物たちに、どんどんディスカッションをやらせるのである。

「『(前略) そんなことで、率直に言うと、私はママと結婚するまで童貞だったんだ。大望を抱いていたおかげだよ、まったく……。あれは、新婚旅行に出て三日目の夜だったかな。寝床の中で、ママさんが、蚊《か》がなくような声で(私、お医者さんて、男女のことは何でも心得てると思っていたのに、あなたったら、経験も知識もないらしく、不器用なのね。……そのほうが、ほんとは私もうれしいんだけど……) と言うんだ。私はいささか男を下げたような気がして、三日目の花嫁のむつ言《ごと》にしては棘《とげ》があるな——と思ったことをいまも記憶している……』

『パパ、猥褻《わいせつ》罪ですよ。……私はもう聞きませんから……』

里子は、両手で軽く耳を押えた。しかし、表情は、そうくらくも険しくもなかった。淳平は、そういう里子の方に流し目をくれて、

『問題は、こんな話で孝雄が不快を感じてないかどうかということだ』

『パパ。最高に感激的だよ。そういうパパやママの隠密《おんみつ》で、熱っぽく、くすぐったいような交渉は、結局、ぼくの出生につながるんだからな。……ママだって、話が聞える程度に耳を押えているだけだよ。レッツ・ゴー(やんなさいよ)、むかしは不器用だった、パパ!』

言葉だけでなく、孝雄は、両手であおり立てるような身ぶりまでした。

淳平は、うなずいて、

『理解をもってくれてありがとう、孝雄。……ところで、これから先がちょっとまずい話になるんだ。私は、新婚旅行中に、ママさんから蚊がなくような声で、私が童貞であったことをからかわれたものだが、その私がだよ、ママさんという、乙上か甲下という申し分のない女性を妻に迎えてから、安心しすぎたせいか、ときどき、小っちゃな浮気をしてママさんを悩ますようになったんだ。(後略)』

(中略)

『パパは、自分で自分の気持が分らないというが……ぼくは医者の息子としてお尋ねしたい。もしかすると、そのころのママに不感症の気味があったのではないのかね』

『な、なにィ!』と、淳平は、目の前に短刀でもつきつけられたように、二度ばかり、坐ったままではね上がり、激情を表現するために、英語で、無意識に、

『ノー!……ノー!……イト・イズ・ノット・トゥルー(それはちがう)!』と、怒鳴った。

それからやっと日本語をしゃべる程度に落ちついて、

『ママの生理は健全にして敏感だ。ある時は私をしのぐぐらいに……ムニャムニャムニャ……。ともかく、貴様、ママに両手をついてあやまれ! この親――? このママ不孝者めが……』」

「ノー!」といいたいのはこっちですから……いや、そんなことを思った人もいるのではあるまいか。これはいったい如何なる光景なのか。この小説の「現在」から僅か十五年ほど遡れば、敗戦である。焼け跡が広がる、古き日本である。断固たる家父長制である。実際のところ、父親

が、子どもの前で、ぶっちゃけ結婚した時は童貞だったよといったり、子どもが、両親の前で、ママは不感症だったんじゃないのといったりする時代は、一九六〇年代どころか、石坂先生が死して後、二〇一一年のいまに至るまで到来していないはずである。観念的というよりも、これは、もしかしたら、一度も実現したことのないユートピアを描いた小説なのかも。

それから、いま、この文章を書き写していて気づいたのだが、「孝雄」が両親に対して、「パパ」とか「ママ」とか呼んでいますね。どう思います?

大学を卒業した男子が、通常、こういう呼称を使ったりするものなんでしょうか。というか、実は、ぼくの家では、使っていたのである。「パパ」に「ママ」。ちっちゃい頃は、なんとも思わなかったのだが、そのうち、だんだん恥ずかしくなってきたことをよく覚えている。

でも、当時は、不思議ではなかった。「パパ」と「ママ」は、アメリカ映画やアメリカから到来した、「新しい概念」のことばであった。封建制や家父長制や軍国主義から離れることを象徴したことばでもあった……のではないか。だからこそ、「野坂孝雄」くんの「パパ」は、不意をつかれて、

「ノー!……ノー!……イト・イズ・ノット・トゥルー」と英語を口にするのだ。医者なら、ドイツ語だと思うんだが、ちがうのである。

おそらく、ぼくの両親も、一九五一年生まれのぼくに、自分たちを「パパ」や「ママ」と呼ばせることで、なにかを実現しようと試みたのではなかったろうか。あるいは、無意識の中に、そのような試みがあったのではないか。ちなみに、当然のことではあるが、対外的には一切、「パパ・ママ」のようなことばを使っていることは秘密にしていたが、彼らが亡くなるまで、ぼくは

「パパちゃん」「ママちゃん」を使用していた（弟は、早い時期から、「おやじ・おふくろ」派に転向していた。理由は「恥ずかしいやないか！」である）。

と、ここまで書いてきて、読み返してみた。どう考えても、筆者は、この『光る海』に好意を抱いているとはいい難い。一見誉めているように見せかけて（見せかけてもいないか）、なんだかバカにしているようにも読める。

実際はどうなのか。書いている本人にも、よくわからないのである。

正直なところ、この『光る海』は、少々イカレている。「ありえねえ！」の連発だ。よく、こんなものが連載されていたなあ、というか、小説として売られていたなあ、というか、ベストセラーになったなあと思う。でも、まあ、「ありえねえ！」ものは、どの時代にも存在するのだが。登場人物は揃いも揃って、善人で議論好き。しかも、その議論というのが、ほぼ空論ばかり。端的にいうなら、セックスを知らない人間が、セックスについてあけっぴろげに語っている。あけっぴろげすぎるにもほどがあるというくらいに。

それでいいのか、石坂洋次郎。それで、いいのである。だって、ドストエフスキーの小説の登場人物だって、空論（に近いもの）を果てしなく繰り広げる。なのに、世界文学といわれ、いまだに、「文学の王者」の位置を譲ってはいない。ドストエフスキーのディスカッションはOKで、国産の石坂洋次郎のディスカッションはNGだ、などと了見の狭いことをいいたいわけではない。別に外国製品の方が日本製品より優秀だと思っているわけでもない。が、ドストエフスキーが製作したディスカッションは中身があるけど、石坂洋次郎が製作したディスカッションは中身がない、空論だ、という意見には確かに反対しがたいところがある。

ドストエフスキーの作品の登場人物たちは、神の実在について、信仰について、政治の本質について、白熱した議論を交わす。それに対して、『光る海』の登場人物たちは、「パパはこうして私を抱きながら、セックスの感覚はぬきにして、ママのことを思い出しているんじゃないのかしらん」とかいったりしているのである。最高学府の卒業生たちが集まって、「達夫！　またぐらを出してみろ！　貴様、男か女か調べてやる！……どうしても、そんな言葉が口からもれるようだったら、文科なんかやめてしまえ！　その調子だと、お前、いまに紅や白粉《おしろい》が欲しくなり、メンスもあるようになるぞ」なんて会話ばかりしているのである。

「これが日本文学におけるディスカッションです」といって、『光る海』を差し出す勇気は、ぼくにはない……。

そこまではよろしいだろうか。

問題は、その先にある。

この、さっぱり意図のわからない、「セックス」をめぐるディスカッションを読みながら、そこに、無下に否定できないものが存在しているような気がしてならないのである。

ひとことでいうなら、『光る海』には「青春」がある。正確にいうなら、「ある種の青春」が存在している。そして、その「ある種の青春」は、かなり恥ずかしい。ってゆーか、チョー恥ずかしい。「青春」と書いた後、(笑)を入れたくなる。そのような種類のものである。現実に「青春」の圏内にいる人間も、かつて「青春」を過ごした人間の大半にとっても、この「青春」(笑)は、見るに堪えぬものなのかもしれない。ぼくは、その正体を知りたいのである。

ヒントは、石坂洋次郎が書いた、『光る海』以前の作品にある。


「職員室はひっそりしていた。

遠くの校庭で、バスケット・ボールに興じている生徒たちの弾《はず》んだ肉声が、空気をビリビリとふるわせて、明けはなした窓から飛びこんで来る。

若い英語の先生、島崎雪子は、もう退出するつもりで、書だなを整理し、机の引出しから懐中鏡をとり出して、髪をなでつけていた。と、足音も聞えず、後ろで呼びかける声がした。

『先生――』

ふりむくと受持の寺沢新子が立っていた。

『あら、まだ帰らなかったの？　何かご用？』

『ええ。これ――』

新子は胸のポケットから、折りたたんだ手紙のようなものをとり出した。

『何ですか？　それ――』

『手紙です』

『だれからだれに来たのですか？』

『私に来たんです。差出人は、外は女名前で、中は男名前になっております。どちらも私の知らない人です』

『貴女に来たものなら貴女がしまつをつけたらいいでしょう？』

「雪子」に「新子」、「雪」に「新」か、なにもかもが白紙で、まだなにも始まっていない時代を描くのにふさわしい女たちの会話で始まる（正確には、プロローグ的な一章に続く箇所だが）この小説のタイトルは、『青い山脈』。昭和二十二年、発表と共にセンセーションを巻き起こしたこの傑作の中には、「ディスカッション」も「セックス」も含まれている。だが、（笑）を呼ぶようなものはない。ぼくは、『青い山脈』を三十年ぶりで読み返し、深い感銘を受けた。この小説には、「戦後」が、きわめて純粋な形で含まれているようにぼくには思えたからだ。

『青い山脈』は、戦後最初の（小説の）ベストセラーだ。ある意味で、「戦後」というものの意味を大衆の立場で最初にとらえた作品であるといっていいかもしれない。誰もが、その意味をはっきりとはいうことができなかった「戦後」というものを、石坂洋次郎は、『青い山脈』という作品の中に探ったのである。

昭和二十二年といえば、野間宏の『顔の中の赤い月』や、武田泰淳の『蝮のすえ』や、椎名麟三の『深夜の酒宴』が書かれた年だった。いや、原民喜の『夏の花』も、なにより太宰治の『斜陽』が書かれた年だった。「戦後文学」は、この年に始まったといってもいいだろう。だが、実際のところ、人びとにとって、「戦後文学」の始まりは、野間宏や武田泰淳や椎名麟三や原民喜や太宰治ではなく、石坂洋次郎だったのではないだろうか。それにもかかわらず、「戦後文学」というジャンルから、「石坂洋次郎」という名前は、みごとに省かれているのである。

『青い山脈』は昭和二十二年（一九四七年）、六月から十月にかけて新聞に連載された（ちなみに、石坂洋次郎と同じ青森県出身の太宰治の『斜陽』は、雑誌「新潮」に、この『青い山脈』とほぼ重なるように、七月から十月にかけて連載されている）。その時期のことを、幸田文は、「父—その死—」の中でこう書いている。

「なんにしても、ひどい暑さだった。それに雨というものが降らなかった。あの年の関東のあの暑さは、焦土の暑さだったと云うよりほかないものだと、私はいまも思っている。前年の夏だってその前の夏だって暑かったのだろうが、日本はまだ戦っていた。誰の眼にも旗色は悪く、戦争の疲労と倦怠になげやりになっていたとは云え、それでもみんなそれぞれの親を子を兄弟を砲弾の下に送ってい、自分たちもいつ空襲に死ぬかわからない恐怖で、暑さなんぞに負けてはいられなかった。終戦が八月十五日、すでに秋の気が立っていた。そして翌々二十二年夏、新聞も何十年ぶりかの暑さと報じ、実際寒暖計もそう示していたろうが、人の気というものも暑さに弛緩して反応なく、うだればうだったなりにふやけていた」

その「暑さに弛緩して反応なく、うだればうだったなりにふやけていた」昭和二十二年の夏、人びとは『青い山脈』を読んだ。あるいは、幸田文が父露伴の臨終を見とった夏、「新しい時代」の到来を伝えることばを発見したのだった。

当時の「女子高生」・「新子」が受けとった手紙は、「恋しい」を「変しい」、「悩ましい」を「脳ましい」と書くような、誤字に満ちたラヴレターだった。この一枚のラヴレターが、戦後間もない、一地方の学生や教師、そしてその親たちの間に騒動を巻き起こしてゆく——というのが、おそらく、誰もが知っている（もしかしたら、もう、いまの若者たちは知らないかもしれないけれど）、『青い山脈』の物語だ。

そのラヴレターは、かつて別の高校で「問題」を起こし転校してきた美少女「新子」を、試し、からかうものだった。

そこで、「雪子」先生は、生徒たちを前にして、偽名の、ラヴレターの製作者の意図を問いかけるディスカッション（！）を行なうのである。

「今日は授業を止めて、別の大切な問題で、皆さんといっしょに考えることにしたいと思います」

こう切り出した「雪子」先生は、「皆さんは恋愛についてどう考えているんですか？」と訊ねる。

「生徒たちは、はにかみ笑いを浮べて、隣近所と顔を見合せ、ヒソヒソと私語をはじめた。

『さあ、そういう野次馬的な意見発表はいけませんね。起立してハッキリおっしゃい』

一つ手があがると、それが誘い水となって六つ七つ手があがった。

『片山文子さん』

『ハイ。昔は恋愛は悪いことのように考えられておりましたけど、戦争に負けてからはいいことになったんだと思います』

『どうして昔はわるいことに考えられ、いまはいいことに考えられているんですか？』

『いまは民主主義だからです』

（そうです、そうです）とそれに賛成する声が二つ三つ聞えた。

『さあ、そういう形式的な返答では困りますね』

雪子はくちびるを指先で抑えてちょっと考えこんだ。なぜいろいろな物事が変らなければならないのか、本質的なことは何一つ分らず、民主主義という言葉を、万能薬のようにふりまわしているのが、いまの世の中なのだと思った」


この時、「くちびるを指先で抑えて」考えこんでいた「雪子」先生の感想は、同じ頃、太宰治の手によって生まれていた『斜陽』のかず子のそれと同じものだったろう。

「革命は、いったい、どこで行われているのでしょう。すくなくとも、私たちの身のまわりにおいては、古い道徳はやっぱりそのまま、みじんも変らず、私たちの行く手をさえぎっています。海の表面の波は何やら騒いでいても、その底の海水は、革命どころか、みじろぎもせず、狸寝《たぬきね》入《い》りで寝そべっているんですもの」

「古い道徳」を支えているのは、古い人たちばかりではなかった。「新しい道徳」は、「古い道徳」の表面、看板を取り替えただけで、実際は少しも変わらず、そして、それを、本来は打ち壊すべき「若い人」たちも支持しようとしている。

どうすればいいのか?

これは、「戦後」に直面した、すべての作家たちに共通した問題であったのかもしれない。すべては変わったが、同時になにも変わってはいなかった。その時、どう行動すればいいのか。あるいは、どのように考えればいいのか。

『斜陽』において、太宰治は、主人公の「かず子」に、この世界の中で、マイノリティーたらざるを得ないひとりの女性、同時に、消え去ってゆく階級の末裔であるひとりの人間に、子どもを産む、という選択をさせることをもって、「新しい道徳」の実践に代えさせる。

それが、古きものへの、太宰治の応答であった。

石坂洋次郎の応答は、それとは異なっている。その理由は、年齢(石坂は太宰より約十歳年長)や感覚の差によってではなく、彼が教師出身者だからではないか、とぼくは思っている。

石坂洋次郎がもっともよく知っていた世界、それは、教師と生徒の世界だった。そして、同時に、そこは、世界の変化をもっとも敏感に察知する場所でもあったのだ。

『思い出袋』の中で、鶴見俊輔(一九二二年生まれ)は、こう書いている。

「敗戦のしらせを夏休みのただなかで受けたあと、一九四五年九月一日、学校に向かう先生の足取りは重かった。それまで教えてきたことの反対を、おなじ子どもたちに教えなくてはならない。

自分が問われる。

そのとき、子どもたちに向かって立つ先生の肖像は、光背を帯びていた。それは国に押しつけることではすまない、自分自身のまちがいである」

鶴見は、学制が成立して以来百数十年の中で、この一九四五年の終戦直後の教師にのみ「光背」を感じると書いた。

その夏、うだるような暑さの中で、教師たちの多くは、とまどいとためらいと恥ずかしさと苦しみの入り交じった感情を押し殺して、教壇に立った。だが、それは、ほんの瞬間のことであった。その記憶はたちまち失われ、教師たちは、取り戻した「権威」の下、「民主主義」を語るようになり、学校は秩序を取り戻す。すべては、元に戻ることになるのである。『青い山脈』は、その、奇蹟のような時期に書かれた。

そこには、「海の表面の波は何やら騒いでいても、その底の海水は、革命どころか、みじろぎもせず、狸寝入りで寝そべっている」と書かれた海水のような、人びとがいた。その一方で、「新しい道徳」を模索する、「雪子」先生や「新子」のような人びとがいた。

どんな変化も吸収して、元通りのものにしてしまう者たちがいて、「新しい道徳」を求める者たちがいる。だが、この二者だけでは、対立が続くしかない。

恋愛をめぐるディスカッションの中で、頑迷な生徒たちに言葉を投げかけながら、「雪子」先生は、暗い思いにとらわれてゆく。

「雪子は、自分の言葉が、水に落ちた油のように、ギラギラ浮いているだけなのに気づいていた。しかし、あせるだけでどうにもならなかった。
生徒の気持は柔らかく素直である。だから、さっきのように、陽気でのびのびした気分でいる時はどんな新しい物事でも、それが正しいものであるかぎり、土が水を吸うようにスクスクと受け入れるのであるが、一度こじれると、昔からの古い感情で石のようにこり固まってしまう。そのほかによりすがる物をもたないからである」

戦うべき相手は、古いことばや制度や観念なのかもしれない。だが、目の前の、本来は同志であるべき若者たちが、その古いことばや制度や観念に囚われているとしたら、どうすればいいのか。

それが、「雪子」先生や「新子」が（作者である石坂洋次郎が）解決しなければならない喫緊の問題だった。石坂洋次郎は、この「古いもの」と「新しいもの」の対立の狭間に、別の項を導入する。

それは、「雪子」先生や「新子」の学校の近くにある旧制高校（廃止されたのは一九五〇年）の学生たち、とりわけ、「学校一の読書家」「富永」である。

「富永」は、この『青い山脈』の主軸である、いくつもの「恋愛」の連鎖からは離れ、全体を俯瞰するような立場で行動する。なぜなら、彼は、「戦争の後期に六ヵ月ばかり召集された」経験があったからだ。「富永」は、「戦争から、死なずに戻って来た兵士」だったのである。いうまでもなく、「戦後文学」の語り手は、すべて、この「戦争から、死なずに戻って来た兵士」であった。

「富永」は、『青い山脈』という、生命の輝きに溢れた、眩しい小説の中で、不思議な「光背」を放っている。古い学制と新しい学制の中間に、戦争と平和の中間に、学生と兵士の中間に、彼は存在している。教育の現場に突然投げこまれた「戦争の記憶」、それが、「富永」の役割だった。

「富永」はこう述懐する。

「ぼくたちの先輩はずいぶん勉強した。日本の知識階級は世界の文化人と同一の呼吸をしているかに見えた。それが、戦争の期間中に、あのように惨《みじ》めな無力さを暴露したというのも、首から下の肉体は、君がいう『光輝ある伝統』――つまり、古い、誤りに満ちた生活環境に満足して浸っておりながら、頭の中だけに、ヒューマニスティクな思想をつめこんでおった。そこに原因があるのだと思う。思想が一つも血肉に溶けこんでおらなかったのだ」

だとするなら、「富永」の戦いは、「思想」を「血肉に溶け」こませるものでなければならないだろう。その通り。「富永」は、『青い山脈』の中でただひとり、「思想」を「血肉に溶け」こませる戦いを敢行することになるのである。

サイタマの「光る海」④

先日、わたしは、映画監督の、というか、『となりのトトロ』や『風の谷のナウシカ』や『もののけ姫』の宮崎駿監督とお会いした。

スタジオジブリの事務所から、宮崎監督の拠点となっているアトリエに向かって歩いていると、白昼、道（もちろん公道）の真ん中に、長いエプロンをかけた白髪のおじさんが直立不動の姿勢で立って、こっちを見ている。なんと、非現実的な光景だろう。まず、そう感じた。それから、「えっ、もしかしたら……」と思った。ほんとに、宮崎監督だった。出迎えてくださったのである。

それにしても、すごい出迎え方だ。ふつうに考えて、道の真ん中にずっと立っているおじさんがいたら、誰だって、変だと思うでしょ。

わたしも、まるで、いきなり映画の中に入りこんでしまったような気がした。というか、バス停で、初めてトトロに会ったサツキは、こんなワクワクした感じがしたのだろうか、と思った。思わず、脳内で、「となりの、トッ、トロ、トッ、ト〜ロ」というフレーズが溢れだすのを、わたしは、止めることができなかった。後で気づいたのだが、笑っている時の宮崎監督は、眠くなった時のトトロにそっくりなのだ。宮崎監督本人がモデルだったのか……。

まあ、いい、そんなことは。

わたしが、今回、宮崎監督をお訪ねしたのは、「日本文学盛衰史 戦後文学篇」の取材のため……というのはウソで、会って、お話ししたかったからである。この世に、宮崎監督とお話ししたくない人がいるだろうか。いるかも。ちょっと怖そうだものね。とにかく、そのように思い続けていたら、その希望が宮崎監督に伝わり、面会がかなうことになった。いや、生きていてよかった。

実のところ、『「日本文学盛衰史 戦後文学篇」の取材』というのはウソではない。わたしは、宮崎監督は、いま生き残っている数少ない「戦後派」、というか「戦後文学の精神」を引き継いでいる作家ではないか、と思っているからだ。

いまどき、（戦後文学を代表する作家のひとり）堀田善衞の講演ＤＶＤをまとめて出そうなどという奇特な出版社があるだろうか（現在、「戦後文学」シリーズ上演中の「群像」を有する講談社だって無理だろう）。それを、宮崎監督のスタジオジブリはやってしまった。

なにしろ、作者の堀田善衞自身が「やめといた方がいいよ」と忠告しているのに、『方丈記私記』のアニメ化に取り組んだこともある宮崎監督である（まだ諦めてはいないのかもしれない）。ちなみに、幻のアニメ『方丈記私記』のイメージボードは、ジブリ美術館に行けば見られるそうである。

もっとも、描いたのは、息子の宮崎吾朗で、宮崎監督は、吾朗さんの絵を全否定している。

「あんなので、アニメにできるなら、わたしがとっくにやってる」との発言もある。『ゲド戦記』も全否定されていたし、ほんとに、宮崎監督の息子をするのもたいへんだ。

ご存じの方も多いであろうが、『方丈記私記』の、燃え上がる都は、一九四五年三月の東京大空襲に重ねられている。だとするなら、もし、宮崎版『方丈記私記』が完成した暁には、東京大空襲の炎がアニメとして見られる、ということなのかもしれない。

宮崎監督は、かねがね、「ぼくは、空襲を、かすかにでも覚えている最後の世代だ」とおっしゃっている。ちなみに、宮崎監督が生まれたのは、一九四一年だ。

宮崎監督が、最初にされたのは、その「炎」の話だった。

宮崎監督のアトリエには、立派な薪ストーヴがある。そのストーヴの中では、炎が揺らめいていた。そして、時折、宮崎監督が、自ら、薪をストーヴの中に放り込む。すると、その度に、炎が更新（?）されて、勢いよく、噴き上がる。

「うちのアニメーターは『炎』が描けないんです」と宮崎監督はおっしゃる。

「なぜだか、わかりますか？」

「わかりません」

「それはね、ほんものの『炎』を見たことがないからです」

なるほど。そういうわけで、ストーヴをアトリエに設置したのか。後輩のアニメーター諸君に

「ほんものの」炎を見てもらうためである。

「なにしろ、あいつら、アニメの『炎』しか見たことがないんだから！」

「炎」といえば、『ハウルの動く城』に出てくる、「炎」の精だ。ああいうのを見て育った世代が、宮崎監督に「炎を描いてみて」といわれて、「炎」を描くと、「そんなの、アニメの炎だろ！」と怒られるのである。

宮崎監督にしても、自分の（スタジオで）描いた「炎」を見て、「炎」とはそういうものだ、と思いこんでいるアニメーターたちを叱咤しなければならないのだから、その苦しみ（？）は察するに余りある。

宮崎監督にとって「炎」とは、アニメの炎ではない。『風の谷のナウシカ』の冒頭、呆然と歩く巨神兵の姿の後ろに蠢く炎は、アニメの炎ではなく、如何なる意味でも、二次的な引用ではなく、おそらくは、記憶の底に残る、「空襲」の炎なのである。

「炎」を見つめながら、宮崎監督の話は続いた。

「必要があって、昭和三十年代の町の『音』を録音に出かけました。日本中、探しましたが、ありません。ここならあるだろうと、屋久島まで行ったんですが、やはり、ありませんでした。気づいたんですが、もう、そういう『音』は存在しないんです」

宮崎監督がおっしゃる「音」とは、生活音のことだ。思えば、昭和三十年代には（わたしが小学生だった頃だ）、たくさんの「音」が、町から聞こえてきた。それは、たとえば、雨戸を開けたり（朝）、閉めたり（夜）する音だった。宮崎監督は、小さい頃、朝、父親が、雨戸をガタガタと揺らしながら開けてゆく音を聞きながら、まどろんでいるのが好きだったとおっしゃった。

「町の音」とは、まず、自分の家の中から聞こえてくる「音」でもあった。

雨戸の音、誰かがトイレに行くために廊下を歩く音、水を流す音、米をとぐ音、なにかをまな板の上で切ってゆく音、コンロの火をつける音、それらの音の「向こう」に、牛乳屋が、自転車の荷台に牛乳を積んで近づいてくる「音」、新聞屋が、新聞を放り込む「音」が重なってゆくのが、「町の音」だった。夜になると、遠くから、屋台のラーメン屋のチャルメラの「音」が聞こえた。そういえば、豆腐屋も、へんなラッパの「音」を出していたような気がする。

いま思うと、どうして、あれほど、「音」が聞こえていたのか、不思議だ。木造の家は、遮音性が低く、「音」は、内から外へ、外から内へと流れだしていた。

隣の家から、ラジオが聞こえて、その隣の家からもラジオが聞こえ、喧嘩する声が聞こえた。「生活の音」が聞こえていたから、直接、話をしなくとも、「隣人」の存在は明らかだった。

雨や風が、複雑な「音」を奏でることも、子どもはよく知っていた。

多くの家は（わたしの家も）、トタン屋根で、まるで、反響板のように音を盛大に、拡大して、寝ているわたしたちの耳もとに届けた。

夜、ふと目覚めると、トタン屋根を小さく叩く音が聞こえた。ポツ、ポツという断続的な音が、連続になり、クレッシェンドで大きくなってゆく。大粒の雨と、中ぐらいの粒の雨では、もちろん音も違った。風の音も複雑に変化した。だから、ずっと、風が入り交じった雨の音を聞いているだけで、飽きなかった。目を閉じ、自分の世界に閉じこもりながら、耳を通じて、「音」

を通じて、外の世界に繋がっていることが感じられた。

もしかしたら、胎児のときにも、人はそんな風に、まどろみながら、母親の心臓の音、血の流れる音に聞き入っているのかもしれなかった。

夜、さまざまな「音」に耳をそばだてながら眠り、朝、遠くから聞こえてくる「音」で、ゆっくりと目を覚ますことがうれしかったのは、その胎児の時の記憶のせいだったろうか……というような話を、わたしと宮崎監督はしていた。

かつて、「町の音」が聞こえていた頃、町は生きていた。

けれど、人びとは、窓を閉め、遮音性の高い建物の中に入り、出てこなくなった。「町の音」が消え去った時、「町」も消え去ったのである。昭和三十年代の「音」がなくなったということは、昭和三十年代もまた、永遠に戻っては来ないということを意味するのだ。

だから、宮崎監督は、いまでも、夜寝るとき、窓を少し開けて、眠りにつかれるそうだ。「音」を聞くためにである。けれども、ほとんど「音」は聞こえない。他の家の窓は、固く閉じられているのである。

「映像」は残っている。写真や、古いフィルムの形で。だが、「映像」には、「記憶」を再現する力は、ほんとうのところないのかもしれない。なぜなら、「記憶」というものは、もしかしたら、「音」に象徴されるような、肉体に刻印されるエピソードによって成り立っているのかもしれないから、とわたしたちは話した。

宮崎監督は、携帯電話を持たず、パソコンも使わない。愛用する自動車にはエアコンさえついてはいない。

「暑い時は暑い、寒い時は寒い、そう感じるのが人間です。それでいいじゃないですか」

宮崎監督は、アニメの中で、繰り返し、「昭和三十年代」とおぼしき時代に立ち返る。それは、ノスタルジーのために、ではない。

そこに、「記憶」の生成が可能であった時代が、まだ残存していたからである。

たとえば、携帯電話と回転ダイヤル式固定電話の違いはなんだろうか。それは、携帯電話が、一瞬で相手に直接繋がり、回転ダイヤル式固定電話は、時間がかかり、しかも、相手に直接繋がるかどうかわからないことだ（かつて、電話機は、個人にではなく「家」に所属していた）。

回転ダイヤル式固定電話（あるいは、それを置いていた公衆電話）に関する「記憶」は多い。指でダイヤルを回し、それが戻り、またダイヤルを回し、それが戻る。それから、リリリリリという音が聞こえ、（公衆電話なら）十円玉が落ちる音がする。そして、誰だかわからない人間の発する「音」が聞こえる。

「もしもし」

そこまでが、回転ダイヤル式固定電話をかける、ということだった。

「音」をなくすということは、「肉体」と「記憶」を少しずつ失うことでもある。そして、それを取り戻す術はないのである。

「ぼくは『最後の作品』の準備をしているのです」と宮崎監督はおっしゃった。
「一つのジャンルは、持っても五十年です。五十年で、どんなジャンルもその生命を終えるのです。日本のアニメは、ぼくで終わりです。いまのアニメは、もう別のものです。ぼくは、ぼくたちが作ってきた『アニメ』を埋葬する場所を探しているんです。日本のアニメは、手塚治虫の『新宝島』を子どもの時に読んだぼくたちが作ったもののことです。『銀河鉄道９９９』のりんたろうや『鉄腕アトム』や『機動戦士ガンダム』の富野由悠季も、みんな同い年です。それが五十年続いた。もう滅んでもいい頃じゃないですか」

それから、わたしは、宮崎監督の「最後の作品」の構想を聞いた。残念だけれど、いま、それを明かすわけにはいかない。それは、構想の段階はとうに過ぎ、細部まで詰めて、制作されている。一つだけヒントを出すなら、それは、「あの戦争」を描いたものになるだろう、ということだ。もしかしたら、最後の「戦後文学」は、宮崎監督の手によって描かれることになるのかもしれない。

およそ三時間の後、わたしは、宮崎監督のアトリエを辞した。最後に握手した宮崎監督の手は、固く、ごわごわした、職人の手だった。

家に戻ってからも、わたしは、宮崎監督の話した「町から『音』が消え、もう再現できないこと」と「一つのジャンルが五十年でその生命を終えること」を、頭の中で、繰り返し、考えつづけた。

もちろん、わたしが考えていたのは「文学」というジャンルの歴史のことだった。「近代文学」のスタートを、二葉亭四迷の『浮雲』と考えるとしたら、その歴史はどうなるだろう。

『浮雲』の発表は明治二十年（一八八七年）だ。

その五十年後は一九三七年。この年に発表された作品といえば、永井荷風の『濹東綺譚』である。さらにいうなら、その二年前の一九三五年に、川端康成の『雪国』が発表されている。『浮雲』が、新しい知識人である主人公の苦悩を、彼の愛する若い女性が理解できない物語だとするなら、『濹東綺譚』も『雪国』も、まったく同じ内容の物語だといえるだろう。

宮崎監督のいうことが正しいとするなら、近代文学は、『浮雲』に始まり、『濹東綺譚』と『雪国』で終わったのである。「あの戦争」がなくても、同じ結果になったのか、それは、わたしにもわからない。

次に、わたしは、手塚治虫の『新宝島』の発表時期を調べてみた。昭和二十二年（一九四七年）だ。

『新宝島』の発表後、五十年たって作られたのが、『もののけ姫』（一九九七年）。

あるいは、日本初のフルカラー・アニメ『白蛇伝』を、最初の日本アニメとするなら、その発表が昭和三十三年（一九五八年）、その五十年後に発表されたのが『崖の上のポニョ』となる。

いや、『新宝島』の発表された昭和二十二年という年こそ、わたしたちが注目しなければならない年なのかもしれない。

昭和二十二年は、石坂洋次郎の『青い山脈』と太宰治の『斜陽』の発表された年だからである。

わたしは、「戦後文学」の起点は、この年ではないかとずっと考えてきた。『浮雲』から『濹東綺譚』と『雪国』までの半世紀が、「主人公である、苦悩する男性（作者）の、その苦悩を、ついに、彼が愛する女性は理解できない」という物語の時代とするなら、『青い山脈』も『斜陽』も、その構造を完全に否定しているからだ。

どちらの作品も、主人公は女性で、男たちの苦悩を「意味なし！」と蹴飛ばし、前へ進もうとしているのである。

もしかすると、一九三七年の『濹東綺譚』と一九四七年の『斜陽』や『青い山脈』のちょうど真ん中、一九四三年に発表された、谷崎潤一郎の『細雪』のあたりで、日本文学は、気づかぬうちに、折返点を回っていたのかもしれないが。

では、いったい、一九四七年には、なにがあったのだろうか。

ところで、わたしは、正直に告白しておかなければならない。いくつかの理由があって、石坂洋次郎の小説を読み直した（といっても、かつて読んだのは、三十年以上前なのだから、初めて読むのと、ほとんど変わらない）。

読む前から、「時代の寵児」でもあった石坂（ならびに、彼の作品）への、嘲笑にも似た気持ちがあったことは否定できない。もしかしたら、その気持ちの中には、「青春小説」という名の

「中間小説」、「読み物」の書き手としての石坂洋次郎という思いこみがあって、たいしたことはあるまいと、たかをくくっていた部分があったかもしれない。

映画で見た『青い山脈』、そして、すっかり「記憶」の中の作品になってしまった『青い山脈』は、はっきりいって、定型的な青春小説であって、時代への関わりにおいて評価すべき点はあっても、作品固有の価値など、あるとは思えなかった。

もっとはっきりいうと、「純文学じゃないんだし、まあたいしたことはあるまい」と思っていた。太宰治を筆頭として、錚々たるメンバーが作りだした、輝かしい「戦後文学」の作品に比べるなんて、まあシャレでやるならともかく、まともに論じる必要なんかないんじゃないかと思っていた。

ところが、である。

実際に、『青い山脈』を読み、わたしは、これは「戦後文学」そのものじゃないか、という思いに打ちのめされた。いや、ここまで、「戦後文学」の特質を備え、かつ、充実した作品は、他にないのである。

とはいえ、石坂洋次郎の小説のすべてが、あるいは、大半が、このような傑作であるわけではない。その多くは、わたしには、なにかの形骸、抜け殻のようにも見えた。

そこに書かれていること、論じられていること、描写されていることは、「かつては、緊急の意味があったのに、いまでは、その意味を忘れ、ただ、同じ動きを、意味なく繰り返しているだけ」のものに見えた。

だとするなら、その、「かつて」にあった、「緊急の意味」とは、何だったのだろう。

その、大仰に見えることばは、いったいなにを描出するために使われていたのだろう。

「新子」の処分について検討する理事会が開かれることになった。戦いの火蓋は切られたのである。「反体制側」(?)の面々は、理事会に、身分を隠して「富永」を送りこむ。

頑迷な「体制側」の連中に「民主主義」の大原則を、理を尽くして説明する役割を、『青い山脈』の中で「知」を代表している「富永」に任せたのである。いや、「富永」は、作品中の唯一の兵役経験者として、「戦争」を知る若者をも代表していた。「富永」こそが、「戦後文学」というものの主人公の資格を持った登場人物だったのである。

一九四七年以降、数多くの「戦後文学」が生まれるが、その大半は、「富永」を主人公とするものであった。だが、石坂洋次郎の『青い山脈』では、「富永」はいささか変わった役割を演じることになる。

「富永」は「ふだん着のポケットには、ヘルマン・ヘッセの小説集や、スピノザの『哲学体系』、カントの『判断力批判』、世阿弥《ぜあみ》の『花伝書《かでんしょ》』、エッケルマンの『ゲエテとの対話抄』、夏目漱石《そうせき》の『三四郎』などの文庫本が詰めこまれていた」、ところが、「富永」は、その前に医者のところに寄っていたため、うっかりして、『お産の知識』などという本をポケットに入れていたことを、理事会の途中で気づく。その途端、「富永」は激しく動揺するのである。それは、おそらく、「富永」の思想というものが、砂上の楼閣だったからだ。「富永」の「深刻な」思想も、実は、一夜漬けの試験勉強のように、ポケットの中に、安直な参考書として、ヘッセやスピノザやカントを忍ばせていないと、説明することなどできない、危ういものだったのである。

女子高生から、『お産の知識』の代わりに、マンガの『フクチャン部隊』と講談本の『猿飛佐助』を渡された「富永」は、理事会に戻り、発言を求められる。

「すると、富永安吉がヌッと立ち上った。片手で『猿飛佐助』を押えて、しばらく室の隅《すみ》の天井をじっとにらんでいたが、深いバスで、

『ゲーテいわく、新しき真理に対して最も有害なものは、古き誤りである……』

それだけいって、またスウと着席した。

みんなはアッケにとられた。島崎雪子や沼田や武田校長など、二、三の人たちには、彼の短い言葉の暗示するものが、分るような気もしたが、他の人々は、この奇怪な風貌《ふうぼう》の学生が、正常な神経の持主かどうか、疑わしく感じた。そして、そういう場合の白けた空気が、会議室の中にサッと流れた。

富永自身もそのツモリでは無かったのだ。首尾一貫した民主主義概論を、トウトウと述べるはずだったのが、『お産の知識』以来のつまずきで、頭の中に用意した演説がガラガラに崩れてしまい、演説の一節に引用する予定だった、ゲーテの格言だけが、骨の一片のように形を残したにすぎなかったのである。

さらに別の面から考察すると、彼の思想的な教養は、同じ程度の仲間に対しては、暗号や符帳のような表現でどうにか通じることができたが、物の考え方の上で、別世界の住人であるとも思われる、世間のお父さん、お母さんたちに分り易く解説するためには、あまりに未熟であり、不

消化なものであったことも一つの原因であると考えられる」


「富永」の、痛切な「戦争体験」も、それを咀嚼し、オリジナルな「思想」に転化するために必須と思えた「ことば」も、あまりに脆弱であったのだ。

「富永」は、「戦争」に敗れた。しかし、「富永」が、ほんとうに敗れたのは、この理事会においてだったのである。「戦争体験」を「ことば」にすること、そのことによって「死者」を弔うこと、あるいは、さらに、そのことを通じて、世界と渡り合う「ことば」を見つけること。「富永」が自分に課していた「戦い」は、実は、滑稽な独り相撲にすぎなかった。「富永」の「戦争」は、「戦争」を無傷で通過した「民衆」に、無視されたのである。


医師の「沼田」や「雪子」先生は、頼りにならぬ「富永」を放ったまま、それぞれの「ことば」で、戦う。彼らは、「戦争体験」はなかったが、この戦争を引き起こすことになる固陋な考え方に対しては、「個人のことば」で戦うことの必要性だけはわかっていたのだ。

結局、「富永」は、理事会の最後に、「民主主義的」な演説をする。それは、「富永」の「経験」から出た「思想」によってではなく、「沼田」や「雪子」先生の依拠する、「民主主義」の「思想」を借りたにすぎなかったのである。

だから、「体制側」に一撃を食らわせて、「沼田」や「雪子」先生が元気であるのに、「富永」は黙って、会議場を出るのである。

その頃、もう一組の主役である、若い「六助」と「新子」は、水着姿になって海でボートを浮かべていた。すると、その若いカップルの乗ったボートを、地元の「ならず者」たちのボートが襲う。水の中に入った「六助」は、「新子」を守ろうとして「ならず者」たちと激しい戦いを繰り広げる。『青い山脈』のハイライトとなるシーンだ。

「『わ、わるかった。かんべんしてくれ……』と、入墨の若者は、舟べりに片ひじかけて、まだアップアップしながら叫んだ。

『気をつけろ』と言い残して、六助は気がかりな新子たちの方に引っ返した。

ちょうど、二番目の若者が水から浮き上り、つづいて新子も少し離れた所にポッカリ首を現わしたばかりのところだった。その顔に、怒っている男の子のようなひたむきな表情が浮んでいるのを見て、六助はホッとした。

やっと、気が狂いそうな不気味な思いから逃れ出た若者は、六助がまっすぐに自分の方へ泳いで来るのを見ると、『助けてくれエ……』と、だらしなく悲鳴をあげて、横の方へ、バタバタ犬かきで逃げ出した……。

六助と新子は自分たちのボートに泳ぎかえった。そして、右左から助け合ってボートの中には い上ると、すわってる気力もなく、肩を組み合せて、仰向けに倒れてしまった。

しばらくの間、二つの肉体は、自動する機械のように、烈《はげ》しい呼吸運動をつづけていた。

六助はそっと目を開いた。青い空が、光の粉を無数に浮かせて、はるかに高く被《おお》いかぶさっている。ミルク色の雲も光っている。そして世界の果てに出てしまったような、深い静寂が、身のまわりにあった。

ふと六助は、冷たいものが目じりからほおに流れ出るのを感じた。何のための涙なのか、自分にも分らなかった。

隣で首を動かす気配がするので、自分も首を曲げてみると、新子が大きな青い感じの目でじっとこちらを見つめていた。あまり距離が近いので、目だけが一つの生き物のように思われた。水光りするはだ、ほおや鼻やくちびるの生ま生ましい彫り、それから不思議な暗いほら穴！目！」


ここが『青い山脈』が到達した頂点だ。同じ青年たちでも、「沼田」や「雪子」先生が、「民主主義」ということばや概念に従って、「体制側」と戦おうとするのに、さらに若い、学生である「六助」と「新子」は、彼らの「肉体」の発することばに聞き入るのである。

だが、『青い山脈』の独創は、ここではない。この、小説的な表現の頂点ともいえるこの箇所の直後に、「富永」を登場させるのである。

理事会での、虚しいことばの応酬から逃れ出た「富永」は、「六助」と「新子」に出会い、彼らが「ヨタ者」と戦ったことを聞き、驚くのである。

「『はあ……。貴方が六さんに加勢して闘ったんですか？』と、富永は深い驚きの眼差《まなざ》しで、新子の顔をながめ下ろした」

「富永」は、いったい何に「深い驚き」を感じたのだろう。か弱いはずの女性の「新子」が、勇敢に、「ヨタ者」と戦ったことに、だろうか。それとも、彼らが、「肉体」を通して、ことばを獲得したことにだろうか。

「沼田」や「雪子」先生の「戦い」がある。「六助」と「新子」の「戦い」がある。では、いったい、自分の「戦い」とは何だろう、そう思わずにはいられなかった自分に驚いたのだろうか。

その時、突然、「ヨタ者」たちが、先ほどの復讐のために出現し、また、戦いが始まるのである。


「『やい、今度は陸の上であいさつをするからな!』

六助にしたたか水をのまされた、手首に入墨をした若者が、そう怒鳴って、いきなり六助に躍りかかって来た。六助も受けて、二人は地面に倒れ、上になり下になり、烈《はげ》しい組打ちをはじめた。

と、富永は、スッと両手を上げて小腰を屈《かが》めた、奇怪な姿勢をつくり、妙に底力のこもった声で、

『おれは、暴力を否定する……否定するんだ……おれは否定する……』と叫んで、味方の助勢に乗り出そうとする二人の若者の前に立ちふさがった。

若者たちは、唖然《あぜん》とした。彼らは両手を上げるケンカの構えを見たこともないし、『暴力を否定する』というケンカの名乗りを聞いたことも無いのだ。

その手は永久にあげられたままのものか、機を見て起重機のような力で自分たちの首根ッ子に

落下して来るものなのか、目を燃えるように光らせて、ジリジリと迫って来る富永の怪異な風貌《ふうぼう》からは、なんの察しもつかなかった。

まるで性根の分らぬ野蛮人を相手にしてるような不気味さだった。若者たちは、その理解できぬ相手の心理に圧《お》されて、無意識にジリジリと後退していった」

『青い山脈』に登場する戦う青年たちの中で、唯一、「ことば」を持たなかった「富永」が、ついに、彼の「ことば」を持つに至った瞬間だ。

いや、「富永」が持つべきものは、「ことば」ではなく、このような形、「奇怪な姿勢」でなければならなかったのかもしれないのだが。

タカハシさん、「戦災」に遭う

タカハシさんは、なんとなく、カレンダーを見た。ほんとうに、なんとなく、であった。

二〇一一年三月十一日。

それは、タカハシさんの長男のレンちゃんの卒園式の日のことであった。

天気は良く、とても暖かくて、タカハシさんはたいへん麗らかな気持ちで、朝、目覚めた。いつもこうだといいな、と思った。そして、その日に限って、カレンダーを眺めたのである。

二〇一一年三月十一日のことである。


その日、レンちゃんは、おニューのスーツ（ただしパンツは短め）を着てネクタイを締め、タカハシさんは、勤めている大学の入学式と卒業式にしか着ることのないスーツを着て、それから、タカハシさんの奥さんは、久しぶりに和服を着て、卒園式に参加したのだった。もちろん、卒園しないシンちゃんも、ちょっとだけお洒落をして、ネクタイ柄のTシャツを着ていた。

卒園式は、保育園の地下のホールで執り行われた。二歳児・三歳児・四歳児が待ち構えるなか、レンちゃんたち卒園児童たちが堂々と、先生がピアノで弾く行進曲にのって入場し、それから、椅子に腰かけた。みんな、着飾っている。タイガくんなんか、紋付き・袴姿だ。両親の力の入れ具合がわかるではないか。

いいものだなあ、とタカハシさんは独りごとをいった。保育園の卒園式は。だいたい、国旗も飾ってないし、君が代斉唱もないし。いや、こんなことを呟いては、「公立の保育園で卒園式に国旗・国歌がないのは如何なものか」という人が出るかもしれない。黙って、眺めていることにしよう。複雑な問題は、この際、パスしておこう。タカハシさんは、そう思ったのである。

卒園式は順調に進んでいった。合間、合間にレンちゃんたち「しか組」の演技やら、歌が入る。

ほんとうに、とタカハシさんは思った。

おむつがなかなかとれなかったのに、よくわからない英語の歌なんか、楽々と歌っちゃって。それにしても、こういうふつうの親の感慨を、ふつうに呟いているなんて、ぜんぜん作家らしくありませんね、とタカハシさんは、自身に向かって、弱々しげに語りかけた。まっ、いいか。小説に書かなきゃいいんだから。

最後は、「修了証」の授与である。

名前を呼ばれると、ひとりずつ、会場の真ん中に立つ。そして、ひとりひとりの「物語」が、先生によって語られる。

「××くんは、ほんとうはとてもやさしいのです。だって、こんなことがありました……」とか。

もう、そのへんで、大半のお母さん（ばかりではなく、お父さんも若干名出席しているのだが）、ハンカチを目にあてている。そして、園長先生から「修了証」を受けとった園児は、そのまま、お母さんの前に立ち、こういいながら、手渡すのである。

「おかあさん、育ててくれてありがとう。こんなに大きくなりました」

こりゃ、たまらん、とタカハシさんは思った。そう来るのか。すごい演出だなあ。

レンちゃんが「修了証」をもらい、タカハシさんと奥さんの前に立つ。レンちゃんと過ごした六年余りの時間、その思い出の数々が、瞬時に流れた（というのはウソ）。

「おとうさん、おかあさん……」

いかん、いかん、いかん、いけません！　これ、反則ですよ。タカハシさんは、どうしていいのかわからなくなって、レンちゃんをギュッと抱きしめた。

「ありがとう、っていいたいのは、パパの方ですよ、レンちゃん、卒園おめでとう！」

タカハシさんたちが、マンションに戻ったのは、午後一時半頃ではなかったろうか。その後、七時の謝恩会まで、時間があったので、帰宅したのである。

タカハシさんはスーツを脱いでジャージーに、奥さんや子どもたちも、通常の格好になった。しばし、リラックスタイム。タカハシさんは、机に向かい、お金の計算やら来週の競馬のことやら手元にあるゲラのことなどをぼんやりと考えていた。

リビングルームからは、レンちゃんとシンちゃんのゲラゲラ笑う声と、それを叱る奥さんの声が聞こえていた。それは、タカハシさんにとって、おおいなる、というか、ささやかなる日常そのものであった。

還暦かあ、とか、レンちゃんが妹が欲しいっていっていってたなあ、たとえば、来年早々に生まれるとして、その子が二十歳になる時、わたしは八十一……って、やっぱり無理！　とか。それから、「群像」で連載している「日本文学盛衰史　戦後文学篇」も、いよいよ佳境に入ってきて、どの方向に進めばいいのか、わかってきたなあ、とか。

いや、それから、もっと曖昧なにか、思考の断片や物憂い感情が揺らめくままに、タカハシさんは、しばし、自分のなかにこもっていたのである。


揺れた、とタカハシさんは不意に思った。


揺れている。少し大きい。次の瞬間には、これは……と思った。いつもの「揺れ」とは違うのである。大きく、そして、緩やかに、部屋が揺れ続けている。そして、終わる気配がない。

最初に考えたのは、「ついに（予期していた）首都直下地震が来た！」というものだった。

そうか、この日だったのか。この日を狙って、レンちゃんの卒園式の日を狙って、やって来たのか。タカハシさんは、そう思った。

おお、レンちゃんとシンちゃんは！　やや遅れて、奥さんは！　そうタカハシさんは思った。

タカハシさんは、なおも揺れ続ける壁に手をあてながら、リビングに向かった。レンちゃんとシンちゃんと奥さんが、呆然と立っている。逃げなきゃ……。どこへ……？

「揺れてる」タカハシさんはいった。

「すごいわ」奥さんがいった。

「逃げようか」

「どこへ？」

「うーん……庭？」

バカみたいだ。しかし、こういう場合、こんなバカみたいなことしか、ふつうの人間は発言できないのである。

やがて、永遠に終わらないかのように思えた揺れが収まった。正確にいうと、まだ少しは揺れていた。いや、揺れていなかったのかもしれないが、タカハシさんの身体は、「揺れている」と認識していた。もう、その時、異変は始まっていたのかもしれない。

それでも、しばらく、タカハシさんたちは部屋の真ん中に留まっていた。

「あっ」タカハシさんがいった。

「テレビ」

テレビをつけた。緊急地震速報が出ていた。震源は三陸沖。宮城県は震度7。津波の襲来が予想されます、警戒してください。そんな風にアナウンサーがしゃべっていた。

実は、そのあたりのことをタカハシさんはよく覚えていない。なんだか、ふわふわした感じの中にずっといたような気がするのである。


二回目の大きな「揺れ」が来た時、今度は、タカハシさんは、レンちゃんとシンちゃんを連れ、リビングから小さな庭に飛び出し、一回目の「揺れ」の後、用意しておいた机によじ登り、金網の向こうのマンションの中庭に、レンちゃんとシンちゃんを脱出させ、それから、自分も、飛び降りた。

中庭の端にある、大きな樹の下で、俳優のオクダエイジさんが手を振っている。オクダさんは、タカハシさんと同じ階の住人だ。

「タカハシさん、ここは安全です。確認済み。ここなら、上からなにも落下して来ない」

「ほんとうですか？」

「こんなこともあろうかと、準備していましたから」

「うちのマンション、大丈夫でしょうか」

「知り合いの建築学者に、マンションの設計図を見せたら、『大きく揺れたら、すぐ逃げなさい。危険すぎる』といわれました」

なるほど……じゃないよね。

地面はなおも揺れ続けていた。レンちゃんとシンちゃんは目を丸くして、タカハシさんにしがみついている。

「ぱぱ」レンちゃんがいった。

「こわいねえ」

「うん」タカハシさんは答えた。

「そうだね、レンちゃん」


その時だった。

いや、「その時」なのか、それ以外のどこかだったのか、タカハシさんにも、実はよくわからないのである。

「揺れ」が始まり、何度か、「揺れ」が繰り返し起こり、その度に、中庭に逃げて、またオクダさんと会ったり、それから、興奮したレンちゃんが、オクダさんに「ねえ、あそこのあな、なあに?」と訊ねて、オクダさんが「あれはね、もぐらの穴」と答えると、「えええ? もぐらあ?」とさらに興奮して、地震のことなどすっかり忘れて、シンちゃんと一緒に、「もぐらの穴」の前に座りこんで、「もぐら、でてこないねえ」としゃべっていた、その間のどこか、だったのかもしれない。

「揺れ」が終わり、とりあえず、謝恩会に出かけようか、と親子四人で、マンションの外に出てみたら、いつもは途切れなく来るタクシーの姿がどこにも見えないので、歩き始めてみたら、ものすごい数の人たちが歩いていて、訊いてみたところ、地下鉄もJRも動いていないしタクシーなんか一台も走っていないというし、謝恩会の会場はすごく遠いし、おまけに風が強くて寒いし、というわけで、すごすごと家に戻った、あのあたりだったのかもしれない。

あるいは、もう少し後、繰り返し、テレビで、津波の映像やら津波の映像やら津波の映像やら福島第一原子力発電所でとんでもないことが起こっているというニュースを見ていた時のことだったのかもしれない。

あるいは……あるいは、もっと後なのかもしれない。誰かの、震災について書かれた文章を読んでいた時かもしれないし、誰かの、昭和二十年頃について書かれた文章を読んでいた時なのかもしれない。

いや……タカハシさんは、こうも思う……実は、あの地震が起こる前のことだったのかもしれない。

「ずれた」気がしたのである。

なにが、といわれても困る。それがわからなくて、タカハシさんも困っているのだ。とにかく、「なにか」が「ずれた」のだ。

よく（でもないか）、SF小説に出てくることばに「時震」がある。「地震」ではなく「時震」。地面ではなく、時間が揺れる、のである。それは、どんな感じですか、といわれても、タカハシさんにも説明できない。なにしろ、それは、自然にはないものだから。

でも、なんとなく、タカハシさんは、わかる気もする。「時間」というものは、ことばとしても存在しているし、それがなになのかは誰でもしっている。たぶん、説明もできるだろう。

でも、「時間を持って来て」とか「時間を見せて」とか「時間に触らせて」とか「時間って、固い？　柔らかい？」とか訊ねられても、答えることができないものだ。

それは、辞書の中に存在しているだけではなく、方程式や計算式の中にも、ある記号として存在しているのだから、ある種の「実体」があることもわかっている。

その「時間」が「揺れる」、それが「時震」である。

実体がないものが「揺れる」のだから、その「揺れ」を感じることは、難しい。だから、ふだん、我々はなにも感じない。ＳＦ作家だけが、その「揺れ」を感じるのは、彼らが、もしかしたら、ものすごく繊細だからなのかもしれない。

タカハシさんも、「時震」なんてものを感じたことはない。それは、ＳＦ小説の中に存在しているものではないか、と思っていた。

だが、である。

その時、タカハシさんは、「時震」のようなものを感じた。単なる目まいかもしれない、とタカハシさんは思った。でも、なんか違うのである。

思えば、その「なんか違う」ということだけを考えるのが小説家の仕事なのだ。

とにかく、タカハシさんは、「時震」のようなものを感じた。どこかの時点で。それからだ、どうも具合がおかしくなったのは。

＊

地震から五日ほどたって、タカハシさんは、「週刊SPA!」のカツヤマサヒコさんの文章を読んだ。

「国難というべきであろう。東日本で大震災が起きた。既に入れていたものを差し替えるべくこの原稿を書いている。震災が発生してまもなく十数時間になる。いや、何をもって震災の発生と言うべきか。今なお、その災禍は続いているのである。宮城県沖から福島県、茨城県、そして今度は直角に折れ曲がるようにして長野県の方向へと震源は移動している。私は地質学の徒だが、これは理屈としてはわかるのである。しかし現実のものとは思えない。日本列島がこのように押しつぶされていくことをSFでは書いた方がおられた。小松左京さんだ。小誌の読者ならば映画でご存じかも知れない。『日本沈没』である。今回の大地震の群発は、まさにそれが現実に目の前で起きているというほかはない。

日本国が政治的経済的倫理的に堕ちるところまで堕ちた時に、私たちはとどめのような鉄槌を受けた。しかしそれをとどめにしてはいけない。むしろバネとしてここから立ち上がるのが日本民族の精神というものであろう。『非常時』だからできることがある。『常識』に縛られて滞っていたものを今こそ動かさなくてはいけない。救国内閣を作ろうではないか。あらゆるしがらみを超えて有為の人材を発掘し登用しようではないか。誰もがおかしいと思っていてしかしそれぞれの顔色をうかがって変えることができなかったものを変えてしまえ。個人情報保護法などくそくらえだ。これからどんどん増えていくであろう被災者の情報を隠してどうするのか。国会は二十四時間ずっと審議し、必要な法案を超党派でどんどん通して現場を動きやすくしろ。ヘリから視察するのが首相の仕事ではない。むしろ東京にあってそういう陣頭指揮をとるべきだろう。阪神淡路大震災の時には、衰えた日本国を狙ったかのようにオウム真理教事件が起きた。そういう『侵略』にも備えるべきだ。繰り返す。今こそ私たちの底力を見せる時である。諸君、闘おう。復活の日まで」

それは、「大震災」に遭遇して、もっとも早く書かれた文章の一つだったろう。この文章を読みながら、タカハシさんは、また目まいのようなものを感じた。もしかしたら、「時震」だったのかもしれない。いや「時震」の「余震」だったのか。

そんなことはあるまい。気のせいにちがいない。タカハシさんは、そう呟くと、そのコラムのことから、ニューヨークタイムズに送る原稿を書いていった。

〈……「国難」、「非常時」、「救国内閣」、「侵略」、そして「闘おう」。彼が用いたのは、「戦争」時に馴染み深いことばだった。それは、眼前の巨大災害が「戦争」による惨事に似ていたからではない。目の前に現れた「それ」は、日本人の多くが、恐れつつも、予期していた、ほんものの「戦争」だったからだ。

四年前、ある政治論文誌に掲載された、ひとりの無名の青年の小さな評論が、大きな話題を呼んだ。タイトルは、「希望は、戦争。」である。

「我々が低賃金労働者として社会に放り出されてから、もう10年以上たった。それなのに社会は我々に何も救いの手を差し出さないどころか、GDPを押し下げるだの、やる気がないだのと、罵倒を続けている。平和が続けばこのような不平等が一生続くのだ。そうした閉塞状態を打破し、流動性を生み出してくれるかもしれない何か──。その可能性のひとつが、戦争である」

このことばは、社会を震撼させた。なぜなら、彼は、若者の代表として、戦後六十年、日本が国の理念としてきたものを、「人間の尊厳」を賭けて、否定したからだ。

敗戦は、根本からこの国を変えた。この国が選択したのは戦争を放棄し「平和」と「民主主義」に徹すること、そして、「経済成長」によって、豊かな国に生まれ変わることだった。「平和」と「民主主義」と「経済成長」、それが機能し、信じられていたのは、いつ頃までだったろうか。少なくともこの二十年、成長は鈍化し、経済格差は劇的に拡大し、既成の政治システムへの不信は頂点に達していた。誰もが、口には出さなかったが、遅かれ早かれ、「破局」は免れないと感じていた。その青年は、「破局」の形を、はっきりとしたことばにしたのである。


震災発生から五日が過ぎた。スーパーマーケットから品物が姿を消し、ガソリンスタンドに車が長蛇の列を作っている。親に連れられて、子どもたちが続々と東京から「疎開」し始めた。テレビでは、破壊し尽くされた東北地方沿岸の町や集落の映像が繰り返し映され、「死者」と「行方不明者」の人数は、無慈悲に、五桁に達しようとし、溢れる避難民は、灯火のない体育館の中、凍えるような寒さに震えながら、助けを待ちつづけている。どれも、「戦時下」の情景だ。今日、天皇が、即位以来初めて、国民に直接メッセージを訴えるビデオが流れた。それも、六十六年ぶりのことだ。そして、いま、日本人は、もう一つの、恐ろしい映像に視線を奪われている。福島第一原子力発電所の四つの原子炉は、すべて破損し、次々と爆発している。第三号機の爆発で、小さな、茶色い、きのこ雲が上がった時、わたしたちは、封印してきた記憶が蘇るのを感じた。六十六年前、戦争を終結させた、もう一つの巨大な原子の雲のことを。思えば、原子力発電は、戦争ではなく平和を、なによりも経済的豊かさを目指すことを選んだ日本にとって、象徴的な存在であった。巨大な兵器にもなりうる原子の力を、経済のためにだけ使うことを、わたしたちは選んだ。あるいは、経済的な目標を達するために、その危険性に目を瞑ろうとした。そそして、その原発が、わたしたちに牙を剝き、「敵」となったのである。

終戦後六十六年、わたしたちは、ずっと「戦後」ということばを使い続けてきた。繰り返し、「もはや戦後ではない」と言いながら。他に、時代を表すことばを知らなかったのである。いま日本でもっとも優れた歴史学者であるオグマエイジは、かつて「いったい、我々は、いつまで『戦後』ということばを使い続けなければならないのか」という質問に対して、こう答えた。「いつまでも。なぜなら、敗戦によって、わたしたちはまったく新しい国家を立ち上げた。それは建国に等しく、『戦後××年』という表現は、『建国××年』という意味なのだから」。そして、こう付け加えたのだ。「そうでなければ、次の『戦争』がおこるまで」と。

「戦後」六十六年、わたしたちは、多くの「善き」ものを失った。その最大のものは、人々を繋いでいた、さまざまな共同体である。「会社」や「家族」や「近隣」が、その役目を果たさなくなり、「孤族」ということばが大手を振って歩きはじめた。わたしたちは、たったひとりで、世界に放り出されたのである。そして、「戦争」が始まった。

未曾有の混乱が続く中、それにもかかわらず、わたしたちは熱狂的な連帯の気運と不思議な高揚感に包まれている。それは、「戦争」がもたらす、いちばん大きなものだ。

圧倒的に巨大な「敵」の登場は、ばらばらだったわたしたちを、もう一度繫ぎ合わせようとしている。もちろん、この「戦争」は始まったばかりで、どのように終わるのか、誰にもわからない。だが、少なくとも、「戦争」前とは異なった社会が出現するように、わたしには思える。

そこには、なにがあるのだろう。六十六年前、無から（「敵」であったアメリカの助けを借りて）、新しい理念を作りだしたように、わたしたちは、新しい「日常」や、新しい「倫理」や、そのために生きていたいと思える新しい「共同体」を作りだしているだろうか。それを知ることは、いまは出来ないのである〉

タカハシさんは、この文章を書きながら、やはり、なんども目まいを感じた。そして、同時に、この文章を、自分が書いたような気がしなかったのである。

まことに奇妙なことがあるものだ、とタカハシさんは、そう思った。

現に、その時、さまざまなことを考えながら、文章を書いているのに、どうにも、既視感があるのである。いや、「既視感」ということばは、正確さを欠いている。では、どんなことばが、というと、見当たらない。

霧の中を突き進むようにして、書くしかない。そう思いながら、タカハシさんは、書き進んだ。

確かに、「あの戦争」と「この戦争」は、非常によく似ているのである。タカハシさんは、正直に、そう考える。というか、そう感じた。おそらく、この国に住む、「あの戦争」を知らない、たくさんの人たちも、そう感じたのではないだろうか。

もちろん、タカハシさんは、ふつうの人たち以上に強く、そう感じたのかもしれない。もう一年半以上、ほとんど毎日のように、「あの戦争」のことを考えていたのだから。

それにしても、初めての体験だというのに、どうして、比較してしまうのか。いや、これは、もしかしたら、「初めて」ではないのだろうか。

「あっ」

また、揺れた、とタカハシさんは思った。本棚が揺れている。部屋全体が、ガタガタと音を立てている。地震？　余震？　それとも「時震」？　わからない。

「震災」後、いくつものことばが現れた。それから、すさまじい量のことばが。どんな時にも、夥しくことばは生まれ続けているのである。それは、いまに始まったことではない。しかし、いまはいまだ。

最初のうち、そこには、「希望」を語るものが多かった。あるいは、「連帯」や「日本人の強さ」を語るものが。

正直なところ、タカハシさんには、そうは思えなかった。それは、大きなショックを受けた直後に、誰もが感じる、一時的な熱狂であるように、タカハシさんには思えた。それが、「ほんもの」なら、悪くはあるまいが。

「この度の東北地方太平洋沖地震は、マグニチュード9・0という例を見ない規模の巨大地震であり、被災地の悲惨な状況に深く心を痛めています。地震や津波による死者の数は日を追って増加し、犠牲者が何人になるのかも分かりません。一人でも多くの人の無事が確認されることを願っています。また、現在、原子力発電所の状況が予断を許さぬものであることを深く案じ、関係者の尽力により事態の更なる悪化が回避されることを切に願っています。

現在、国を挙げての救援活動が進められていますが、厳しい寒さの中で、多くの人々が、食糧、飲料水、燃料などの不足により、極めて苦しい避難生活を余儀なくされています。その速やかな救済のために全力を挙げることにより、被災者の状況が少しでも好転し、人々の復興への希望につながっていくことを心から願わずにはいられません。そして、何にも増して、この大災害を生き抜き、被災者としての自らを励ましつつ、これからの日々を生きようとしている人々の雄々しさに深く胸を打たれています。

自衛隊、警察、消防、海上保安庁を始めとする国や地方自治体の人々、諸外国から救援のために来日した人々、国内の様々な救援組織に属する人々が、余震の続く危険な状況の中で、日夜救援活動を進めている努力に感謝し、その労を深くねぎらいたく思います。

今回、世界各国の元首から相次いでお見舞いの電報が届き、その多くに各国国民の気持ちが被災者と共にあるとの言葉が添えられていました。これを被災地の人々にお伝えします。

海外においては、この深い悲しみの中で、日本人が、取り乱すことなく助け合い、秩序ある対応を示していることに触れた論調も多いと聞いています。これからも皆が相携え、いたわり合って、この不幸な時期を乗り越えることを衷心より願っています。

被災者のこれからの苦難の日々を、私たち皆が、様々な形で少しでも多く分かち合っていくことが大切であろうと思います。被災した人々が決して希望を捨てることなく、身体《からだ》を大切に明日からの日々を生き抜いてくれるよう、また、国民一人びとりが、被災した各地域の上にこれからも長く心を寄せ、被災者と共にそれぞれの地域の復興の道のりを見守り続けていくことを心より願っています」

タカハシさんは、テレビで、天皇がメッセージを読む録画ビデオを見た。六十六年前、天皇の父は、やはり同じように、録音したメッセージを国民に発したのである。

タカハシさんは、その真摯なことばに、耳をかたむけながら、それでも、深い憂鬱にとらわれてゆくのを感じた。

すべてが、滑稽なほど、似ているのである。「あの戦争」と「この戦争」は。しかし、同時に、「あの戦争」と「この戦争」は、どこか、ひどく違うところも多いような気がしたのである。

おそらく、そのひとつの理由は、「この戦争」が「この戦争」と名指しできるような「ひとつ」のものではないからではあるまいか、とタカハシさんは思った。

ある意味で、「戦争」は一瞬のうちに始まり、そして終わったのである。そこから、長い時間がかかるにせよ、また、確かに、そこには「戦争」にも似た総力戦が存在するにせよ、また、それは人々に、底と思ったらまだ下があったと思わせることがあるにせよ、最悪の瞬間は過ぎ去ったと思えるからだ。

「震災」直後の高揚は、主に、津波や地震の甚大な損傷によるものであった。

だが、福島でなおも白煙や黒煙を出し続ける四つの建物では、いささか事情が異なる。こちらの「戦争」は、あるいは「戦局」は、悪化の一途をたどっているのである。だが、問題は、それだけではないような気がするのだが。

卒園式が終わって二週間、レンちゃんたちの保育園の園児の数は半分近くになった。ひとり減り、ふたり減り、気がついた時には、めっきりと減っていた。どうやら、みんな、田舎に「疎開」しているようだ。

誰も、なにもいわずに、姿を消すのである。そこで、奥さんが、先生に、「××ちゃん、お休みですね」と訊ねる。

すると、先生は、申し訳なそうに、「ああ、お母さんと実家に戻っているみたいですね」と答えるのである。

残された園児たちは、一日中、帽子をかぶっている。いつでも、退避できるようにだ。

一昨日、タカハシさんが、レンちゃんとシンちゃんを迎えに行くと、園内では慌ただしく、先生や園児たちが走り回り、園長先生が、ハンドマイクで「慌てないでください。いま、緊急地震速報がありました。先生のいうことを聞いて、静かにしていてください」と語りかけていた。そして、ほどなく、「退避」準備は取り消された。タカハシさんは、レンちゃんとシンちゃんを連れて、家に戻った。ふたりとも、とても、静かにしていた。

それから、少しずつ、日がたってゆく。

日がたつごとに、重苦しいなにかが、たちこめてゆくような気がする。タカハシさんは、そう思う。

目まいの方は、もうそんなに感じない。ただ、どんよりとしたものが、心やからだや、それ以外のあちこちに、たまってゆくような気がするのである。

コンビニやスーパーで見かけなくなっていたトイレットペーパーもようやく戻ってきた。一時は、棚になにもなかったのだから、とりあえず、見かけだけは、元に戻りつつある。レンちゃんとシンちゃんの大好きな「仮面ライダーオーズ」や「ゴーカイジャー」も戻ってきた。オーズやゴーカイジャーたちは、彼らの世界の「悪」と戦っている。よかった。あの、懐かしい「悪」も一緒に戻ってきたのだから。

けれども、確かに、戻ってこないものがある。

それは、一時的なことで、いつか戻ってくるのだろうか。それとも、もう、それは、二度と戻らぬのであろうか。タカハシさんには、わからない。


タカハシさんの勤めている大学の卒業式が、突然中止になった。理由は……「非常時」だから、というしかない。

確かに、卒業生の中には、実家が東北にあって被災し、上京できない者もいる。ごく少数ではあるけれど、連絡がつかない者もいる、とタカハシさんは聞いた。

けれども、それが主要な理由ではない。

まだ余震があって、大勢の学生が集まるのは危険だから、という理由も付け加えられた。しかし、それは、どこでも同じだ。

交通の手段が確保できないかもしれない、という理由も囁かれた。とはいえ、それが大きな理由であるわけでもない。

「揺れた」のは、地面だけではない。あらゆるものが「揺れた」のである。

ただちにボランティア活動を開始した同僚や学生たちがいた。その一方で、大学当局は、なにをするべきなのか方針を出せずに、困惑していた。

タカハシさんの教え子が、何人も、電話で、あるいは、メールで、不安ととまどいの気持ちを伝えてきた。「被災」したのは、福島や宮城の人たちだけではない、とタカハシさんは思った。

そして、そのことを口に出していうことは、なかなか難しかったのである。

「震災」発生から、八日たった十九日のことである。

タカハシさんは、年に二度しか着ない（でも、八日前に、レンちゃんの卒園式で着た）スーツを身につけて、大学に出かけた。

まだ、ほとんど桜は咲いてはいなかった。風は強かったが、寒くはなかった。空は青く、卒業式には、最高の日だった。もし、卒業式が行われたならば、の話だが。

タカハシさんは、正門から大学に入ると、真っ直ぐチャペルに向かった。午後一時、ほんとうなら卒業式が始まる時間に、タカハシさんは、チャペルの前にたどり着いた。何人か、袴姿の女子学生が、ぼんやりとチャペルの尖塔を眺めているのが見えた。

タカハシさんは、「卒業式」の代わりに、卒業証書を「配付」することになっている教務課のある棟の前まで歩いていった。夥しい数の学生たちが集まっていた。そこには、袴姿の学生も、そこまではいかなくともいくらかよそゆきの格好の学生も、まったく普段と同じ格好の学生もいた。

「先生、来てくださったんですか！」

顔見知りの女子学生がタカハシさんに話しかけてきた。

「うん、『卒業式』の日だからね」とタカハシさんは答えた。

あるいは、「別の世界にあるこの大学では、いま、きみたちの『卒業式』をやっているはずだから」というべきなのかもしれなかった。

卒業証書を受けとった学生たちは、結局、帰ろうとせず、そのまま、教務課のある棟の周りで、いつまでもぐずぐずしていた。

「どうするの？」タカハシさんが学生のひとりに訊ねた。

「さあ……なんとなく、新しくできた学生ホールに、みんな集まるみたいですね」

だから、タカハシさんも「なんとなく」学生ホールに出かけた。なにも決まっていないのだ。それは、いいことなのかもしれなかった。毎日、朝起きると、なにをやるべきなのか、なにをやることになっているのか、みんな決まっている。

でも、時には、なにも決まっていないのに、そこに出かけてみる、ということだってあるのだ。

「学生ホール」は、「卒業生」で一杯だった。それから、やはり「なんとなく」来てしまった先生が何人かいた。

「卒業生」と「先生」がいて、もう一つの世界で、「卒業式」をやっているのなら、この世界で、

「卒業式」に似たものをやってみようと思うのは、自然なのかもしれない。

ソン先生が、ハンドマイクを持ち（それもなんだか、「非常時」らしい）、「では、みなさん、いまから、『卒業式』ではなく、『卒業式』みたいなものを開催します」といった。

旗も席も式次第も音楽もなく、先生も学生もみんな立っていた。「卒業式」みたいなものが始まった。といっても、先生が、順に「祝辞」のようなものをしゃべるだけだった。

タカハシさんの番になった。だから、タカハシさんは「祝辞」のようなことをしゃべった。


「今年、メイジガクイン大学を卒業されたみなさんに予定されていた卒業式はありませんでした。代わりに、祝辞のようなもののみを贈らせていただきます。

いまから四十二年前、わたしが大学に入学した頃、日本中のほとんどの大学は学生の手によって封鎖されていて、入学式はありませんでした。それから八年後、わたしのところに大学から『満期除籍』の通知が来ました。それが、わたしの『卒業式』でした。

ですから、わたしは、大学に関して、『正式』には『入学式』も『卒業式』も経験していません。けれど、そのことは、わたしにとって大きな財産になったのです。

あなたたちに、『公』の『卒業式』はありません。それは、特別な経験になることでしょう。

あなたたちの多くが生まれた一九八八年は、昭和の最後の年でした。翌年、戦争とそしてそこからの復興と繁栄の時代であった昭和は終わり、それからずっと、なにもかもが、緩やかに後退してゆきました。そして、あなたたちは、大学を卒業する時、すべてを決定的に終わらせる事件に遭遇したのです。おそらく、あなたたちは、『時代の子』として生まれたのです。

わたしは、いま、あなたたちに、希望を語ることができません。あなたたちは、困難な日々を過ごすことになるでしょう。あなたたちの中には、いまも就職活動をしている者もいます。仮に就職できたとして、その会社がいつまでも続く保証はありません。かつて、大学生はエリートとされていました。残念ながら、あなたたちは、もはやエリートではありません。この社会に生きるすべての人たちと同じ立場なのです。だからこそ、あなたたちの生き方が、実は、この社会を構成する人たちみんなの生き方にも通じていることを知ってください。

わたしは、この学校に着任して六年、知識ではなく、あなたたちに『考える』力を持ってもらえるように努力してきました。その力だけが、あなたたちを強くし、この社会で生き抜くことを可能にすると信じてきたからです。あなたたちは、充分に学びましたか？　では、その力を発揮してください。まだ、足りないと思っていますか？　では、社会に出てからも、精進し続けてください。

あなたたちの顔を見る最後の機会に、一つだけお話をさせてください。それは『正しさ』についてです。あなたたちは、途方もなく大きな災害に遭遇しました。確かに、あなたたちは、直接、津波に巻き込まれたわけでもなく、原子力発電所が発する炎や煙から逃げてきたわけでもありません。けれど、ほんとうのところ、あなたたちは、もうすっかり巻き込まれています。なぜ、あなたたちは『卒業式』ができないのでしょう。それは、『卒業式』をしないことが『正しい』ことだといわれているからです。でも、あなたたちは、納得していませんね。どうして、あなたたちは、今日、卒業式もないのに、いささか着飾って、学校に集まったのでしょう。あなたたちの中には、疑問が渦巻いています。その疑問に答えることが、あなたたちの教師として、わたしに果たせる最後の役割です。

いま『正しさ』への同調圧力が、かつてないほど大きくなっています。凄惨な悲劇を目の前にして、多くの人々は、連帯や希望を熱く語ります。それは、確かに『正しい』のです。しかし、この社会の全員が、同じ感情を共有しているわけではありません。ある人にとっては、どんな事件も心にさざ波を起こすだけであり、ある人にとっては、そんなものは、見たくない現実であるかもしれません。しかし、その人たちは、いま、それをうまく発言することができません。なぜなら、彼らには、『正しさ』がないからです。幾人かの教え子は、わたしに『なにかをしなければならないのだけれど、なにをしていいかわからない』と訴えました。だから、わたしは『慌てないで。心の底からやりたいと思えることだけをやりなさい』といいました。彼らは、『正しさ』への同調圧力に押しつぶされそうになっていたのです。

わたしは、二つのことを、あなたたちにいいたいと思います。一つは、これが特殊な事件ではないということです。幸いなことに、わたしは、あなたたちよりずいぶん年上で、だから、たくさん本を読み、まったく同じことが、繰り返し起こったことを知っています。明治の戦争でも、昭和の戦争が始まった頃にも、それが終わって、民主主義の世界に変わった時にも、今回と同じことが起こり、人々は、今回と同じことをしゃべり、『不謹慎』や『非国民』や『反動』を排撃し、『正しさ』への同調を熱狂的に主張したのです。『正しさ』の中身は、変わります。けれど、『正しさ』のあり方には、なんの変わりもありません。気をつけてください。『不正』への抵抗は簡単です。けれど、『正しさ』に抵抗することは、ひどく難しいのです。

二つ目は、わたしが、今回しようとしていることです。わたしは、一つだけ、いつもと異なったことをするつもりです。それは、自分にとって大きな負担となる金額を寄付する、というものです。それ以外は、ふだんと変わらぬよう過ごすつもりです。けれど、誤解しないでください。わたしは、『正しい』から寄付するのではありません。わたしは、ただ『寄付』するだけで、偶然、それが、現在の『正しさ』に一致しているだけなのです。

『正しい』という理由で、なにかをするべきではありません。『正しさ』への同調圧力によって、『正しい』ことをするべきではありません。あなたが、心の底からやろうと思うことが、結果として、『正しさ』と合致する。それでいいのです。もし、あなたが、どうしても、積極的に、『正しい』ことを、する気になれないとしたら、それでもかまいません。

いいですか、わたしが、負担となる金額を寄付するのは、いま、それを、心の底からはできないあなたたちの分も入っているからです。三十年前のわたしなら、なにもしなかったでしょう。いま、わたしが、それをするのは、考えが変わったからではありません。ただ『時機』が来たからです。あなたたちは、いま、なにかをしなければならない理由はありません。その『時機』が来たら、なにかをしてください。その時は、できたら、納得がいかず、同調圧力で心が折れそうになっている、もっと若い人たちの分も、してください。共同体の意味はそこにしかありません。

『正しさ』とは『公』のことです。『公』は間違いを知りません。けれど、わたしたちは、いつも間違います。しかし、間違い以外に、わたしたちを成長させてくれるものはないのです。いま、あなたたちが迷っているのは、『公』と『私』に関する、永遠の問いなのです。

最後に、あなたたちに感謝のことばを捧げたいと思います。あなたたちを教えることは、わたしにとって大きな経験でした。あなたたちがわたしから得たものより、わたしがあなたたちから得たものの方が、ずっと大きかったのです。ほんとうに、ありがとう。あなたたちの前には、あなたたちの、ほんとうの戦場が広がっています。あなたを襲う『津波』や『地震』と戦ってください。挫けずに。さようなら。善い人生を」

それだけいうと、タカハシさんは、ハンドマイクを下ろした。また、ひどい目まいがした。まことにおかしなことではないか、とタカハシさんは思った。わたしが、このようなことを、人前でしゃべるとは。もしかしたら、これは現実ではなく、また別の世界のできごとではあるまいか。そうに違いない。

タカハシさんは、自分もまた「戦時下」のことばをしゃべっている、というか、しゃべらされているような気がした。

「正気」であろうと懸命に努力するとは、なんと「正気」を失った行動であろうか。学生の一人が、タカハシさんに、「先生……」としゃべりかけた。

「なに?」タカハシさんはいった。

「よく聞こえないんだ。さっきから、ずっと。自分のしゃべっている声もよく聞こえないんだよ」

実のところ、タカハシさんには、その学生の顔もよく見えないのだった。

タカハシさん、「戦災」に遭う②

「一九四五年三月九日午後十時半から十日午前二時半にかけて四時間にわたり、B二九型爆撃機を主力とする米軍飛行機三百五十機が東京をおそった。雪がふっている中を東京中央部、南部に火がもえつづき、家を失う者百万、死傷者十二万におよんだ」（「廃墟の中から」鶴見俊輔）

「（三月）十日（土）晴
○午前零時ごろより三時ごろにかけ、B29約百五十機、夜間爆撃。東方の空血の如く燃え、凄惨言語に絶す。
爆撃は下町なるに、目黒にて新聞の読めるほどなり。

朝来る。目黒駅にゆくに、一般の乗客はのせず、パス所持者のみ乗せる。浜松町より上野にかけ不通、田端と田町にて夫々《それぞれ》折返し運転。

八時半に目黒を出て、十時に新宿に着く。

まさかきょうの『胎生学』『組織学』『生物学』の試験はあるまじと思いしに。教室に入れば行われつつあり。ただし生徒は三分の二に満たず。

（中略）

自分と松葉は本郷に来た。

茫然とした、――何という凄さであろう！　まさしく、満目荒涼である。焼けた石、舗道、柱、材木、扉、その他あらゆる人間の生活の背景をなす『物』の姿が、ことごとく灰となり、煙となり、なおまだチロチロと燃えつつ、横たわり、投げ出され、ひっくり返って、眼路の限りつづいている。色といえば大部分灰の色、ところどころ黒い煙、また赤い余炎となって、ついこのあいだまで丘とも知らなかった丘が、坂とも気づかなかった坂が、道灌以前の地形をありありと描いて、この広茫たる廃墟の凄惨さを浮き上らせている。電柱はなお赤い炎となり、樹々は黒い杭となり、崩れ落ちた黒い柱のあいだからガス管がポッポッと青い火を飛ばし、水道は水を吹きあげ、そして、形容し難い茫漠感をひろげている風景を、縦に、横に、斜めに、上に、下に、曲りくねり、うねり去り、ぶら下がり、乱れ伏している黒い電線の曲線。

黄色い煙は、砂塵か、灰か、或いはほんものの煙か、地平線を霞めて、その中を幻影のようにのろのろと歩き、佇み、座り、茫然としている罹災民の影が見える。

この一夜、目黒の町まで夕焼けのように染まったことが、はじめて肯けた。

しかも、この本郷の惨禍はまだまだ小さい方なのだという。日比谷はまだひどい。浅草はさらにひどい。本所深川は何とも形容を絶しているという。浅草の観音さまも焼けてしまった。国際劇場も焼けてしまった。上野の松坂屋も焼けてしまった。九段の偕行社も神田明神も本所の精巧社も――宮城の一角さえも焰の中に包まれたのである。罹災民は二百万だという。死者も十五万人を下らないという。ああ、あの熔鉱炉の中でどのような阿鼻叫喚が演ぜられたことであろう。

自分たちは向山の下宿を探しあてた。廃墟になっていた。赤くやけた石の陰から、書物の破片を見つけ出した。勿論青白い灰の一塊である。上膊の神経を示した図がぼんやり見える。解剖の本らしい。


（中略）


電車の中では三人の中年の男が、火傷にただれた頬をひきゆがめて、昨夜の体験を叫ぶように話していた。ときどき脅えたように周囲を見回して、『しかし、みなさん、こういうことは参考としてきいておかれたがよろしかろう。だから私はいうんですが……』と合いの手のように断わりながら、またしゃべりつづけた。彼らは警官や憲兵を怖れているのである。哀れな国民よ！

彼らの言葉によると、防空頭巾をかぶっていた人達はたいていい死んだという。火の粉が頭巾に焼けついて、たちまち頭が燃えあがったという。——

しかし、昨夜は焼夷弾ばかりであったからそうであったかも知れないが、もし爆弾も混っていたら、その爆風の危険は防空頭巾をかぶっていなければ防げないだろう。

防空壕にひそんでいるのも危険だという。逃げ遅れて蒸焼きになった者が無数にあるという。早く広場を求めて逃げることだという。

しかし、爆弾なら、地上に立っていれば吹き飛ばされてしまうだろう。低空で銃撃でもされれば、広場では盆の上の昆虫の運命を免れまい。

彼らもそのことはいった。そして、——

『——つまり、何でも、運ですなあ。……』

と、一人がいった。みな肯いて、何ともいえないさびしい微笑を浮かべた。

運、この漠然とした言葉が、今ほど民衆にとって、深い、凄い、恐ろしい、虚無的な——そして変な明るささえ持って浮かび上った時代はないであろう。東京に住む人間たちの生死は、ただ『運』という柱をめぐって動いているのだ。

水道橋駅では、大群衆が並んで切符を求めていた。みな罹災者だそうだ。罹災者だけしか切符を売らないそうだ。

『おい、新宿へ帰れないじゃないか』

二人は苦笑いしてそこに佇んだ。

焦げた手拭いを頰かむりした中年の女が二人、ぼんやりと路傍に腰を下ろしていた。風が吹いて、しょんぼりした二人に、白い砂塵を吐きかけた。そのとき、女の一人がふと蒼空を仰いで、

『ねえ……また、きっといいこともあるよ。……』

と、呟いたのが聞えた。

自分の心をその一瞬、電流のようなものが流れ過ぎた」

これを書いたのは、ヤマダさんという医学生である。そのヤマダさんは、それからずっと後になって、忍者小説やら歴史小説を書くようになるのである。そして、その忍者小説に出てくる女忍者は、性交中に、相手の男性の体液をぜんぶしぼりとって殺してしまうような秘術の持ち主なのである。もしかしたら、そんな恐ろしい妖術を考え出したのは、こんな風景を見たからなのかもしれない。

ところで、「その一瞬、電流のようなものが流れ過ぎた」のは、一九四五年三月十日、廃墟と化した東京の一角で、おばさんたちの話を聞いていたヤマダさんだけではなかった。この文章を読んだ時、タカハシさんも、自分の中を「電流」のようなものが「流れ過ぎ」るのを感じたのである。

とはいっても、たいしたことではない。それは、タカハシさんにとってきわめて個人的な経験にすぎなかったからだ。

タカハシさんは、あの日、「きっといいこともあるよ」と同じことばが歌われるのを耳にしたのである。

レンちゃんの「卒園式」で、タカハシさんは、卒園してゆく子どもたち（もちろん、レンちゃんもだ）が歌う「レッツゴーいいことあるさ」という曲を、初めて聴いた。タカハシさんは、それが「ポンキッキーズ」という子ども番組で歌われている歌だということを知らなかった。だいたい、タカハシさんの家では、フジテレビではなく、というか、もはや通常のテレビ局ではなく、ケーブルテレビでカートゥーンネットワークとかアニメチャンネルを見ているので、「ポンキッキーズ」など、長い間、見ていなかったのだ。

「さあ　げんきよくきみもこえだして
きょうのいちにちを　いっしょにはじめよう
たとえともだちとうまくいかなくて

すこしおちこんでても　へいきさがんばろう

レッツゴー！　とびだそう
レッツゴー！　ゆうきだして
レッツゴー！　こんどこそ
レッツゴー！　いいことあるさ
レッツゴー！　とびだそう
レッツゴー！　ゆうきだして
レッツゴー！　いいことあるさ

ほら　わらったら　きもちかるくなる
そうさいしょから　いつもほほえもう
みんないいヤツさ　だからはなしあって
きもちつたわれば　そうさ　わかりあえるさ

レッツゴー！　とびだそう
レッツゴー！　ゆうきだして
レッツゴー！　こんどこそ
レッツゴー！　いいことあるさ

レッツゴー！　ほらきみも
レッツゴー！　ゆうきだして
レッツゴー！　こんどこそ
レッツゴー！　しんじあおうよ

キミのひとみは　もうくもらない
だってみんなは　もうなかまだから

こころとじないで　いつもしあわせを
つよくのぞんだら　きっとつかめるさ
みんなふれあって　そしてたすけあって
ひとのかなしみを　わかってあげられれば

ゴー！　ゴー！　ゴー！　レッツゴー！
ゴー！　ゴー！　ゴー！　レッツゴー！
ゴー！　ゴー！　ゴー！　レッツゴー！」

タカハシさんは、どうにも表現できないような不思議な気持ちで、「卒園児」たちが歌うこの曲を聴いていたのである。聴いていたどころか、初めて聴いたばかりだというのに、一緒に、

「ゴー！　ゴー！　ゴー！　レッツゴー！」と口ずさんでいたのである。

口ずさみながら、タカハシさんは、あの「目まい」を感じたのである。「目まい」を感じながら、聴いていたのである。というか、聴けば聴くほど、「目まい」はひどくなるように思えたのである。

その時、タカハシさんが、「目まい」に襲われながら感じたものを、正確にことばに表すことはできない、と申し上げた。しかし、それでは、小説に、というか、言語表現になりません。だから、不正確であることを承知で、書いてみることにしよう。

タカハシさんは、

「ああ、これはいい歌だ、あの時聴いていた、あの歌よりも。というか、あの時聴いていたあの歌の具合の悪さ、というものは、どんなものだったろう。とにかく、困ったものだ。それから、この歌は、いまより、別の『あの時』の方にふさわしいのは明白なのだが、あまりにふさわしい、というのもおかしなものだなあ」と感じたのである。


こう書くと、「あの時」とはいつのことか、それから、「別の『あの時』」というぐらいだから、当然、別のなにか事件を指しているのだろうが、それは何か、と思われるだろう。タカハシさんだって、いや、わたしだって、そう思う。

実は、「あの時」というのは、その時点では、まだ起こっていなかったのである。それから、もう一つの「別の『あの時』」もまた、タカハシさんが、「卒園式」で「レッツゴーいいことあるさ」を聴いた時には、存在していなかったのである。

わたしは、論理的には、おかしなことを書いている。ほんとうに、論文とか評論とかではなくて、よかった。もし、これが、論文とか評論（だと思っていませんか？）だとしたら、「あの時、って、以前なにかが起こった時のことをいっているんだろう？　だから、当然、過去のことで、それなのに、まだ起こっていないとは、意味がわからない」といわれても仕方ない。

だが、これは、現実に起こった、いや、タカハシさんが現実に感じたことなのである。

三月十一日からしばらくして、すなわち、レンちゃんが卒園してしばらくたって、タカハシさんは、レンちゃんの小学校の入学式に出席した。

入学式の「式次第」には、最初のところに「礼」と印刷してある。最初、それを読んだ時、タカハシさんは、誰に、というか、何に「礼」をするのであろう、と一瞬、思った。

けれど、当日、その「礼」の瞬間まで、そのことを忘れていたのである。

会場のいちばん前には、レンちゃんたち一年生が座り、それから、六年生が続き、その後ろに、タカハシさんたち、新入生の父兄の席があった。

入学式が始まり、「起立」の声がかかった。タカハシさんは立った。そして、唐突に「礼」という声がした。タカハシさんは「礼」を……しなかった。というか、できなかったのである。

その瞬間に至るまで、いかなる説明もなかった。誰に、もしくは、何に向かって「礼」をするのか。タカハシさんたちが、「礼」をした（しなかった）方向には、何もなかった。演壇はあったが、人はいなかった。つまり、何もない演壇に向かって、父兄や生徒、ならびに、両脇に並んだ先生方は、「礼」をしたのである。

さて、とタカハシさんは、他の人たちが「礼」をしている数秒の間に、いったい、その「礼」は、どこに向けられたものなのかを探ろうとした。そして、あることに気づいた。

会場の左手、奥に国旗が掲揚されていたのである。

おそらく、それは、東京都教育委員会が二〇〇三年に行なった「入学式、卒業式等における国旗掲揚及び国歌斉唱の実施について」として「国旗は壇上の向かって左側に掲げる」という通達によるものではないか、とタカハシさんは考えた。とはいえ、はっきりしたことはいえない。なにしろ、タカハシさんが、その前に、壇上に国旗を見たのがいつだったのか、まるで記憶にないからだ。

タカハシさんが勤めている大学は、キリスト教系の学校だから、国旗掲揚も国歌斉唱もなし。それ以前というと、一気に遡って中学・高校時代になってしまう。入学式や卒業式などで国旗が掲げられていたかもしれないが、はっきりとは覚えていない。小学校の頃では、「君が代」を歌ったのかどうかさえわからない。

だから、壇上の左側に国旗を発見して、タカハシさんは、少々ギョッとしたのである。

というか、それは、ちょっとおかしいのではないか、とタカハシさんは考えた。

国旗を掲揚するのも、それに向かって「礼」を行なうのもよろしい。やりたい方は、おおいにやればよろしい。だが、そのことについて、ひとことあるべきではあるまいか。

国旗が壇上の左にあるのだから、「みなさん、左側をお向きください。そして、国旗に、礼をしてください」といえばいいのである。

しかし、入学式が始まり、突然、「礼」だ。それも、何もない、誰もいない空間に向かって。要するに、そこで、参列者は、「空気」に向かって「礼」をすることを義務づけられているのである。その「空気」の左側には、その「空気」の性質を象徴するべき存在として国旗が置かれている。

タカハシさんは、「空気」に向かって「礼」をさせられている子どもたちが不憫でならなかった。その子どものひとりに、「せんせい、だれにれいをするんですか?」と訊ねられたら、どのように答えるのだろう。

そこは、「ことばにならないなにものか」が支配する空間であったのだ。

そして、儀式が続き、「国歌斉唱」の時間になった。タカハシさんは、そっと席を立って、会場の入口に行き、みなさんが「国歌」を歌いおわると、席に戻った。

「あの時」とは、その時のことである。

おかしいですね。レンちゃんが「卒園式」で「レッツゴーいいことあるさ」を歌った時、タカハシさんは、「あの時」のことを、「国歌」を斉唱した時のことを思い出した。でも、まだ、その時は、到来していないはずである。

予感? 霊感? 単なる気のせい? はたまた、タカハシさんは、タカハシさんにも理解できぬ理由で、「時震」に遭遇し、未来をかいま見ることになったのか?

それは、もう一つの「あの時」に関しても同様だ。タカハシさんは、「レッツゴーいいことあるさ」を聴いた時、この歌は、それから数時間後に起こる「震災」に向けて歌われた曲であるように、前もって感じたのである。

医学生のヤマダさんが、「ねえ……また、きっといいこともあるよ。……」という女性の呟きを聞いた、同じ日、中学三年生のオザワノブオくんは友人のヤモンくんと焼け野原になった神田駅のあたりを歩いていた。もしかしたら、二人は、どこかでヤマダさんとすれ違っていたかもしれない。そして、オザワくんとヤモンくんは、大量の死体を積んだトラックが次々と走ってくるのを見るのである。

「そのトラックは荷台の枠が外れていたので、今度はぼくにもよく見えた。荷台には、先刻《さっき》逃げだしてきた戸板の行列が担いでいたものの同類が、ずらりと木乃伊《みいら》色の頭を並べ、その上に焼トタンが申しわけにかぶせてあったのだ。

みるみるぼくの眼玉も三角にとがり、便意をもよおす時のように体中がイキんでくるのをおさえられなかった。

息をこらして待ちかまえていると、同じようなトラックは、三台も五台も走ってくる。どれもみな荷台に死体を平らに並べて寝かし、焼トタンや板切れをかぶせていたけれども、あいにく死体たちは脚をつきあげたり、腕をにゅっとのばしたり、体ごとへんによじれて焼トタンを押しあげたりしているので、枠からはみだしてチラチラと見えるのだった。

このトラックたちは、大事な用事を背負っているにちがいないが、いったいそれはこの世の用事なのかあの世の用事なのか。彼らに捧げたぼくの祝福は、たちまち宙にさまよい、ヒューと怪談の鳴り物のような余韻をのこして消えてしまった。

（中略）

……ぼくは死体の運搬方法がひどく不都合に思えてきた。そこでなぜ荷台の上に山盛りにしないのだろうと、ヤモンにたずねた。

『そうさなあ。やっぱり、人間だから大事にしてるんだ』

『そうか』そのつもりにちがいないとぼくも思った。あのトラックの上の荷物たちは、数十時間前までは生きて動いていた。だからあれは人間なのだ。ものではないから決して積み重ねたりはしないのだ。……けれどもそう思うと、ぼくの中の腹立たしさが、かえって一層ゾッとする不気味さに化けもどるようだった。

　ヤモンも、そうは言いながらなにか妙な頼りない気持がするらしく『けれど、なんか、猿の丸焼きに似てらあな』と言った。猿の丸焼きをぼくは見たことはないけれども、へんにねじくれた焦茶色のものに見えてくるのはたしかだった。だいいちトラックはものをはこぶ車ではないか。

　それはまずものに見え、よく見れば死んだ人間に見え、もっと見つづければまたものに見え、そんな交代を重ねてゆくものらしかった。ぼくはゾッとしたりゲッとなったりしているうちに、あのトラックの運転台でハンドルをにぎっていたねじり鉢巻の運転手が、はじめはまさにピチピチと生きている人間そのものの姿に見えたのに、にわかに心もとなく、なにかとりあえず生きているぐにゃぐにゃのもののように思われてきた」

この後、オザワノブオくんとヤモンくんは、映画館で小津安二郎監督の『戸田家の兄妹』を見るのである。山ほど死体を見た後、映画館に直行するところが、混乱している証拠ではないだろうか。というか、すぐ近くで、何万人もの人間が焼死したのに、「自粛」などせず、堂々と上映していたことにもちょっと驚く。

ところで、この映画は、佐分利信演じる（カッコいい）次男が、父親が急逝した後、残された老母と未婚の妹が、他の兄姉たちに邪険にされていることに怒る、という話だ。なんとなく、『東京物語』にも似ている感じがするでしょう。もしかしたら、小津安二郎には、そういう経験があったのかもしれない。それにしても、そんな映画、中学生が見て面白いのだろうか。他に娯楽がなかったから、小津安二郎でも充分、エンタテインしていたということだろうか。あるいは、ふたりは、妹役の高峰三枝子のファンだったのかもしれない。

「ぼくはどうやら気分転換に成功したらしいが、そうすると、なんだかだまされたような気もするのだった。ぼくは自分があんなふうに丸焼けになると思うことに堪えられず、自分だけはぜったいにああはならないと思いこんでこの世の側にしがみついていたいのだった。けれども、眼に見えるものがどれもこれも、電車の乗客も改札係も映画館の観客もモギリのおばさんも雑炊食堂の行列もヤモンも、そうだヤモンも、ぼく自身も、この羽目板もプラットホームも裸電球も電信柱も郵便ポストも猫も杓子《しゃくし》も、つまりこの世の側のものはみな一斉にそう思い込み、またはおたがいにそう思いこませにかかっているのではあるまいか。だからいったんウラが出たら、つまりなにかの衝撃《ショック》を与えれば、一瞬後にはこの代々木駅もただの焼け錆《さ》びの鉄骨になって、その鉄骨のところどころに猿の丸焼きがひっかかっているかもしれないではないか。

いまのぼくの、眼をこすってもこすっても鼻から先はほんとうは見えていないようなこのいらだちは、だからことばにするならば、じれったそうに（これはみんなウソだぞ！）と叫びだすかもしれなかった。そしてぼくは、しきりと、じぶんがひとりぼっちだという気がして寒かった。

……」


オザワノブオくんは、妙なことをいっている。「なにかの衝撃《ショック》を与えれば、一瞬後にはこの代々木駅もただの焼け錆びの鉄骨になって、その鉄骨のところどころに猿の丸焼きがひっかかっているかもしれないではないか」とは、どういうことか。ちょっとかけ声をかけるだけで、人々が行き交うJRの駅が、いきなり「焼け錆びの鉄骨」になり、しかもその鉄骨に「猿の丸焼きがひっかかっている」なんて大仕掛けなマジックは、二代目引田天功でも、難しい。

いや、タカハシさんには、なんとなくわかるような気がした。実は、タカハシさんも、そうだったのである。

「目まい」がして、狂ってしまったのは、時間の前後関係だけではない。

あることがまだ起こっていないのに、もうすでに起こってしまったような気がしたり、あるものを見たことも聞いたこともないのに、それを、どこかで見たり聞いたりしたことがあるような気がする、ということは、よくありますね。

デジャ・ヴ（既視感）という現象が存在することについては、誰もが知っている。

ずっと昔、まだ若い頃、というか、幼い頃、タカハシさんは、いわゆる「デジャ・ヴ」というものの存在に悩んでいた。頭がおかしくなったのか、と思った。もしかしたら、誰も気づかぬ「世界の秘密」と触れ合ったのかもしれない、とさえ思った。

なにかをしていて、その「なにか」とまったく同じことを、いつかどこかでしたような気がしてならなかった。でも、いくら記憶を探っても、その「なにか」が、どこにあるのか、わからなかったのである。

ある時（たぶん、小学校六年生ぐらい）、タカハシさんは、ポツリと、こう呟いた。

「あっ、あっ、ああ……」

「どうしたの、タカハシくん」と、一緒に歩いていた、友人は、タカハシさんに訊ねた。

タカハシさんは、

「なんか、ずっと前にさ、こんな風にきみと歩いて、同じ服を着て、同じ話をして、同じ返事をしたような気がしただけだよ」といった。

すると、その友人は、心底驚いた顔つきになって、こういったのだ。

「あるあるあるある！　おれも、そういうことある！」

その日、タカハシさんは、何人かの友人に訊いてみた。回答は全員一緒である。

「あるあるあるある！」

みんな、「あっ、おれも」と軽くいわずに、興奮してどもるところまで同じであった。

それは、想像を絶する経験でも、神秘の体験でもなかった。誰でも知っている、誰でも経験している、ひとつの心理的な錯誤にすぎなかったのである。

……だが、ほんとうに、そうなのだろうか。

最近、タカハシさんは、疑うようになった。なにを、か。

「デジャ・ヴというのは、疲れている時に起こりやすい、一種の錯覚で、いま起こりつつあることをそのように認識することができず、まるで過去に起こったことを再現しているように感じること、をいう」というような説明を、である。

「デジャ・ヴ」が起こる。それは、ある種の「目まい」のようなものだ。その瞬間、タカハシさんは、時間が塞き止められるような、時間が逆流するような、いや、ものごとの輪郭が、いつもよりずっと鮮明になるような気がするのである。

だが、それは、「来た！」と思った瞬間に、たちまち終わってしまう。なぜなら、それが「来た」時、同時に、タカハシさんは、「ああ、これは『デジャ・ヴ』だな」と思ってしまうからだ。

その感覚を深く味わう前に、タカハシさんは、それを、「デジャ・ヴ」ということばに変えてしまう。そのことによって、なにかを失うのである。

もう少し、そこに、留まるべきではないのか。

そこに留まり、それがどういうものであるのかを、さらに詳しく、探らねばならぬのではないか。

説明したり、名指してみたりする前に、まずは、その中をゆっくり歩きまわってみては、どうなのか。

それは、ほんとうに、「デジャ・ヴ」と呼ばれて、説明を受けてきたものと同じなのか。タカハシさんには、なんだか疑わしいのである。

「戦争という奴が、不思議に健全な健忘性《ママ》なのであった。まったく戦争の驚くべき破壊力や空間の変転性という奴はたった一日が何百年の変化を起し、一週間前の出来事が数年前の出来事に思われ、一年前の出来事などは、記憶の最もどん底の下積の底へ隔てられていた。伊沢の近くの道路だの工場の四囲の建物などが取りこわされ町全体がただ舞いあがる埃のような疎開騒ぎをやらかしたのもつい先頃のことであり、その跡すらも片づいていないのに、それはもう一年前の騒ぎのように遠ざかり、街の様相を一変する大きな変化が二度目にそれを眺める時にはただ当然な風景でしかなくなっていた。その健康な健忘性《ママ》の雑多なカケラの一つの中に白痴の女がやっぱり霞んでいる。昨日まで行列していた駅前の居酒屋の疎開跡の棒切れだの爆弾に破壊されたビルの穴だの街の焼跡だの、それらの雑多のカケラの間にはさまれて白痴の顔がころがっているだけだった」

　これもまた、ずっと昔、タカハシさんが読んだことのある文章である。たぶん、高校生の頃ではなかったろうか。

　この文章を読んで、タカハシさんは（はっきりとは覚えていないけれど）、「ちょっとおおげさなことを書く人だなあ」と思った。「でも、小説というものは、現実にあったことを直接書くのではなく、ウソも混ぜて、おおげさに書くものだから、別に、この人がおかしい、というわけではないのだろう」とも思った。「こういうのって、比喩的表現とでもいうんじゃないのかな、よく知らないけど」とも思ったのだ。

「一日が何百年の変化を起し、一週間前の出来事が数年前の出来事に思われ、一年前の出来事などは、記憶の最もどん底の下積の底へ隔てられていた」なんて、やりすぎじゃないかと考えたのである。

浅はかだった。

タカハシさんが、この文章の作者は、ただ、事実を書いたにすぎなかった、ということに気づいたのは、ずっと後のことだった。

この作者は、時間の感覚が狂った、といっているのである。「一日が何百年の変化を起し」たのだから、そうとう狂ったにちがいない。もしかしたら、これもまた、「時震」の一種なのかもしれない。

しかし。

これは、いうまでもないことだが、誰だって、「時間」というものが、時計によって計算できるところの性質だけではなく、それとは異なった性質、前者を客観的というなら、主観的とでも呼べる性質を持っていることを知っている。

いや、この「知っている」ということが、大きな問題であることは、もう書いた。

「知っている」から、もう考える必要はない、と考えてしまうのである。

なんというか、すごくおかしな時計を、我々は抱え込んでいる、と考えてみては、どうだろう。

この「時計」、どう進んでゆくか、ぜんぜんわからない。

通常運転では、相当程度まで、機械仕掛けの時計と似たような速度で進んでくれるみたいだ。でも、気がつくと、遅れてる。あるいは、進んでる。あるいは、超遅れてる、超進んでる、時には、完全停止したりもする。

それでも、この「時計」の所有者は、誰も怒らない（いや、怒る人もいるかも）。

そもそも、それって、「時計」とかいってるけど、ほんとうに「時計」と呼べるものなのか。いや、その「時計」が指し示す「時間」というものに至っては、誰か、うまく説明できた人がいるのだろうか。

タカハシさんは、昔から、よくそんなことを考える。だって、ですよ、全員が異なった「時計」を抱えていて、しかも、その「時計」っていうのが、すべてその人たちの「内部」にあるものだから、それを取り出して、「ちょっと、時計を合わせてみましょうか。このままでは、待ち合わせができないから」ということもできないのだ。

どうも、くどくて、すいません。

要するに、わたしたちは、比較対照することも、その正誤もしくは正否を確認することもできないものを持っている。それは、まあ仕方のないことだ。問題は、それを使って、なにか有用なことをしようと思ってしまうことなのである。

「あなたと出会って、もう何年かしら」

「忘れた」

「時間がたつのは速いわね」

「そうだね」

「いろいろあったわね」

「まあね」

この会話、ほんとうに通じているのだろうか。確かに、文章としては明快だ。曖昧なことばは、どこにも見当たらない。なにより、ここに登場しているふたりは、お互いに、相手が自分のいっていることを理解しているという前提で話をしている。でも、もしかしたら、このふたり、「相手はたぶんこう思っているのだろう」と思ってしゃべっているだけで、実は、なにもわかってはいないのかもしれないのである。

ふだんは、それでよろしい。

人間の世界は、その点、たいへんよくできている。いちおう、意味のあることをしゃべったり書いたりすると、それをいったり書いたりしている当人が、実は意味などよくわかってはいなくても、それを読んだり聞いたりする人が、勝手にわかってくれるのである。仮に、それが誤解であるにせよ、とにかく、通じることが大切なのである。

中身より形式が重要。

それが、人間の世界の、というか、ことばの世界における、もっとも重要な法則といってもかまわない。

だが、である。

それでは、うまくいかない時がある。いつもの調子でやっていると、「あれ?」と思う時がある。

ふだんなら、なんの問題もないはずなのに、ふだん通りやってしまうと、その結果、とんでもないことになることがある。

どんな時に？

「非常時」に、だ。

同じ意味のことばを、同じ相手に、同じ調子で、しゃべったり書いたりしても、通じない時がある。

そのような状況を、わたしたちは、「非常時」と呼ぶのではあるまいか。


「ああ人間には理智がある。如何なる時にも尚いくらかの抑制や抵抗は影をとどめているものだ。その影ほどの理智も抑制も抵抗もないということが、これほどあさましいものだとは！ 女の顔と全身にただ死の窓へひらかれた恐怖と苦悶が凝りついていた。苦悶は動き苦悶はもがき、そして苦悶が一滴の涙を落している。もし犬の眼が涙を流すなら犬が笑うと同様に醜怪きわまるものであろう。影すらも理智のない涙とは、これほども醜悪なものだとは！ 爆撃のさ中に於て四五歳乃至六七歳の幼児達は奇妙に泣かないものである。彼等の心臓は波のような動悸をうち、彼等の言葉は失われ異様な目を大きく見開いているだけだ。全身に生きているのは目だけであるが、それは一見したところ、ただ大きく見開かれているだけで、必ずしも不安や恐怖というものの直接劇的な表情を刻んでいるというほどではない。むしろ本来の子供よりも却って理智的に思われるほど情意を静かに殺している。その瞬間にはあらゆる大人もそれだけで、或いはむしろそれ以下で、なぜならむしろ露骨な不安や死への苦悶を表わすからで、いわば子供が大人よりも理智的にすら見えるのだった」

「理智」とは、ことばのことであろう。そして、ことばをたくさん、そして、上手に使う人間を、わたしたちは重用したり、尊敬したりする。

しかし、である。

ことばをうまく使う、というのは、そんなにエラいことなんでしょうか。

この文章を書いた人は、戦争という「非常時」にあたって、「白痴」の女性と出会うのである。まさに、それは運命といっても過言ではない。

「白痴」の女性は、「白痴」だから、ことばを持たない。ぜんぜんしゃべれないわけではないが、たいしたことはいえない。みんなを満足させるようなこと、とりわけ「世間」の人たちが納得するようなことはいえないから「白痴」なのである。

「白痴」とは、ある意味で、自分の内側ばかり見ている人、といってもいいかもしれない。自分の内側に流れている、おかしなもの、変な時計、行ったり来たりする「時間」、そういうものばかりを見ているのである。

ふつうの人は、そうしょっちゅうは、内側を見ない。内側ばかり見ていると、いざ、外を見た時、「目まい」を起こしてしまうからだ。

子どもも、そうだ。

子どもは、まだことばをたくさん、覚えてはいない。ことばというものをうまく使いこなせない。というのも、彼らが興味を持っているのは、「いま」であって、その「いま」という場所で、なにか遊んでみたいと思っている。そのために、ことばというものは、あまり必要ではないのである。

だから、「非常時」でも、子どもは落ち着いている。

というのも、「非常時」になって、なにが困るかというと、それは、さっきからいっているように、ことばがうまく通じないことで、でも、子どもにとっては、ことばはそもそも、うまく通じないものなのだ。

別に「非常時」に限ったことではないのである。子どもは、「非常時」になっても、いつもとたいして変わらない。いつも、内側を見ている時の目で、外側を見る。いや、そもそも、内側と外側で、異なった目で見るなんて、そっちの方がおかしいではありませんか。

「彼はその日爆撃直後に散歩にでて、なぎ倒された民家の間で吹きとばされた女の脚も、腸のとびだした女の腹も、ねじきれた女の首も見たのであった。

三月十日の大空襲の焼跡もまだ吹きあげる煙をくぐって伊沢は当もなく歩いていた。人間が焼鳥と同じようにあっちこっちに死んでいる。ひとかたまりに死んでいる。まったく焼鳥と同じことだ。怖くもなければ、汚くもない。犬と並んで同じように焼かれている死体もあるが、それは全く犬死で、然しそこにはその犬死の悲痛さも感慨すらも有りはしない。人間が犬の如くに死んでいるのではなく、犬と、そして、それと同じような何物かがちょうど一皿の焼鳥のように盛られ並べられているだけだった。犬でもなく、もとより人間ですらもない。

白痴の女が焼け死んだら――土から作られた人形が土にかえるだけではないか。もしこの街に焼夷弾のふりそそぐ夜がきたら……伊沢はそれを考えると、変に落着いて沈み考えている自分の姿と自分の顔、自分の目を意識せずにいられなかった。俺は落着いている。そして、空襲を待っている。よかろう。彼はせせら笑うのだった。俺はただ醜悪なものが嫌いなだけだ。そして、元々魂のない肉体が焼けて死ぬだけのことではないか。俺は女を殺しはしない。俺は卑劣で、低俗な男だ。俺にはそれだけの度胸はない。だが、戦争がたぶん女を殺すだろう。その戦争の冷酷な手を女の頭上へ向けるためのちょっとした手掛りだけをつかめばいいのだ。俺は知らない。多分、何か、ある瞬間が、それを自然に解決しているにすぎないだろう。そして伊沢は空襲をきわめて冷静に待ち構えていた」

これは、ヤマダさんが見たはずの光景である。オザワノブオくんとヤモンくんが見て、なんだか妙な具合になってしまったのと同じ光景である。人間の死体と犬の死体と焼鳥が並列される光景である。通常は、絶対ありえない組み合わせだ。人間の死体と犬の死体なら（同じ遺体同士として）、犬の死体と焼鳥なら（同じ食物同士……なのか?）、それぞれ、独立に、組み合わせることが可能かもしれない。でも、この三つを同時に、という状態は、なかなか想像できない。

なぜだろうか。

タカハシさんも、おかしなことを考えるものだ。そんなことに疑問を感じるなんてね。

思うに、人間の死体と犬の死体と焼鳥が並列されるのは（いうまでもないが、物体としての「焼鳥」が、ここに置いてあるわけではない）、区別するのがめんどうくさいからだ。

通常なら、人間の死体と犬の死体が一緒に置かれてあるなら、まずは、分別しようとするだろう。分別されずに、放置されているのは、「非常時」だからである。

人間の死体が「焼鳥」みたいに並べて置いてあるのも、同じ理由だ。「非常時」だから、放っておかれているのだ。

放置されたものは、そこに長く留まる。長く留まると、どうなるか。つい、見てしまうのである。人間というものは。

そして、どうなるか。

「犬でもなく、もとより人間ですらもない」と感じるに至るのである。

タカハシさんは、かつて、父親の死体を見た。そして、あまり長く見ていると、おかしな気持ちになりそうだったので、早く切り上げた覚えがある。

それから、母親の死体も見た。その時も同じだった。目の前の「死体」が、徐々に変化してゆくような、おかしな気分になったのである。なんというか、自分の知っている「母親」が、なにかもっと別の種類の、見知らぬなにかに変化してゆくような、おそろしい感じがしたのだ。

おそらく、タカハシさんは、その時、「意味」というものが急速に失われてゆく、あるいは「人間世界」と「母親」を繋げていた紐帯がぶつぶつ切れてゆく瞬間を目撃したのである。

「これはいかん！」とタカハシさんは思った。

「これ以上、見つづけていると、妙なことを思いついてしまいそうだ」と思った。

そういえば、肉親が亡くなるということも、わたしたちにとって数少ない「非常時」であることに間違いはない。

伊沢さんが感じたのも、ヤマダさんやオザワノブオくんやヤモンくんが感じたのも、結局のところ、同じではないか、とタカハシさんは思う。

それは、ある種の「唯物論的感覚」だ。そこに、ものがある。それだけだ、という感覚。それは、人間が生きて織りなす、この社会とは、相いれない感覚といってもいいだろう。

なぜなら、この「唯物論的感覚」は、それを持つ人に対して、「なにもいうな」と命ずるからだ。「ことばは虚しい、沈黙するべきだ」と、それはいうのである。

ことばが虚しいと感じるなら、人は沈黙せざるをえない。だが、沈黙するということは、なにもしない、ということを意味しない。

その人は、ただ「見る」のである。外界を、あるいは、自分の内側を。だとするなら、「非常時」とは「非情時」のことでもあるのかもしれない。

ここしばらく、タカハシさんは、黙りこむことが多くなった。テレビをつけ、被災地の悲惨な情景や襲いかかる巨大な津波に人が呑まれる瞬間を見ては、目をそむけ、呆然とする。雑誌に掲載された震災や原発の記事を読んでは、いずこともなく、視線をさまよわせる。そうやって、視線をさまよわせながら、いつしか、タカハシさんは、その視線が外側から内側へ、注がれてゆくような気がした。あくまで、「気がした」だけなのだが。

タカハシさん、「戦災」に遭う③

前にも触れたように、あのことが起こって、しばらくして、タカハシさんは、めっきりと口数が、というか、出てくる「ことば」が少なくなった。気がついてみると、そうなっていたのである。

タカハシさんは、「ことば」を少なくしよう、と思って、そうしたわけではない。どちらかというと、ふだんよりも、タカハシさんは、積極的に、実際に口を動かしてしゃべったりもしていた。

それが、ある日を境に、減少しはじめたのである。

なんというか、タカハシさんは、「ことば」を発したくなくなったのである。

その理由は……タカハシさんにも、よくわからない。

いや、「よくわからない」ではいけません。タカハシさんは、ここ数ヵ月「非常時」モードに入っている。タカハシさんにとって、「非常時」モードとは、ふだんと異なり、なんだかわからないことをそのまま放置したりはしない、ということを意味している。

だから、タカハシさんは、自分が「ことば」を発しなくなった理由について、あれこれ考えてみようと思ったのだ。


確かに、「非常時」には、まず外側に目がいくのである。「非常時」は、だいたい、外からやって来るものだからだ。そして、びっくりして、外側にある、そのなにかに見入ってしまう。そういう時は、当然のことながら、人は、黙りこみがちである。

死体や戦闘シーンやセックスしているところや手術をしているところを見て、雄弁になる人は少ない……いや、ちょっと待て。

あれは確か、タカハシさんが、初めて「洋ピン」（ポルノ）と呼ばれる「金髪ブロンド女性が出演して、ほんとうにエッチをするビデオ」を見た時のことだ。

どういうシチュエーションでそうなったのか定かではないが、タカハシさんは、その「洋ピン」を、たくさんの男性と共に見たのである。

黒人男性の、あの……なんといってよろしいか、人間のものとは思えぬ巨大な性器が、グロテスクに屹立している。ほんとにすごい。すると、誰かが、ポツリと、

「まるでバズーカ砲だ」と呟いた。

すると、そこにいた男性たちは、全員、頷いた。

金髪女性が、その……巨大性器を前にして、「ワウォ！」と呻く。

すると、また、誰かが、

「そりゃ、そういうしかないよね」

また、そこで、全員が、小さく頷く。とにかく、そんな風に、「洋ピン」の中では順調にドラマのようなものが進行し、その途中で、合いの手のように、

「あっ、唾を垂らした、滑りやすくするためか」とか、

「ああ、そりゃあ、オエッとするよね」とか、

「しかし、どうして、舐めながら、上目遣いになっちゃうんだろう」とか、

「痛い……の?」とか。

確かに、あの時、その場に居合わせた男たちは、みんな饒舌であった。けれど、あれは、通常の意味での饒舌ではないと思われる。照れ隠し、というか。なにかをしゃべっていないと、とても耐えられなかったのだ。だから、適当にことばを垂れ流す。その結果の饒舌だ。だとするなら、あれもまた、一種の「沈黙」だったのではあるまいか。あるいは、あの時、タカハシさんたちは、別の種類の「非常時」に遭遇していたのかもしれない。

とにかく、タカハシさんは、「ことば」を発しなくなった。体の動きさえ、少なくなっていったようだった。しかし、それでも、タカハシさんの脳内だけは、目まぐるしく動き回っているようだったのだが。

こういう時、人がとる態度は、およそ次の三つの中のどれかだと思われる。

（1）なにか現実的なことをする
（2）なにもしない
（3）（1）以外のことをする

タカハシさんの周りでも、様々な人たちが、様々なことをしていた（「しない」ということも含めてなのだが）。

被災地や被災者のためにどんどん行動する人がいた。行動するだけではなく、その行動を他人に呼びかける人もいた。直接、被災地や被災者のためになるわけではないが、間接的には役に立つ、そういうことに邁進する人もいた。みんな、（1）に属することをする人たちである。

それから、（1）のようなことをしてみたいのだけれども、様々な理由で、そこまで至れないことを、苦痛に思う人もいた。そういう人たちは、ぜひ（1）のようなことをしてみたいのだから、結局は、ほぼ（1）に属しているのではないか、とタカハシさんは思ったのである。

その一方で、（2）のように、この件に関しては、なにもしないことを選択する人たちもいた。そして、その理由は様々であった。

みんなと同じことをするのは気持ち悪いからしたくない、という人。なにかをするのはいいが、そのなにかというものが、どうしても思いつかないから、なにもしない、という人。そもそも、自分の内部を原因とすること以外のことは絶対にしたくないから、という人。理由はないけど、とにかくなにもしたくないと、頑にいいはる人。

最後が（3）に属する人、というか、（1）でも（2）でもない、なにかをしようとした人たちである。そして、タカハシさんは、いつの間にか、その（3）の範疇の行為を目指す人になっていたのである。

ところで、（3）を目指す人は、なにをするのだろうか。

「なにか現実的なこと」以外のことだから、要するに、「非現実的なこと」をするのである。なんか、ちょっと違う感じもするな。まあ、いいけど。

タカハシさんとしては、（1）と（2）以外のすべてを包摂する概念として（3）というものを考えてみたのだ。

実をいうと、タカハシさんは、とりあえず、（1）の「なにか現実的なこと」をやってみたのである。

それは、内緒に、であった。というのも、「なにか現実的なこと」をやってみると、だいたいの場合、「あら、あなたも、なにか現実的なことをするんですねえ」などといわれるからだ。つまり、その「なにか現実的なこと」に付随して、別の「なにか現実的なこと」が発生してしまう。正直なところ、それが、タカハシさんには耐えられなかったのである。

とはいえ、その「なにか現実的なこと」をするだけでは、やはり、タカハシさんは満足できなかった。そこで、タカハシさんは、「なにか現実的なこと」以外のことにも、足を伸ばしてみることにしたのである。

タカハシさんが行なった、「なにか現実的なこと」以外のこと、それは、簡単にいうなら、「ことば」を集めてみる、ということだった。

＊

たとえば、タカハシさんは、甚大な被害を受けた南相馬の詩人、和合亮一さんが、ツイッター上で、断続的に書きつづけた詩の断片を、深夜、読んだ。黙って、その「詩の礫」と名づけられた「ことば」に見入っていた。

「本日で被災六日目になります。物の見方や考え方が変わりました。」（3月16日）
「放射能が降っています。静かな夜です。」（同日）
「ところで腹が立つ。ものすごく、腹が立つ。」（同日）
「花も葉もなくなってしまった。鉢をベランダに片付けたら、今まで有った存在が消えてしまった。いつもあったものが、無くなってしまった。いつもあると信じていた。信じることしか、しなかった。存在は消えても、存在感だけは、消えない。」（3月17日）

「私は震災の福島を、言葉で埋め尽くしてやる。コンドハ負ケネエゾ。」(3月18日)
「私はもう一人の私を着ています。」(3月19日)
「7日間の私を着ているのです。きみは着たことがあるかい。」(同日)
「重たくて、切なくて、悲しくて、やるせない、7日間の私。」(同日)
「はっきりと覚悟する。私の中には震災がある。」(同日)
「あなたの中には震災がある。」(同日)
「こんなことってあるのか比喩が死んでしまった」(3月20日)
「しーっ、余震だ。何億もの馬が泣きながら、地の下を駆け抜けていく。」(同日)
「ほら、ひづめの音が聞こえるだろう、いななきが聞こえるだろう。何を追っている、何億もの馬。しーっ、余震だ。」(同日)

「地下の馬の群れよ。しばらくは地獄の木陰で、水でも飲み、草でも食みたまえ。馬は馬を追い、余震が追うのは余震であった。何を急ぐ。汝ら馬の行方には、何があるのか。新しい季節の夥しい傷の意味を、汝ら馬のひづめの冷たさに問いたい。」（同日）

「制御とは何か。余震。」（3月22日）

「あなたは『制御』しているか、原子力を。余震。」（同日）

「人類は原子力の素顔を見たことがあるか。余震。」（同日）

「制御不能。言葉の脅威。余震。」（同日）

「『制御』であって欲しいのです。家族とふるさとが、まだ、かろうじて、私にはあります。奪われてしまった方に…、こんなこと、恵まれていますよね…。泣くしかありません。私たちは、風吹く荒野に、希有な草履を亡くしてしまいそうです。余震。」（同日）

「言葉に乞う。どうか優しい言葉で、いて下さいよ。ね…。余震。」（同日）

「制御。あなたは、たえまなく押し寄せる、太平洋のさざなみを、優しく止めることが出来るの

か。余震。」（同日）

「余震。揺れていない。私が揺れていないのかもしれない。揺れていない私が揺れていない。揺れていない私が揺れていない私を揺すぶっていない。揺れていない私が揺れていない私を揺すぶっていない私を揺すぶっていない。揺れていない私が揺れていない私を揺すぶっていない私を揺すぶっていない私を。」（3月23日）

「私たちは精神に、冷たい汗をかいている。」（4月1日）

「私たちは魂に、垂らしているのだ。冷たい汗を。そして東日本の時計はものみな、1分だけ遅れたままだ。」（同日）

「何に、何に、怒る？　何を、何を、責める？　ある役人の長が誤って発言した、『原子力の問題は神のみぞ知る』。ならば、神か。私は心に雨を降らせながら、魂に冷たい汗をかく。もしくは限界である。」（同日）

「友人にメールをする。『なんだか、福島という言葉の響きは完全に変わってしまったね』。無人の回送バスが素通りしていく。余震か、否。バス停に貼られた紙が、風で飛んだ。追いかけたが、すっと、さらに遠くへ。福島、ふくしま。」（同日）

「甘ったるくて反吐が出るわ、生涯、自家撞着の白河夜船で、眠り続けるがいい、三文詩人め、文字が、詩が、一行一行が、言葉が、心が、ぶっ潰すが、怒りが、我という悪魔が、潰れたら詩は書けまい。」(4月9日)

「それでも俺は詩を書く。」(同日)

「詩なんぞ、止めちまえ、お前の手には負えぬ。その前に我は、お前の魂を安値で奪うことに成功するだろう。」(同日)

「私には詩が無くなった。私には震災だけが残った。」(同日)

「夜が明けた。」(同日)

「何も無い。」(同日)

そして、長い、長い、一連の「詩の礫」は、次の一行で終わるのである。

「明けない夜は無い」(4月10日)

＊

通常の時なら、詩はことばでできているのだから、ことばの専門家であるタカハシさんとしては、目の前の、ことばの塊に対して、「面白いなあ」とか「これは、すごい」とか「こんなことば、見たことない」とか「ちょっと、筆がすべりましたね」とか「うーん、ちょっと違うんじゃないかなあ」とか、その他もろもろの感想を呟くのである。

しかし、タカハシさんは、「詩の礫」に対して、そのようなことができなかった。一切、感想が湧いてこないのだ。

いや、それは嘘だ。

いつものように、ことばの芸術的表現である「詩の礫」に対して、いくつもの感想が、それこそ、雲のように湧いたのである。だが、それを自分に対しても、しゃべることが、タカハシさんにはできなかった。

まことに奇妙なことではないか。

それって、まさしく、タカハシさんが嫌悪するところの、「ことば」に対する「自主規制」なのではあるまいか。

そうだ。なにか、強大な力が、タカハシさんを締めつけ、この、ことばによる詩人の戦いである「詩の礫」に対して如何なる感想をいうことも禁じたのである。

それではいかん、タカハシさんは、自分自身に対して、そのように告げたのである。

感想をいうことができないなら、なにかもっと別のことをするべきではないのか、と。

ところで、タカハシさんは、「ことば」に対しても、人は、次のような態度をとるのではないだろうか、と考えている。すなわち、

（1）その「ことば」に対して、なにか現実的なことをする
（2）その「ことば」に対して、なにもしない
（3）その「ことば」に対して、（1）以外のことをする

（1）の、その「ことば」に対して、なにか現実的なことをする、というのは、具体的には、感想をいったり、それについてなにかを書いたりする、ということだ。
（2）の、なにもしない、というのは、要するに、その「ことば」を通りすぎる、ということだ。仮に、視線の端に、その「ことば」が見えたとしても、「これは、ぼくには関係ないな」といって、見なかったことにしてしまうことだ。
我々の、「ことば」に対する向かい合い方は、だいたい、そのいずれかになるはずなのである。

しかし、タカハシさんは、その「詩の礫」に対して、（1）のように対することも、（2）のように対することもできなかった。それは、どうやら、タカハシさんが、ここしばらく陥っていた、うまく「ことば」を発することができない、という感じと同じ根を有することだったような

気がするのである。

「詩の礫」は、「非常時のことば」である。というか、その「ことば」は、「非常時」の現場から生まれてきた。いや、もっとはっきりいうと、それは「現場」そのものなのだ。

タカハシさんのように、その「現場」にいない人間は、そのような「ことば」にどう対処すればいいのか。

「素晴らしい！」と誉める？

自分も現場まで出向いて、礫を片付ける？

それは（1）であることは、すでに書いた通りである。（1）でもなく、（2）でもないことを、やりたい。タカハシさんは、とりあえずそう感じた。しかし、それが、具体的には、どういうことなのかは、わからなかったのだ。

＊

「東日本大震災と福島第一原子力発電所事故の第一報は、米国のカリフォルニア州サンタバーバラの町にいて受けた。首都圏に住む娘からの電話で、宮城県沖で大地震が起こったので、震源地近くに暮らす親戚家族に連絡してとのことであった。数時間後、短いメールで安全の確認がとれ、安堵したものの、以後、次々に届く甚大な被害と原発事故のニュースを、椰子の葉の揺れる平和でのどかな空の下で見聞きするのは、言いようのない経験であった。

言葉の問題として考えるとき、今回のできごとの特徴は、未曾有の大津波・大震災と、原発事故という二つの大災害が、重畳しながら、同時に生じていることである。両者は深く連関している。でもできごととしては異質である。日本に来てわかったのは、この二つを分けて考えようとすると、心理的な負荷がかかることであった。言語を絶する大津波の映像、被災者の悲しみ、苦しみにまつわる光景が日々、テレビ、新聞を通じて目と耳に入る。こうしたなかで、とりわけて原発事故の意味について考えることは、もろく、軽いことである。強いて考えようとすると、うしろめたくも感じられる。この感覚には既視感がある。たぶん我々のDNAに刻み込まれた既視感なのだろう。テレビでは『日本の力を、信じている』。雑誌の表紙には『がんばろう　日本』。私にはわかる、戦争中の日本のメディアも、こんなふうだったのだろう、と。先行きの見えない不安と、孤立感。あのときも、人々は好戦的というより、一途だったのだ。しかしその結果として、報道は一色。こういうとき、人から後ろ指を指される差異の感覚、異質な姿勢は、維持されなければならない。

原発事故とは何であろうか。

その深刻な展開に海外で接し、私に最初にやってきたのは、これまでに経験したことのない、未知の、悲哀の感情であった。その感情は、今回の惨事が人間を含む自然全般を深く汚染・毀損することを通じ、私を〝スルーして〟いわば次代を担う人々、若い世代の人々、これから生まれてくる人々をターゲットにしていることから、来ていたように思う。大鎌を肩にかけた死に神がお前は関係ない、退け、とばかり私を突きのけ、若い人々、生まれたばかりの幼児、これから生まれ出る人々を追いかけ、走り去っていく。その姿を、もう先の長くない人間個体として、呆然と見送る思いがあった。

それでいま、私には、もう昔のようには、幼い子供の姿が見られない。

未知の悲哀のうちには、自責の気持ちも混じっている。お前は原発の安全性についてこれまで自分の持ち分でやるだけのことをやってきたかと訊かれれば、イエスとは言えない。友人が原発の近く、屋内待避圏内にあり、甥が福島で医師をしている。係累、友人に安定ヨウ素剤を送ろうと米国で探し回ったときのこと。これが四〇歳以前の人間にしかほとんど有効でないことを知って、原子力エネルギーの問題が、幼い児童、これから生まれてくる赤子、若い人々にとっての問題であって、その苦しみからさえ、年老いた人間は排除されているのだと思った。自分に及ばない、自分の引き受けられないような苦しみを、何の関係もない他の人間に負わせるなよな〜、そんな与太った声が聞こえる、その声の主は私であった。今回の事故で、自分がその全量を十全に負えないような苦しみを、次代の人間に負わせることになった、取り返しのつかないことをした、という考えが、頭に浮かんでいる」

これは、加藤典洋さんの「死に神に突き飛ばされる――フクシマ・ダイイチと私」というタイトルの文章だ。

タカハシさんは、加藤さんの、この文章を読みながら、たいへん複雑な気持ちになった。というか、この文章は、きわめて奇妙なものに思えたのだ。

加藤さんもまた、タカハシさん同様、「非常時」に遭遇したのである。

そして、困ったことになってしまった。その困惑について、加藤さんは正直に書いている。

いったい、加藤さんに何が起こったのか。この文章を読み、タカハシさんが理解したのは、次のようなことだ。

まず、加藤さんの、本来の仕事は、「考える」ことだ。その点、タカハシさんの仕事に、よく似ているけれど、若干異なるのである。

タカハシさんの仕事は、「ことば」を使うことだ。「ことば」を使う時に、考えることもあれば、あまり考えないこともある。

そこのところが、若干違うのである。

まあいい、先へ進もう。

「考える」というお仕事をする人の前には、たぶん、次のような選択肢が待っている。

（1）目の前にある、考えるべきなにか、について具体的なことを「考える」

（2）目の前にある、考えるべきなにか、についてなにも「考えない」

（3）目の前にある、考えるべきなにか、について具体的ではないことを「考える」

哲学者、評論家、学者、等々。「考える」のがお仕事の人は、たくさんいる。そういう人たちの前には、次から次へと、「考える」のにふさわしいものごとが出現する。そして、その中から、自分にぴったりくるもの、得意なもの、を選び、「考える」。なにかについて「考える」ということは、それを目の前にして、あちらを眺め、こちらを眺め、ひっくり返して、また眺める。そして、その度に、なにか、目新しいことをいう。それが、なにかについて、具体的に「考える」ということだ。それが（1）だ。

「考える」のがお仕事の人だからといって、なにもかも「考える」必要はない。自分にふさわしくないと思えば、通過すればいい。それが（2）だ。

通常の場合、選択肢は（1）か（2）しかないのである。


ところが、である。

加藤さんの前に出現した「あるもの」は、加藤さんに対して、それ以外の選択を求めたのだ。加藤さんは、「とりわけて原発事故の意味について考えることは、もろく、軽いことである。強いて考えようとすると、うしろめたくも感じられる」と書いている。

世の中には、「考えるべき」こと、「考えなくてもいい」ことの他に、「考えると、うしろめたい気になる」ことがあったのである。

それを、加藤さんは、別の言い方で表現している。即ち、「死に神に突き飛ばされる」だ。

「考えると、うしろめたい気になる」こと、あるいは、「死に神に突き飛ばされる」ような気がしてしまうこと、とは何だろうか。


思えば、和合さんの「詩の礫」の中にも「死に神」は存在している。そして、その「死に神」は、和合さんたち、「現場」の人に向かって大鎌をふるう。そして、離れたところにいて、ぼんやり立っている、タカハシさんたちの横を「スルー」し、「お前は関係ない、退け」と突きのけて、走り去ってゆくのである。

では、いったい、どうすればいいのか。

走り去ってゆく死に神に、タカハシさんや加藤さんは、どう対処すればいいのだろうか。

＊

この世界には、「現場」と「現場」ではない場所の二つしかない。そして、ほんとうのところ、「現場」に住む人たちと「現場」ではない場所に住む人たちは、理解し合うことはできないのかもしれない。

タカハシさんは、そんなことを、考える。

もちろん、「現場」にいる人たちが、「現場」にいない人たちを排除するわけではない。「現場」にいる人たちは、「現場」にいない人たちの「助け」を必要としている。

逆に、「現場」にいない人たちも、「現場」にいる人たちのことを、忘れることはできない。

しかし、それでも、「現場」にいる人たちと「現場」にはいない人たちの間には、ある大きな断絶が横たわっている。「現場」にいる人たちが使う「ことば」と、「現場」にいない人たちが使う「ことば」が、違うからだ。

「現場」にいる人たちの「ことば」には、直接性が溢れ、「現場」にいない人たちの「ことば」には、直接性が薄い……いや、そういういい方は誤解を招くかもしれない。

ただ「違う」としか、いえないなにかが、この二種類の「ことば」の間には、存在しているのである。

「アメリカの大学にいた一年生のとき、ロバート・フロストが、そのときのレジデント・ポエット（在校詩人）として、ハーヴァードにいた。いくつもの講義をもっているわけではなく、お茶の会があるときにそこにいて学生とはなしたりしていた。一年生の私も、フロストと、あれこれ雑談したことがあり、彼の身ぶり、英語の間のとり方は、ぼんやりと今も私の中にのこっている。フロストがどのように自分の詩を読んだかを、私はそのころの彼の詩を読んで感じることができた。こういうことが、大学の教育効果としてある」（鶴見俊輔『教育再定義への試み』）

タカハシさんは、以前、この一節を読んで、強く引きつけられた。なぜだか、この頃、ハーヴァードにいた学生たちがひどくうらやましかった。

大学というのは、知識を得るところである（らしい）。タカハシさんが勤めている大学でも、たくさんの授業があり、たくさんの学生たちが、平日には、うろうろしている。タカハシさんも、学生たちに混じって、大学構内をうろうろしながら、ここに四年間通ったとして、何を得ることができるだろう、と思うのである。先ほどから続けている分類法を、ここでも応用するなら、大学というところは、

（1）なにか現実的な「知識」を学ぶところ
（2）なにも現実的な「知識」なんか学べないところ（いや、学ぼうとしないところ、あるい

は、学ぶ気にとうていなれないところ）

（3）（1）以外のことを学ぶところ

ということになるだろうか。

ロバート・フロストは、学生にとって（おそろしく有名であるとはいえ、詩人にすぎないわけだし）、直接には、なにも学べるものがない存在であった。つまり（1）としての大学にとっては不要な存在であった（いやいや、大学などというものは（2）なのさという意見も有力ではあるが）。しかし、その詩人は、学生たちが、大学から学ぶことになっているどんなものより、最終的には「役に立つ」ものを持っていたのではなかったか。それは、ひとことでいうなら、「ことば」、直接的ではない「ことば」、ということになるのかもしれないのだが。

エピローグ　なんでも政治的に受けとればいいというわけではない

ニホンという国があった。もしかしたら、ニッポンという名前だったかも。いや、待てよ。もうちょっと長くて、ガンバレニッポンとか、そんな感じで呼ばれていたという説もあるみたい。でも、そんな細かいことは、**どーでもいい。**ほんとに。

その頃、そのニホンという国では、いろいろなことが起こった。そして、それらは、どれもわけのわからぬことであった。もっとも、その時代、そのニホンという国の人びとが、自分たちの周りに生起するできごとに対して「わけがわからん」と思ったかどうか。

そういう言い方って**失礼じゃないの？　なんか、そんな気がする。**

女がいた。**女の子**だったかも。こういう場合、名前が必要なんだ。それぐらい、わかってる。でも、こいつには名前がなかった。そりゃそうだろう。なにしろ**殺し屋**なんだから。わかっているのは**処女**だということ。それ以外にはなにもわからなかった。でも、それは、おれのせいじゃない。

女の子は、というか、**処女で殺し屋の女**は、目を覚ました。けれども、すぐには起き上がらなかった。最大限の警戒をする必要があった。ほんの少しの油断が死を招くのだ。四コママンガのくだらぬオチをクスっと笑った瞬間、マシンガンの乱射を受けた殺し屋がいた。**馬鹿**だ。あたしは、そんなことはしない。**女**が、あの、殺し屋たちの「虎の穴」、**甲賀の里殺人アカデミー**でまず習ったのは、脳を四分割する秘術だった。だから、**女**の場合、寝ている時でも、脳の四分の一は必ず起きていることができた。そして、**女**を殺そうと狙ってくるやつらに寝首をかかれぬよう、見張っているのだった。そのため、起きている時でも、四分の一は、寝ていることになったのだが。

起きるわよ。なんか、異常は?

はあ? 異常はあったわよ! あんたたちがいつまでたっても起きないことよ! 九時間よ!

なに考えてんの、殺し屋のくせに、あんたたち寝過ぎだわよ!

なに、イラついてんの、この人?

わかんないけど、もしかして、セイリ中?

起きる度に、**女**の中にいる四人(?)は揉め事を起こすのだ。うんざりだ。**女**はそう思った。しかし、あたし、なににうんざりしてるんだろう。もしかしたら、あたし、いわゆる**多重人格**

じゃないだろうか。そう思って、**女**は、精神科医のところに診察を受けにいったのだ。

多重人格じゃないですよ。精神科医はいった。**全員あなたです。**精神科医のいうところによれば、**女**の中には四人の**女**がいて、彼女たちはみんなクローンのように、というか、双子……じゃなくて四つ子のようだった。同じ顔、同じ声、同じ趣味……。いや、ほんとうのところ、同じ環境で育ったというのに、その四人の**女**は、性格も好きな食べものも、みんな異なっていた。そりゃ、困るよね。肉体は一つしかないのに、人格は四つあるわけだ。しかも、微妙に違う、同じ人格が！　わけがわからない……。

ひらめいた。**女**の名前は**あずみ**だ。それがいい。たぶん、誰も文句をいわんだろう。だいたい、名前がないっていうのは不便だ。誰にとっても。

*

五月に福島に行った。理由は……なんだっけ？　いわきで待ち合わせたんだ。駅に下りると、相棒が車で待っていた。

「おい、なんで、助手席に乗るんだ？」やつがいった。

「だって、おれ。免許、持ってないぜ」

「なんだって！」やつは仰天したようにいった。

「おまえが運転すると思っていたから、朝から、ワインを一本、空けちまったぜ。というか、昨日の夜も一本空けたから、合わせて二本だけど。どうするんだ？」

「知らんね」おれはいった。

「運転できる？」やつはいった。

「一度だけ運転したことはある」おれはいった。

「四〇年前だけど」

「困ったな」やつはほんとうに困ったみたいだった。

「(1)酔っぱらってないけど、免許もないし、たぶん運転できないおまえが運転する。(2)酔っぱらってるが、免許を持ってるおれが運転する。(3)このまま帰って、上野で朝まで飲む。さて、どれにする？」

いちばん魅力的なプランは(3)だった。(1)を選べば、間違いなく破滅が待っていた。(2)を選べば、運が良ければ、死なずにいわきに戻って来れそうだった。

「携帯を貸せ」おれはいった。

やつは、おれに携帯を渡した。おれは、やつから携帯を受けとると、着信履歴がいちばん若いやつの番号を押した。しばらくすると、若い女が出た。

「もしもし」おれはいった。

「もしもし……って、あなた、××さんじゃないわよね？」若い女はやつの名前を呟いた。

「(1)か(2)か(3)、どれを選ぶ？」おれは冷静にいった。

「なに？　なんの話してんの？　っていうか、あんた、誰なの？」

「××の友だちだよ。(1)か(2)か(3)、さもなくば、死だよ。(4)じゃない。デス、ね」

「じゃあ、⑵」

「なんで？」

「なんとなく」

「わかった」

「ねえ、××さんに代わって」

「いいよ」

おれは携帯を相棒に渡した。

「もしもし」やつはいった。そして、なにごとかを話しているようだ。最後に、やつはこういった。

「わかった。じゃあな」

「なんだって？」

「朝の七時に電話をかける友だちがいる人とは別れるって」

「悪かったな。おまえのガールフレンド？」

「さあ……誰なのか、おれにもよくわからん」

そういうわけで、我々は、いわき駅前から車に乗った。ワインを二本空けた男が運転をすることになった。

「ちょっと待て」やつはいった。そして、相棒はアタッシェケースの中から、携帯のできそこないみたいな機械を取り出した。

「なに、それ？」

「ウクライナ製のガイガーカウンター」やつは静かにそう答えた。そして、相棒は、機械のスイッチを入れた。サンサーンスの「白鳥」が流れだした。

「〇・一マイクロシーベルト以下ならこの曲だ。改造するの、金かかったんだぜ」

なるほど。おれはそう思った。なるほど。我々は**東**に、**福島第一原発**に向かった。なんのために、だっけ？

＊

あずみは目を閉じたまま、あたりの様子をうかがった。まだ、「四人」はもめていた。トイレに入る順番を巡って。じゃあ、あたしは誰なの？　**あずみ**は不意にそう思った。一、二、三、四。たしかに、四人いる。それを数えているあたしはなに？　五人目？

ほら、そうやってまた余計なことを考えとる！

あずみは**声**のする方に向かって無意識のうちに手裏剣を投げた。寝ている時、いつもはいている毛糸のソックスから仕込んであった毒を塗ったナイフが飛んだ。同時に、枕の下に隠してあったレーザー銃《ガン》を素早く摑みスイッチを入れた。それだけではない。

いざとなったら、甲賀の里に伝わる秘術もKGBに由来する殺人術の準備も怠りはなかった。だが……なんということだ、手裏剣もナイフも銃口から発射されたレーザービームも空を切るばかりであった。

ボスだった。**ボス**が空中に浮かんでいた。もちろん、それは**幻影**にすぎなかった。実体はどこかにある。しかし、実体を危険に晒すわけにはいかない。そういうわけで、**ボス**はいつも３Ｄ映像となって空中に出現したのである。

ボス……次のミッションの指令ですね。

そうだよ。

だったら、高度な暗号キイで守られたメールか伝書鳩か宅配便でもいいんじゃないですか？

そんなのつまらんだろ。

あの……つまらないから、そうやって「お姿」を現すんですか？

んだよ。

なにもかもが**虚しい。あずみ**はそう思った。というか、最近、よくそんな気がするのだ。テレビでワイドショーを見ている時とか。「ＶＥＲＹ」を読んでいる時とか。アイフォンに向かって「ＳＩＲＩ、結婚してくれる？」というと、アイフォンが「わたし、女ですけど……」と答えてくれる時とか。胸の中を**真っ黒ななにか**が通りすぎるのだ。自分がやっていることすべてになんの意味もない。**完璧意味なし。**

我々は**この国**の現在と未来を憂いている。**我々**以外の誰が、心の底から**この国**について考えているだろう。誰もおらんよ。なにしろ、**我々**は**この国**と共に生まれ**この国**と共に育ったようなものだからな。っていうか、**この国より古い**といってもいいんじゃないかね。なにも口出ししようというんじゃないんです。そういうのは**家風**に合わん。爺さんがよくいってたけど**我々**は存在することに意義があるんだ。というか存在し続けることに。ほんとうのところ、歴史上、ほとんどの期間、**我々**はただ存在しているだけだった。呼吸をしているだけだった。

じっと静かにしていた。そして、誰も知らない、狭い、真っ暗な部屋で、祈りを捧げていた。そして、出番が来るのを待っていた。たいていのやつは、そういう場合、目立とうとして自滅する。ただ存在していることに我慢がならんわけだ。なにもわかってないんだな。そりゃまあ、ものすごく長い間、存在してきたわけだから、問題がなかったとはいいませんよ。**女の人**が家を継いだ時も、分家が本家を名乗ったこともあったわけです。

えっと、分家の方は自分では分家と思っちゃいませんけどね。それから、家来の方が**我々**より威張ったりとか。そんなこと一々気にしてたら、こういう仕事やってられないからね。

長いんだよね、話が。この人の場合。**あずみ**はそう思った。だいたい、その話、百万回は聞いてるんですけど。でも、仕方ない。教官もいってたっけ。この人たちは、話を聞いてもらいたがってるんだ。そのために、わざわざ、用もないのに、あたしたちの前まで出向いて来るんだ。実は、いい人なんだ。たぶん、孤独なんだ……。でも……ほんとのところ、こんな話、あたし、どうでもいいんですけど。**ボス、**早く、いってくんないかな。あたしの**ターゲット。**

＊

気がつくと、車は我々を北へ運んでいた。いい天気だった。快晴だった。ものみな緑であった。おまけに、いい匂いがした。生命の匂いが。相棒は黙って運転していた。他に車は一台も見かけなかった。信号は、みんな赤で、それが絶えず明滅していた。不気味な感じがした。世界中で生きている人間は、我々だけのような気がした。世界はとっくに滅んでいて、我々は、それを知らずに、車を動かしているみたいだった。沈黙に耐えられなくなって、おれはいった。

「今日は、やけに静かだな」

「しゃべると」やつはちいさな声でいった。

「吐きそうなんだ」

「わかった」おれはいった。

しばらく行くと、検問所があった。我々は車を停めた。パトカーから警官が降りてきた。善良そうだった。飲み屋で隣の席に座ったら、仲良くなれそうだった。そして、こういった。

「身分証明書の提示をお願いします」

相棒は黙って、なにやら紙みたいなものを出した。

「コケシ作りの講師なんです。見た目は、ふつうのコケシですが、実は木製じゃなくて、不要になったTシャツで作るんです。ただし芯だけは軽くて丈夫なコルクです。いま、避難所を回って、その技術を無料で教えてます。慣れると三時間で一つ作れるんです。一つ、千五百円で卸して、二千五百円でネットで売ることになってます。生活支援にもなるし、なにもしない退屈さを紛らわすこともできる。今度、一つ買ってくださいよ、お巡りさん」

「ご苦労さまです」警官はあっさりいった。

検問を通過すると、おれはいった。

「コケシ？　Tシャツでコケシなんか作れるの？」

「作れるわけないじゃん」やつはいった。


車は静かに進んでいた。「ガイガーカウンター」からずっと、サンサーンスの「白鳥」が、優雅に流れていた。おれの趣味じゃなかった。まったくもって。その時だ。やつの「ガイガーカウンター」から、荒々しくも、雄々しい、まったく別の曲が、いきなり流れはじめた。『地獄の黙示録』で、キルゴア中佐の部隊がベトコンがひそむ村を爆撃する時のBGMに使ったやつ。**殺せ、落とせ、焼き尽くせ。朝のナパーム弾の匂いは最高だ……。**

「〇・一マイクロシーベルトから一〇マイクロシーベルトまでは『ワルキューレの騎行』」やつはいった。

目まいがした。またかよ！

一九八九年一一月。我々はアウトバーンを時速二六〇キロで飛ばしていた。運転していたのはやつだった。ケルンで借りた、レンタカーのアウディだった。もちろん、BGMは「ワルキューレの騎行」だ。その時、我々は**東**へ向かっていた。というか、**東ドイツ**へ。というか、**ベルリン**へ。というか、**壁**に向かって。

「いい曲だ」やつはいった。

「時速二六〇キロを超える車の中で聴く曲としては」

「なんだって？」おれは訊ねた。

「いい曲だ、っていいったんだよ」

「なんだって？　ぜんぜん、聞こえねえ。曲がうるさくて」

「だ・か・ら、**ヒトラーは最高だぜ、**っていってんだよ！」

「な・ん・だ・っ・て？」

確かにいい感じだった。それは認めよう。なにかが身体の奥底から湧き上がってくるような感じだった。これならナチスになってもいいような気がした。たぶん、やつらもそう思ったんだろう。やるじゃないか、アドルフ。


「ドライヴ中に聴く曲で」やつはいった。

「いちばん危険なのは『ワルキューレの騎行』だって、知ってた？　で、その次がヴェルディの『怒りの日』」

「知らん」おれはいった。

「イギリスのＲＡＣファンデーションの調査によると、一分間あたり六〇ビートを超えるハイテンポの曲を、九〇デシベル以上のボリュームで聴くと、ドライバーの危険回避の動作は二〇％遅れるそうだ。血圧が上がるからだってよ」

「じゃあ、他の曲にしろよ！」

「もう遅い。それを知ったのは、一週間前だから」

「だったら、そのいまいましい機械のスイッチを切ればいいじゃないか」

「それでは、線量が測れん」

おれは外を見た。車は快調に飛ばしていた。目に入るものは、緑ばかりだった。しかし、少し前とは異なり、今度はそこに**死**があるような気がした。いたる所、**死**だらけ。さっきまでは、**生**に満ち溢れているように見えたのに。

いや、**生**はあった。夥《おびただ》しい数の牛の姿が目に入った。**牛**、**牛**、**牛**、どこまで行っても**牛**ばかり。

「牛だ。福島の名産は牛なのかな」おれは呟いた。

「**あの日**に、みんな、逃げ出したんだ」やつはいった。

「**人間の軛**《くびき》から。っていうか、人間が牛どもを放置して逃げ出しただけなんだが。とにかく、逃げ出せたやつは幸運だった。ほら、あっち」

相棒は、ハンドルを握ったまま、顔で器用にある方向に注意を向けるよう促した。

「あそこの連中は今年になって生まれた子牛だよ。人間をまったくこわがらない。なにしろ、人間というものを見たことがないんだから」

おれは子牛たちを見た。子牛たちも見た。我々を。走り去る車を。そして、聴いたはずだ。

「ワルキューレの騎行」を。

＊

そもそも**我々の家系図**がいまの形になったのはごく最近のことなんですね。意外でしょう？　まあ、そりゃ、遡ると、**神さま**になっちゃうわけだから、それのどこに科学的な正しさがあるんだよ、とかいっちゃあいけませんよ。わたしはね、たいせつなのは**常識**だと思うんですよ。キリスト教徒に、なんで聖母マリアは処女懐胎するわけ、そんなことあるわけないじゃん、どうせ、他の男とやったんだよ、とか。旦那、誰だっけ？　ヨセフ？　ふたりとも酔っぱらってて、やったの忘れてんじゃないの、とか。食べても食べてもパンが減らなかった奇蹟、あれ、詐欺か手品か、変なクスリのやりすぎか、妄想じゃないの、とか、いったりする人、いまだにいるでしょう？　なんでも、自分のちゃちな理性で判断しようとするわけですよ。ちっちゃいよね。ほんとに。イエスとかマホメットとか仏陀とか、ほんとにいたのかどうかわかりませんけど、なんでもわかってやってたと思うわけですよ。**奇蹟**とか**物語**とか**神の怒りの顕現としての落雷**とか**動物がしゃべる**とか、ありえねえ！　そういう人は、自分のことしか考えてないんじゃないかな。それに対して、世界をなんとかしたいと思う人は、常識の範囲内で、やれることをやろうとするわけです。トリックとかはったりとか、そういうものだって利用できるなら、利用すればいいんじゃないんですか。っていうか、利用してたと思うんですよ、わたしとしては。わかるなあ、その気持ち。だから、儀式とか祈りとか、そういうものも、あんなの**形式じゃん**という人に限って、**中身もない**んです。なにもやりたいことがなくて評論家になってるわけ。その点、**我々**はちがいます。**この国**のことがほんとに心配でたまらない。いいたくないけど、最近になって、**この国**のことを好きとかいいだした連中と一緒にしてもらいたくない。なにか別の目的があって好きになったりしたわけでもない。この土地、このことば、この……ちょっと愚かな人たちが、可愛くって仕方ない。だって、ほんとに、怒ってるわけ。だって、**うち**の連中は、みんなそういいますね。だからこそ、よく怒る。ほんとに、怒ってるのね。我々だけなんじゃないかって思うんですよ。どうして、このトヨアシハラの国を汚して平気なんだろう。でも、立場上、いえないんです。黙ってニコニコしてなきゃなんない。はらわたが煮えくり返ってるような時でも。サインはずっと送ってたんですけどねえ。**おじさん**が大学の卒業式に出席した時**あの歌**を歌う機会があったんです。式の定番の曲だから、仕方ないけど。もちろん、みんな歌ってました。学長も学生も招待客もみんな。でも、**おじさん**だけは歌ってなかった。**口パク**だった。家に帰ってきてから、**おじさん**はいってましたね。だって、**あの歌**、おれたちの**うち**のこと歌ってんだぜ。そんなの、自分で歌うなんて失礼じゃん。さすが！　そう思いましたねえ。でも、そのことは、テレビのニュースでもいわなかった。新聞にも書かれなかった。**我々**はそういうことをしちゃいけないんです。**反抗**しちゃダメなんだって。なんで？

もしかして、**ボス**って**女**なのかも。突然、**あずみ**は思った。なんの前触れもなくひらめいたのだ。ばらばらだったパズルが、あるべき場所に、ぴたりと収まったような気がした。どうして、口調がいつもころころ変わるのか。なぜ、帽子を深くかぶり、顔が見えないようにしているのか。**なぜ、口紅を塗っているのか……えっ？　口紅塗ってんじゃん!!　いつも!!**

なんだよ！　いままで気づかなかった方がどうかしてる！

＊

「……の金玉」やつはいった。

「なんだって？」おれは、やつの耳もとに口を近づけていった。なにしろ、「ワルキューレの騎行」がうるさくて、よく聞こえなかったんだ。

「なんかいった？」

「**豚の金玉**を洗ったことある？」

「……ない」

「おれは農業高校に通ってたんだ」

「ほんとかよ！」

「ああ。で、一年生が最初にやらされるのは、飼ってる豚の金玉を洗うことなんだ。来る日も、来る日も、豚の金玉ばかり洗わされる。毎日、二百個も！　ゆらゆら揺れてるやつを！　揺れてるから摑むと、豚が喚いて逃げる。一日がかりだぜ！　勉強なんかできやしない！　一日中、豚舎で、金玉を洗ってる！　頭がおかしくなってくる。夢の中まで、豚の金玉が出てくるんだ！　一緒に、金玉を洗ってた一年生の半分はノイローゼで退学しちまった。だが、おれはやめなかった。豚の金玉ごときでやめてたまるか！」

　おれは、相棒の次のことばを待った。どんなことばでもよかった。おれは、「ワルキューレの騎行」にうんざりしていた。その機械がずっとがなり立てている「音楽」を憎みはじめていた。

「一緒に豚の金玉を洗ってた同級生のひとりが**警戒区域内**で養豚場をやってたんだ。そいつが、この前、電話をかけてきた。千匹以上いたんだ。やつはやつの飼っている豚を愛していた。わかるかい？　いつも一緒だった。やつは、豚小屋の中で豚と一緒に昼寝をするのが好きだった。豚の一匹一匹すべてに名前をつけていた。アスカとか、ヘラクレスとか、リバティバランスとか、アキナちゃんとか。わけがわからん……。やつにいわせると、人間より豚の方が感情が濃《こま》やかだっていうんだ。やつと豚たちはなんでもわかり合える関係だった。もちろん、やつは、その豚たちを市場に送り出さなきゃならなかった。その度に、やつは泣いた。胸をかきむしって。まあ、度が過ぎてんじゃないかとは思うけど。だが、あの日、白い防護服を着た連中がやって来た。そして、『さっさと逃げろ』といったんだ。『この子たちは？』とやつはいった。すると連中は『逃げるんだよ、バカ。命令だ』といった。『そんなことできるか！』やつは叫んだ。その連中とやつの家族は、やつを押さえつけて、鎮静剤を打った。そして、やつはそのまま精神病院へ収容されたんだ。四ヵ月たって、やつは脱走した。なぜかって、イヤな噂を聞いたからだ。とり残された**豚たちが共食いしてる**っていうんだぜ！　食うものがなくなった豚たちは、狭い豚小屋の中で、弱った仲間から食いはじめたんだ。やつは**東**へ向かった。やがて、やつはたどり着いた。やつの養豚場に。**空っぽ**だった。なにもなかった。骨さえなかった。いや、そうじゃなかった。**金玉**が転がっていた。夥しい数の、しなびた**金玉**が」

　おれは想像しようとした。暗い豚小屋と、その中に転がっている、途方もない数の**金玉**を。でも無理だった。豚の金玉なんか、見たことがなかったから。

「見ろよ」やつはいった。左手でハンドルを握ったまま、右手で、遥か向こうを指さしながら。

「煙突だぜ。**第一原発**の」

＊

老人だった。ものすごく歳をとっていた。それだけはわかった。百歳と二百歳の間のどこかだった。そして、身体中、皺だらけだった。とりわけ、顔がひどかった。鼻や口と皺の区別がつかないのだ。仕方がない。誰だって、それだけ生きれば、みんな皺になってしまう。
老人は目を覚ました。たぶん、そうだ。**おれは誰だ？** **老人**は目を覚ますといつも最初にそう思った。しかし、それはまだましな時だ。**おれは何だ？** そういう時もあった。**老人**はよく自分が机か金庫じゃないかと思った。そして、自分の扉を開けようとさえした。それから、口から勝手にことばが出てくることもあった。**ニッポン！** **老人**はびっくりした。そして、激しい吐き気に襲われた。なんだ、これは？ それから、最近では、起きていることにまったく気づかない時もあった。ただぼんやりしているのだ。何時間も。すると、秘書がやって来て、頬をひっぱたいた。爺さん、仕事だぞ！ なに、ぼんやりしてるんだ！ アホみたいに、涎を垂らしやがって。あああっ、なんてこったい！ クソを漏らしてやがる！ 誰か、オムツの替えを持って来てくれ！ もう時間がねえんだ。
それから、**老人**の周りに、人びとが集まり、寄ってたかって、**老人**の身体中にホースから水をかけた。その中の誰かが、バスタオルで、身体を拭いてやってた。どうやら、オムツを替えてくれるやつもいた。そして、**老人**は車椅子に乗せられ、そのまま、あるところに連れていかれた。テレビのスタジオだった。誰かが、老人の腕に注射をした。内奥からなにかが湧き上がるような気がした。**老人**は、身体の中で**竜巻のようなもの**が蠢くのを感じた。

老人はマイクの前にいた。さあ、しゃべって。耳もとの小さなマイクから声が聞こえてきた。**大統領、**しゃべってください！　なんでもいいから。**景気のいいことを！**　早く！　なにをもたもたしてる！　マイクの声は悲鳴のようなものに変わった。**ニッポン！**　いい気持ちだった。焼酎のお湯割をたらふく飲んだ時みたいだった。**ニッポン！　万歳！　世界一！　くろんぼめ！　生きるに値しない！　死ねばいいんだ！　万歳！　万歳！**

いろんなことを怒鳴った気がした。いや、気のせいだったかもしれない。しばらくすると、また、誰かがやって来て、**老人**を車椅子ごと連れ去った。**老人**はまだ叫んでいた。**戦争だ！　戦争！**　おい、こいつを静かにさせろ！　もういいってのに、興奮しやがって。**老人**は腕を振り回していた。昔みたいに。演説しているつもりだった。

白衣のやつが近づいてきて、**老人**の首のあたりになにかを打ちこんだ。**押し寄せてきた真っ黒な波に老人は呑み込まれた。**

波の向こうに、誰かがいるのが見えた。よく知った顔だった。もちろん、**老人**は、その名前も、どんな人間だったのかも覚えていなかった。そいつは、軍服を着て、鉢巻きを締め、片手を腰にあて、熱弁をふるっていた。**哀れなやつ……。**そう呟いた。それが最後の記憶だった。

＊

我々は車を停めて、外へ出た。いたる所に漁船が転がっていた。まるで、陸の上を走るのが当たり前の乗り物のようだった。もちろん車も転がっていた。おれはその数を数えてみた。だが、数えるにはあまりに多すぎた。家はすべて土台しか残っていなかった。

相棒は車に積んだアイスボックスから缶ビールを二本取り出して、こういった。

「飲む？」

「飲む」

我々は、それぞれの瓦礫の上に腰を下ろした。我々のいる場所から、**福島第一原発の煙突**が見えた。いい眺めだった。我々は、缶ビールを飲んだ。どう表現すればいいのか。要するに、美味かったのだ。

「あそこの」やつはいった。

「プロパンガスのボンベが見える、元家だったものの壁にペンキで✕が描いてある。つまり、そこで死体が見つかったってわけだ。それから」やつは、缶ビールを持った手をそのまま、ゆっくり移動させた。

「あそこのプラネタリウムみたいなものがあるところの壁にも✕がある。ほら、おまえの後ろにも」

おれは振り返った。✕があった。

「こういう場合、世界中どこでも✕だ。ニューヨーク、ガザ、ダブリン、サラエボ、四川省仁《リン》青里《チェンリン》、例外はない。なんかもっとましな記号を使えばいいんじゃないか。☺とか」

その時だ。風向きが変わった気がした。海の匂いが強くなった。いい匂いだ。胸の奥をくすぐるような。

曲が変わっていた。「ワルキューレの騎行」ではなかった。今度は、歌だった。車の中から、少年たちが高らかに歌う声が聞こえてきた。

「空をこえて　ラララ　星のかなた
ゆくぞ　アトム　ジェットのかぎり
心やさしい　ラララ　科学の子
十万馬力だ　鉄腕アトム～♪」

「一〇マイクロシーベルトを超えると」やつはいった。
「『鉄腕アトム』……五〇マイクロシーベルトまでは」

＊

どこまで話したっけ？　**ボス**がいった。

えっと……。

あずみはもちろん聞いてはいなかった。脳に飛び込んでくる情報の九九・八％は無駄なのだ。

つまり、この世界の九九・八％は無駄なのだ。**ボス**の話だって同じだ。**あずみ**は内なる四人に話しかけてみた。

えっと、**ボス**の話、聞いていた人！

あたし、知らない。寝てたから。

あたしも。

ええっ？　あたしも、寝てたんだけど。あれ！　この人、まだ寝てる！

まさか。全員寝てるとは。どうりで、記憶がなにもないわけだ。いくら、脳を四分割しても、そのすべてが休みをとっていたら、意味ないじゃん！

だが、心配することはなかった。なぜなら、**ボス**がする話は、いつも同じだった。まったく同じテーマと物語の繰り返しだった。もちろん、少しずつ、内容は変わっていった。おそらく、誰もが陥るように、話を面白くしよう、という欲望に勝てなかったのだ。内容が変化するにつれ、当然のことではあるけれど、事実も変化していった。ある時は、父親に虐待されたと涙ぐんでしゃべっていた。またある時は、わたしは**母親と相互依存**の関係にある、そこから助け出してくれたのは父親だといった。また別の時には……。


思い出した！

うかつだった。**あずみ**は心の底から悔やんだ。脳を四分割するとか、一〇〇メートルを五秒で走るとか、一キロ先のターゲットのこめかみに銃弾をぶちこむとか、そんな技ばかりに磨きをかけていた。どうして、わたしが殺し屋（しかも処女）になったのか、それをすっかり忘れていた。そういうのって、**本末転倒**っていうんじゃないの？

この人たち**反逆**したんだ。確か、**ちゃぶ台をひっくり返した**んだ。暗い建物の奥で観客もほとんどいない儀式をやって日々を過ごすのに飽き飽きしちゃったんだ……。

そうじゃないわ。

ボスがいった。もう、ふつうに女の声でしゃべっていた。

っていうか、**ボス、**ふつうに女になっちゃってるんですが。さっきまで、マイケル・ジャクソンのプロモーションヴィデオに出演していた**マーロン・ブランド**みたいな格好だったのに、いまや、『俺たちに明日はない』の**フェイ・ダナウェイ**みたいなんですけど。なんかすごくリラックスしてるし。

そういう**宿命**だったのよ。**我々**は。**この国**がそれ以上ひどいありさまになってゆくのに耐えられなかったの。ずっとサインは送ってたわ。**旗や歌**の強制はいけませんとか。**我々の先祖**は**大陸**から来ましたとか。でも、ぜんぶ無視された。おとなしいと思われてたんだ。いつもニコニコ手を振るだけの人たちと思われてんだ。確かに、争いは好まない方ね。あたしたち以上の**平和主義者**なんかいないわ。あなた、ご存じ？　うちの**家紋は植物**よ。まあ、だいたい家紋って、みんな植物だけど。だいたい存続が目的ってところからして、植物的でしょ。そうよ。でも、やがて我慢も限界に達したの。

我々は立ち上がることにしたの。**決起**したの。**我々**は**地下**にもぐったわ。地下こそ**我々のルーツ**なんだもの。**非暴力か暴力か。**

悩んだ末に、**我々**は選んだ。**暴力を。**

あずみは**ボス**が近づくのを感じた。**幻影**のくせに。**ボス**の冷たい唇が**あずみ**の首筋に触れた。

あずみちゃん、次のターゲットは、あの**だ・い・と・う・り・ょ・う……。**

*

我々は、まだその場所に留まっていた。相棒は四本目の缶ビールに、おれは三本目の缶ビールに、それぞれ取り組んでいる最中だった。

「三〇年ぐらい前のことだ」やつはいった。

「ニューヨークに行ったんだ。いい女がいたら、ぜひセックスしたいと思った。なかなかいい女には巡り合えなかった。着いて二週間ほどして、ものすごくいい女と知り合った。ナタリー・ウッドにそっくりだった。『ウエスト・サイド物語』の。なにもかもが。『名前は?』と訊いたら、『ナタリー』と答えた。もしかしたら**ほんもののナタリー・ウッド**じゃないのか。『草原の輝き』の。おれは、そう思った。で、おれは、その**ほんもののナタリー・ウッドかもしれない女**をくどいたんだ。五番街近くのカフェで。そしたら、後ろの席にいた、どうやらゲイらしい、気持ち悪いチビの男が、おれたちをじっと見つめていた。おれは、やつを睨みつけてやった。やつも、おれを睨みつけた。しばらくの間、おれとやつは睨み合っていた。いい根性だ。『んもう!

いい加減にしなさいよ、あんたたち！』**ほんもののナタリー・ウッドかもしれない女**は怒ってカフェから出ていった。おれは、そのどうやらゲイらしい、気持ち悪い小男を見た。そいつは、よく見ると**トルーマン・カポーティに似ていた。**少しだけだが。『ティファニーで朝食を』の。というか『冷血』の。いや、やっぱり『草の竪琴』の、だな。しかも、ほんものよりずっと、下品な感じがした。そのせいで、おれの怒りはさらに増した。おれは叫んだ。『そこの**トルーマン・カポーティに似てるやつ！**　これ以上、おれを見ていたら、その顔を叩きつぶしてやる！』。すると、そいつは、引きつった顔つきになって、逃げるように店から出て行ったんだ。『ざまあみろ』おれはいった。『あんた！』どうやら店主らしいデブの大男が、目の前で、デカい声を出していた。『なんてことしてくれたんだ！　**カポーティさん**は、うちのお得意なんだけど』。おれがどんな気持ちになったか、わかるかい？　**トルーマン・カポーティ**は、おれがいちばん尊敬してる作家なんだ！　というか、おれにとっては**神**だったんだぜ。おれはカフェの外へ飛び出した。いつか**トルーマン・カポーティ**に会うことがあったらサインしてもらおうと、持ち歩いていた『THE GRASS HARP』のペーパーバックを手にして。だが、外には、もう誰もいなかった」

「おれは」とおれはいった。

「**エゴン・クレンツ**に会ったことがある。一九九〇年二月、ファウストがメフィストに因縁をつけられた、ライプツィヒのアウエルバッハス・ケラーのトイレで」

「誰だ？　そいつ」やつはいった。

「聞いたことがある名前だな」

「ドイツ社会主義統一党の最後の党首だよ。党首に就任してから二ヶ月もたたないうちに、国がなくなった哀れなやつ」

「地味だな」

「ああ」

「で、そいつはトイレで何をしてた?」

「**しょんべん。**だが、ただの**しょんべん**じゃない。三分以上は出っぱなしだった」

「なるほど……おい!」

「なに?」

「もう飲めねえ……」

「おれもだ」


我々は、よろよろと立ち上がった。**時は満ちた。**いつまでも座っているわけにはいかん。始まりがあれば、終わりもあるのだ。

我々は、這うようにして、車に戻った。もちろん、ずっと「鉄腕アトム」がかかっていた。「かかっていた」というのか? こういう場合は。わからん。とにかく、もういい。おれはそう思った。もう一生分は聴いたような気がした。「鉄腕アトム」を。聴くなら別の曲だ。


「さあ行こう」やつはいった。

「**突撃だ!**」

「了解」おれはいった。

車は動きはじめた。**第一原発正門に向かって。**

＊

老人は目を覚ました。おれは**何**だ？　そう思った。**老人**の頭に最初に浮かんだのは駅のプラットフォームに置いてある、よくホームレスが腕を突っこんで捨てられた週刊誌を拾っている**透明な分別ごみ箱**だった。それから**とちじ**ということばが思い浮かんだ。いったいなんのことだろう。**老人**はひどく困惑した。身体中からあらゆるものが流れ出してゆくような気がした。さらに**おとうと**ということばもどこからかやって来た。**老人**はさめざめと泣き出した。泣くのはひどく気持ちがよかった。もうずっと前から、**老人**はバラバラだった。なにも覚えていなかった。この国のことばや文法すら。あまりに長く生き過ぎたらしい。**老人**はとうに、自分が**作家**であったこと、**政治家**であったこと、なにをいっても**ウケた**こと、その結果として、ついには**この国の大統領**にまで上り詰めたことも忘れていた。

老人は透明な分別ごみ箱に手を突っ込んでみた。なにもなかった。前日のスポーツ新聞さえ。だらだらと涎が流れはじめた。涙と鼻水も。小便が染み出してくる気配もあった。いや、もっと始末に負えぬものさえ滲み出てくるようだった。**老人**は呻いた。**すっからかんだ！**

その時だった。なにかが、起こった。小さな震動のようであった。微かに匂いがしたような気もした。あるいは、遠くの方にある**なにか**が、そっと**老人**の内部に入りこんだようだった。そして、その**なにか**は**老人**のいちばん奥の小部屋をノックしたのだ。

「ぼ、ぼ、ぼ……」

深い喜びのようなものが**老人**を包んだ。

「ぼ、ぼ、ぼ……」

「だから、なんだよ！」

その**なにか**は、はっきりとこういったのだ。

「ぼっきしたいんけい」

老人は自分が途方もなく巨大な喜びで包まれるのを感じた。失われたすべてが蘇ってくるように思えた。**ぼっきしたいんけい。なんと美しいことばだろう。誰が考えたか知らんが、そいつを思いついたのは天才だな。**

さて。

あずみはなにが起こっているのか、知らなかった。こいつのことを単なる**老いぼれ**だと思って、安心していたのだ。そりゃ誰だって、そう思うでしょう。テレビで老醜を晒している、あの姿を見たら。

あずみも、そうだった。

あずみは、簡単に警戒網を突破していた。ガードマンときたら、赤ん坊なみに無力だった。SPを倒すのも、人形を蹴飛ばすぐらい簡単だった。**あずみ**は**老人**の横たわるベッドの傍らにそっと立った。**楽勝だわ。あずみ**はそう思った。「赤ん坊の手をひねるより簡単」ってやつね。その時だった。

「おまえ、**処女**だな」

あずみは反射的に闇に身をひそめた。誰……？　いや、**あずみ**にはわかっていた。その**老いぼれ**だった。その、つっかい棒でようやく命を保っているだけの生きる屍だった。確かに、声はその**老人**からやって来たのだ。

いったい、なぜ……。

あずみの心の叫びが聞こえたかのように、声はいった。

「**かかって来いよヴァージンちゃん。おれのぼっきしたいんけいでおまえのしょうじがみやぶってやるぜ**」

なに、これ？　どうなってんの？

さあ、どうする**あずみ？**　空気一立方メートル中一億分の一ピコグラムの処女フェロモンでさえ嗅ぎ分けるという能力の持ち主であることを、聞いてなかったのかい？

あんた、死にかけの老人の内奥で、くすぶっていた炎に火をつけちまったみたいだぜ。だから、**(元) 作家には気をつけろ、**っていってんじゃん。あいつら、ほんとに、質悪い……じゃなくて……往生際が悪い……じゃなくて、めちゃくちゃタフなんだから。

二一世紀のある時、ニホンとか、ニッポンとか、ガンバレニッポンとか、なんかそんな感じの名前の国のどこかの高層ビルの一角の暗闇で、静かに対峙する、**処女の殺し屋ともう死んでるのと同じかと思ったらいきなり復活しちまった（元）作家の大統領、**この戦いの顛末は、またいつか……その「いつか」ってあるのか……。

＊

ある時、わたしの小説の読者のひとりが、わたしに、こういった。

「あなたの小説に出てくる『わたし』って、あなた、ですよね」

だから、わたしは、はっきりこういった。

「まるでちがいます」

その読者は、さらに、わたしに食い下がって、いった。

「百歩譲って、あなた自身ではないかもしれませんが、あなたがモデルであることは、間違いないですよね？」

わたしとしては、こう答えるしかなかった。

「ほんとにちがうんです。まったくの別人。会ったことも見たことも聞いたこともない。というか、なにを考えているのかも、わからないぐらい」

このことについては、何度も、繰り返し説明すべきである、とわたしは考えている。

確かに、小説においては、現実にも存在する、さまざまな事象、さまざまな名称、現実にも存在するような人物が、出現する。仕方がないではないか。**小説も現実も同じことばを使うしかないのだから。**ただし。同じなのは、ことばだけだ。中身はちがう。まるっきりちがうのである。なぜ、このような認識の相違が、作者と読者の間に生まれるのか、わたしにとっても、長い間、謎であった。

もしかしたら、**そこにはないもの**を読もうと、無駄な努力をする人びとが多いからではないか。たとえば、**意味**とか。

誰かの伝記を読む。そして、深い感動と共に、こう呟く。

「なんと豊かな人生なんだろう」

間違ってます。「人生」なんてありません。ある人が、何十年にわたって、なにかをした、という事実があるだけ。でも、それではつまらない。だから、ないものをあることにするのである。**そういう意味では小説家たちもずっと犯罪に加担してきたのだ。**

小説には**メッセージなんかない。モデルもいない。現実とはなんの関係もない。**そのことは、小説家なら、みんな知っている。でも、はっきりと口に出していわないのは、そうは思っていない人たちが多いから。みんな、嫌われたくないからではないか。

では、小説が、現実とはなんの関係もないとして、そこでは、なにをやっているのか？

こう問われたら、どう答えればいいのか。

なにをやっているのかやってる当人もわかりません。楽しいからなんとなくやっているという点では、強いていうなら子どもの泥遊び？　あれがいちばん近いかも。

しかし、いくらこのように答弁しても、逆効果で、「その言い方の裏にあるものは？」と思われてしまうから、ほんとに虚しい。

裏なんかないんだってば、ほんとに。

＊

真正面が**福島第一原発の正門**だった。顔を深くフードで覆った白い防護服の連中の姿が何人も見えた。

我々の車は一定の速度を保ちつつ**正門**に近づいていった。防護服たちの動きが慌ただしくなった。構内に停車していたパトカーが動きはじめた。西門の方からもサイレンの音が聞こえてきた。**決戦の時**だ。

音楽が代わった。美しいアリア。運転しながら相棒がいった。

「五〇マイクロシーベルト以上なら、『椿姫』第二幕第一場の『私を愛して』だ。というか**『プリティ・ウーマン』でリチャード・ギアが花を持ってジュリア・ロバーツのところに向かう時かかってた曲だ**」

五〇メートルまで近づいた時、我々は車から急いで降りた。一刻を争っていた。我々は走った。我々と同じように走っている警官たちの姿が見えた。腰からぶら下げた銃に手をかけているやつもいた。

正門まで一〇メートル。我々は立ち止まった。「機械」をセットしたのは相棒だった。あちらからもこちらからからも警官がやって来た。**我々は正門を背に「機械」に向かって手をあげ、こういった。**

「はい、笑って」

「おかしくないから笑えないんだけど」

「こういって。『いつかなりたいお金持ちぃ～！』」

「いやだね」

「じゃあ、ピース♡」

カシャッ！

初出

日本文学盛衰史　戦後文学篇　「群像」二〇〇九年一〇月号～二〇一二年六月号
（二〇一〇年七月号、一〇月号、二〇一一年二月号、八月～一二月号、二〇一二年一月号は休載）

なんでも政治的に受けとればいいというわけではない　「日本2・0　思想地図β vol.3」
（二〇一二年七月刊）

高橋源一郎（たかはし・げんいちろう）
一九五一年広島県生まれ。横浜国立大学経済学部中退。一九八一年『さようなら、ギャングたち』が群像新人長篇小説賞優秀作となる。一九八八年『優雅で感傷的な日本野球』で三島由紀夫賞、二〇〇二年『日本文学盛衰史』で伊藤整文学賞、二〇一二年『さよならクリストファー・ロビン』で谷崎潤一郎賞をそれぞれ受賞。近刊に『ぼくたちはこの国をこんなふうに愛することに決めた』『ゆっくりおやすみ、樹の下で』がある。

今夜《こんや》はひとりぼっちかい？
日本文学盛衰史《にほんぶんがくせいすいし》　戦後文学篇《せんごぶんがくへん》
二〇一八年八月二一日　第一刷発行

著　者――高橋源一郎《たかはしげんいちろう》

発行者――渡瀬昌彦
発行所――株式会社講談社
東京都文京区音羽二―一二―二一
郵便番号一一二―八〇〇一
電話――出版　〇三―五三九五―三五〇四
販売　〇三―五三九五―五八一七
業務　〇三―五三九五―三六一五

印刷所――凸版印刷株式会社
製本所――株式会社若林製本工場

ISBN978-4-06-218011-5
JASRAC　出　1808402-801